Tucholsky Wagner Zola Sydow Freud Schlegel
Turgenev Wallace Fonatne
Twain Walther von der Vogelweide Fouqué Friedrich II. von Preußen
Weber Freiligrath
Kant Ernst Frey
Fechner Weiße Rose von Fallersleben Richthofen Frommel
Fichte Hölderlin
Engels Fielding Eichendorff Tacitus Dumas
Fehrs Faber Flaubert
Eliasberg Ebner Eschenbach
Maximilian I. von Habsburg Fock Zweig
Feuerbach Ewald Eliot Vergil
Goethe Elisabeth von Österreich London
Mendelssohn Balzac Shakespeare Dostojewski Ganghofer
Lichtenberg Rathenau Doyle Gjellerup
Trackl Stevenson Tolstoi Hambruch
Mommsen Lenz Droste-Hülshoff
Thoma Hanrieder
Dach von Arnim Hägele Hauff Humboldt
Verne
Reuter Rousseau Hagen Hauptmann Gautier
Karrillon Garschin Baudelaire
Damaschke Defoe Hebbel
Descartes
Hegel Kussmaul Herder
Wolfram von Eschenbach Dickens Schopenhauer Rilke George
Bronner Darwin Melville Grimm Jerome
Campe Horváth Aristoteles Bebel Proust
Bismarck Vigny Barlach Voltaire Federer Herodot
Gengenbach Heine
Storm Casanova Tersteegen Grillparzer Georgy
Chamberlain Lessing Langbein Gilm
Brentano Lafontaine Gryphius
Strachwitz Claudius Schiller Kralik Iffland Sokrates
Bellamy Schilling
Katharina II. von Rußland Gerstäcker Raabe Gibbon Tschechow
Löns Hesse Hoffmann Gogol Wilde Vulpius
Luther Heym Hofmannsthal Klee Hölty Morgenstern Gleim
Roth Heyse Klopstock Kleist Goedicke
Luxemburg Puschkin Homer Mörike
Machiavelli La Roche Horaz Musil
Navarra Aurel Musset Kierkegaard Kraft Kraus
Nestroy Marie de France Lamprecht Kind Kirchhoff Hugo Moltke
Laotse Ipsen Liebknecht
Nietzsche Nansen Ringelnatz
Marx Lassalle Gorki Klett
von Ossietzky May Leibniz Irving
vom Stein Lawrence
Petalozzi Knigge
Platon Pückler Michelangelo Kafka
Sachs Poe Liebermann Kock
de Sade Praetorius Mistral Zetkin Korolenko

Der Verlag tredition aus Hamburg veröffentlicht in der Reihe **TREDITION CLASSICS** Werke aus mehr als zwei Jahrtausenden. Diese waren zu einem Großteil vergriffen oder nur noch antiquarisch erhältlich.

Symbolfigur für **TREDITION CLASSICS** ist Johannes Gutenberg (1400 — 1468), der Erfinder des Buchdrucks mit Metalllettern und der Druckerpresse.

Mit der Buchreihe **TREDITION CLASSICS** verfolgt tredition das Ziel, tausende Klassiker der Weltliteratur verschiedener Sprachen wieder als gedruckte Bücher aufzulegen – und das weltweit!

Die Buchreihe dient zur Bewahrung der Literatur und Förderung der Kultur. Sie trägt so dazu bei, dass viele tausend Werke nicht in Vergessenheit geraten.

Die gelbe Schlange

Edgar Wallace

Impressum

Autor: Edgar Wallace
Übersetzung: Ravi Ravendro
Umschlagkonzept: toepferschumann, Berlin

Verlag: tredition GmbH, Hamburg
ISBN: 978-3-8472-3731-0
Printed in Germany

Rechtlicher Hinweis:
Alle Werke sind nach unserem besten Wissen gemeinfrei und unterliegen damit nicht mehr dem Urheberrecht.

Ziel der TREDITION CLASSICS ist es, tausende deutsch- und fremdsprachige Klassiker wieder in Buchform verfügbar zu machen. Die Werke wurden eingescannt und digitalisiert. Dadurch können etwaige Fehler nicht komplett ausgeschlossen werden. Unsere Kooperationspartner und wir von tredition versuchen, die Werke bestmöglich zu bearbeiten. Sollten Sie trotzdem einen Fehler finden, bitten wir diesen zu entschuldigen. Die Rechtschreibung der Originalausgabe wurde unverändert übernommen. Daher können sich hinsichtlich der Schreibweise Widersprüche zu der heutigen Rechtschreibung ergeben.

Text der Originalausgabe

Edgar Wallace

Die gelbe Schlange

Titel des englischen Originals:
The Yellow Snake

Autorisierte Übersetzung von
Ravi Ravendro

1.-20. Tausend
Wilhelm Goldmann Verlag Leipzig

Die gelbe Schlange

(The Yellow Snake)

von

Edgar Wallace

Übersetzt von

Ravi Ravendro

1.—20. Tausend

Wilhelm Goldmann Verlag Leipzig

1

Kein Haus in ganz Siangtan glich dem Wohnsitz Joe Brays. Aber Joe war selbst für China ein Original, und das wollte viel heißen für ein Land, in das seit Marco Polos Tagen so viele ungewöhnliche Menschen verschlagen wurden.

Pinto Huello, ein dem Trunk ergebener portugiesischer Architekt, hatte die Pläne für dieses Steinhaus erdacht. Portugal hatte er unter Verhältnissen verlassen müssen, die wenig ehrenvoll für ihn waren; über Kanton und Wuchau war er in diese große, wenig saubere Stadt gekommen.

Allgemein nahm man an, daß Pinto seine Pläne nach einer durchzechten Nacht, im Hochgefühl eines Rausches und in dicke Tabakswolken gehüllt, genial aufs Papier warf. Später hatte er sie dann in einem Anfall von Zerknirschung und Reue wieder umgestoßen und verbessert. Zu dieser Änderung entschloß er sich aber erst, als das Gebäude schon halb fertig war. Daher kam es, daß der eine Teil des Hauses eine große Ähnlichkeit mit der berühmten Porzellanpagode hatte und als Denkmal für die exzentrisch phantastischen Launen Pintos der Nachwelt erhalten blieb. Der andere Teil des Gebäudes aber glich mehr einem Güterschuppen, wie man sie an den Ufern des Kanals zu Dutzenden sehen konnte, und spiegelte in seiner grauen Melancholie getreulich die Katerstimmung des ziellosen Portugiesen wider.

Joe hatte eine Gestalt wie ein Koloß, groß und stark, mit vielfältigem Kinn. Er liebte China und Genever, seine Lieblingsbeschäftigung aber war, lange in den Tag hineinzuträumen. Wunderbare Pläne kamen ihm dann, doch die meisten waren unausführbar. In solcher Stimmung fühlte er mit Entzücken und Freude, daß er von diesem entlegenen Weltwinkel aus Hebel ansetzen und Weichen stellen könnte, die weittragende Änderungen im Geschick der Menschheit hervorrufen würden.

Er glich in solcher Stimmung einem verträumten Harun al Raschid; er würde verkleidet unter die Armen gegangen sein, um Gold über die regnen zu lassen, die es verdienten. Schade nur, daß er seine Wohltäterlaune niemals befriedigen konnte, da die rechten Armen ihm bisher noch nicht begegnet waren.

China ist ein Land, in dem man leicht träumen kann. Von seinem Sitz aus sah er in der Ferne die vom Verkehr wimmelnden Wasserfluten des Siang-kiang. Der Schein der untergehenden Sonne glitzerte in tausend Reflexen auf den kleinen Wellen. Im Vordergrund erhob sich die schwarze unregelmäßige Silhouette der Stadt Siangtan. Viele viereckige Segel glitten den großen Strom entlang, dem großen See entgegen, und färbten sich bronzen und goldfarben in den letzten verglühenden Strahlen. Das geschäftige Treiben dieser Stadt glich dem Summen eines Bienenstocks. Aber aus dieser Entfernung konnte man es weder deutlich erkennen noch hören, und – was für China das Wesentlichste war – auch der Geruch dieser Stadt drang nicht bis hierher.

Aber der alte Joe Bray war an diese Dünste gewöhnt und ließ sich nicht dadurch abschrecken. Er kannte dieses weite Land von der Mandschurei bis nach Kwang-si, von Schantung bis zum Kiao-Kio-Tal, wo das wunderliche Mongolenvolk ein bis zur Unkenntlichkeit entartetes Französisch schwätzte. China bedeutete für ihn den größten und bedeutendsten Teil der Welt. Seine Greueltaten und sein Gestank waren für ihn normale Lebensäußerungen. Sein Denken war chinesisch geworden, und er hätte auch vollständig als Chinese gelebt, wenn eben nicht sein unerbittlicher Teilhaber gewesen wäre. Er hatte die ganzen Provinzen des Reiches der Mitte zu Fuß durchwandert und hatte sich zu mehr Städten und Plätzen durchgeschlagen, zu denen den Weißen der Zutritt damals noch verboten war, als irgendeiner seiner Zeit. Einmal hatte man ihm die Kleider weggerissen, um ihn in dem Namen jenes schrecklichen Fu-chi-ling hinzurichten, der eine Zeitlang Gouverneur von Sukiang war, und dann hatte man ihn mit den höchsten Ehren in der Sänfte eines Mandarinen zu dem Palasthof der Tochter des Himmels getragen.

Aber Joe Bray war das alles gleich. Von Geburt war er Engländer. Später, als Amerika in China mehr in Gunst kam, wechselte er gewissenlos seine Nationalität und wurde Amerikaner. Er konnte sich das gestatten, denn er war Millionär und mehr als das. Sein Haus, das sich an der Flußbiegung erhob, war so schön und prachtvoll wie ein Palast. Große Summen hatte er an Kohlenbergwerken, an Kupferminen und anderen Unternehmungen verdient, die sich bis zu den Goldfeldern im Amurgebiet erstreckten. In den letzten zehn Jahren hatten sich die ungeheuren Verdienste mit staunenerregender Schnelligkeit zu fabelhaftem Vermögen angehäuft.

Joe lag bequem zurückgelegt in einem tiefen Deckstuhl. So konnte er sitzen und träumen. Neben ihm saß Fing-Su. Für einen Chinesen war er groß von Gestalt und hatte auch selbst für europäische Begriffe ein gutes Aussehen. Außer den schräggeschlitzten, dunklen Augen war eigentlich nichts Chinesisches an ihm. Er hatte den kecken Mund und die gerade, scharfgeschnittene Nase seiner französischen Mutter, das pechschwarze Haar und die charakteristische blasse Gesichtsfarbe des alten Schan Hu, jenes verschlagenen Kaufmanns und Abenteurers, der sein Vater war. Er trug einen dickgepolsterten Seidenrock und formlose Beinkleider, die bis zu den Schuhen hinabreichten. Seine Hände verbarg er respektvoll in seinen weiten Rockärmeln, und wenn eine zum Vorschein kam, um die Asche seiner Zigarette abzustreifen, verschwand sie mechanisch und instinktiv wieder in ihrem Versteck.

Joe Bray seufzte und nippte an seinem Glas.

»Es ist alles so gekommen, wie ihr es verdient, Fing-Su. Ein Land, das keinen Kopf hat, hat auch keine Füße und kann sich nicht bewegen – überall elender Stillstand, alles geht schief! Das ist China! Früher waren einmal ein paar tüchtige Kerle hier am Ruder, die Ming und der alte Hart und Li Hung.«

Er seufzte wieder; seine Kenntnis des alten China und der alten Dynastien war gerade nicht weit her.

»Geld hat nichts zu bedeuten, wenn ihr es nicht richtig gebrauchen könnt. Sieh mich an, Fing-Su! Hab' weder Kind noch Kegel und bin doch Millionär, viele, viele Millionen wert! Wie man sagt, ist meine Linie beinahe ausgestorben.«

Erregt rieb er seine Nase.

»Beinahe«, sagte er vorsichtig. »Wenn gewisse Leute täten, was ich wollte, würde das nicht so sein – aber werden sie es tun? Das ist die Frage.«

Fing-Su sah ihn mit seinen unergründlichen Augen prüfend an.

»Man sollte meinen, daß Sie nur einen Wunsch auszusprechen brauchten, damit er in Erfüllung ginge.«

Der junge Chinese sprach mit dem übertriebenen Nasallaut, der so typisch für die Oxforder Studenten ist. Nichts freute Joe Bray mehr, als wenn er die Stimme seines Schützlings hören konnte; ihre Kultur, die fehlerlose Konstruktion jedes Satzes und die unbewußte Überlegenheit in Ton und Sprechweise waren Musik in seinen Ohren.

Fing-Su hatte tatsächlich sein Examen auf der Universität in Oxford bestanden und war Bachelor of Arts. Joe hatte dieses Wunder bewirkt.

»Sie sind ein gebildeter Mann, Fing-Su, und ich bin ein alter, ungehobelter Kerl ohne Kenntnis von Geschichte, Geographie und sonst etwas. Bücher interessieren mich den Teufel. Habe mich auch nie um den Krempel gekümmert. Die Bibel – besonders die Offenbarung – ist auch so eine verworrene Sache.«

Er trank den Rest des farblosen Reisschnapses aus und holte tief Atem.

»Wir müssen noch eine Sache besprechen, mein Junge – die Aktien, die ich Ihnen gab –«

Eine lange Verlegenheitspause entstand. Der Stuhl krachte, als sich der große Mann mißmutig herumdrehte.

»Da ist noch etwas dabei. Er hat nämlich gesagt, daß ich das nicht hätte tun sollen. Verstehen Sie, was ich Ihnen sagen will? Sie haben gar keinen Wert. Das war so eine von ›seinen‹ Ideen, daß sie nicht an der Börse gehandelt werden sollten. Keinen Cent sind die Dinger wert.«

»Weiß er denn, daß ich sie habe?« fragte Fing-Su.

Wie Joe nannte er Clifford Lynne nie beim Namen, sondern nannte ihn immer nur »er«.

»Nein, er weiß es nicht!« sagte Joe mit Nachdruck. »Das ist es ja gerade. Aber er sprach neulich abends davon. Er sagte, daß ich niemand Aktien abgeben soll, nicht eine einzige!«

»Mein verehrter und ehrenwerter Vater hatte neun,« sagte Fing-Su mit seidenweicher Stimme, »und ich habe jetzt vierundzwanzig.«

Joe rieb sein unrasiertes Kinn. Er war ärgerlich, fast argwöhnisch.

»Ich gebe sie Ihnen – Sie waren ein guter Junge, Fing-Su ... Latein haben Sie gelernt und Philosophie und alles andere. Meine Bildung ist dürftig, und da wollte ich natürlich etwas für Sie tun. Eine große Sache das, die Bildung.« Zögernd unterbrach er sich und nagte an seiner Unterlippe. »Ich gehöre nicht zu den Leuten, die etwas geben und es nachher zurücknehmen. Aber Sie kennen ihn ja, Fing-Su.«

»Er haßt mich«, sagte der andere gelassen. »Gestern nannte er mich sogar eine ›gelbe Schlange‹.«

»Hat er das getan?« fragte Joe traurig.

Aus dem Ton seiner Stimme war deutlich zu hören, daß er diese Differenz gern aus der Welt gebracht hätte, aber er konnte sich nicht helfen.

»Früher oder später werde ich ihn schon wieder herumkriegen«, sagte er, indem er sich vergeblich bemühte, seine Unsicherheit zu verbergen. »Ich bin ein heller Kopf, Fing-Su – ich habe Ihnen Ideen beigebracht, von denen niemand eine Ahnung hat. Ich habe jetzt einen Plan ...«

Er kicherte bei dem Gedanken an sein Geheimnis, aber gleich darauf wurde er wieder ernst.

»... was nun diese Aktien angeht, ich will Ihnen einige tausend Pfund Sterling dafür geben. Ich sagte schon, daß sie keinen Cent wert sind. Trotzdem will ich aber ein paar tausend dafür geben.«

Der Chinese bewegte sich geräuschlos in seinem Stuhl und sah plötzlich seinen väterlichen Freund mit dunklen Augen an.

»Mr. Bray, was kann mir Geld nützen?« fragte er beinahe unterwürfig. »Mein verehrter und ehrenwerter Vater hat mir ein großes Vermögen hinterlassen. Ich bin nur ein Chinese mit wenigen Bedürfnissen.«

Fing-Su warf den Rest seiner Zigarette fort und rollte sich mit außerordentlicher Geschicklichkeit eine andere. Kaum hatte er Papier und Tabak in seiner Hand, so war auch schon die länglich-runde, weiße Zigarette gedreht.

»In Schanghai und Kanton erzählt man sich, daß die Yünnan-Gesellschaft über mehr Geld verfügt, als die jetzige Regierung jemals gesehen hat«, sagte er langsam. »Die Lolo-Leute sollen im Liao-Lio-Tal Gold gefunden haben –«

»Wir haben das gefunden«, sagte Joe selbstzufrieden. »Diese Lolo konnten doch gar nichts finden, höchstens haben sie Ausreden erfunden, um die chinesischen Tempel zu brandschatzen.«

»Aber Sie lassen das Geld nicht arbeiten«, sagte Fing-Su hartnäckig. »Totes Kapital –«

»Durchaus kein totes Kapital! – bringt viereinhalb Prozent«, brummte Joe vor sich hin.

Fing-Su lächelte.

»Viereinhalb Prozent! Hundert Prozent könnte man damit machen! Oben in Schan-Si sind Kohlenlager, die eine Billion Dollars wert – was sage ich, eine Million mal eine Billion! Sie können das nicht machen – aber ich sage Ihnen, wir haben keinen starken Mann in der ›Verbotenen Stadt‹ sitzen, der befehlen könnte: ›Tue dies!‹ und es wird getan. Und wenn er tatsächlich gefunden würde, dann fehlte ihm eine Armee. Dazu wären Ihre Reservefonds nutzbringend anzulegen. Ja, ein starker Mann –«

»Mag sein.«

Joe Bray sah sich ängstlich um. Er haßte chinesische Politik, und »er« haßte sie noch viel mehr.

»Fing-Su,« sagte er verlegen, »der amerikanische Konsul mit dem langen, schmalen Gesicht war gestern zum Mittagessen hier. Er war sehr aufgebracht über euren Klub der ›Freudigen Hände‹. Er sagte, überall im Lande werde soviel davon gesprochen. Die Zentralregierung hat schon Erkundigungen darüber eingezogen. Ho Sing war letzte Woche hier und hat gefragt, wann man wohl damit rechnen könnte, daß Sie wieder nach London zurückkehren.«

Die dünnen Lippen des Chinesen kräuselten sich lächelnd. »Man macht viel zu viel Lärm über meinen kleinen Klub«, sagte er. »Er verfolgt doch nur soziale Zwecke – mit Politik haben wir nicht das mindeste zu tun. Mr. Bray, glauben Sie nicht, daß es eine gute Idee ist, die Reservefonds der Yünnan-Gesellschaft dazu zu brauchen, daß –«

»Das denke ich durchaus nicht!« Joe schüttelte heftig den Kopf. »Die kann ich in keiner Weise angreifen. Was nun aber die Aktien betrifft, Fing –«

»Sie liegen bei meinem Bankier in Schanghai – sie sollen zurückgegeben werden«, sagte Fing-Su. »Ich habe nur den Wunsch, daß unser Freund mich gerne hat. Ich habe nur Bewunderung und Hochachtung für ihn. ›Gelbe Schlange!‹ hat er gesagt. Das war doch wirklich unfreundlich.«

Die Sänfte des Chinesen wartete, um ihn nach Hause zu tragen. Joe Bray sah den laufenden Kulis lange nach, bis eine Biegung des Weges in dem hügeligen Gelände sie seinen Blicken entzog.

Vor dem kleinen Hause Fing-Sus warteten drei Leute. Sie hockten vor der Türe. Er entließ seine Träger und winkte die Leute in den dunklen, mit Matten bedeckten Raum, der ihm als Arbeitszimmer diente.

»Zwei Stunden nach Sonnenuntergang wird Clifford Lynne« – er nannte ihn jetzt mit seinem richtigen Namen – »durch das Tor des ›Wohltätigen Reises‹ kommen. Tötet ihn und bringt mir alle Papiere, die er bei sich trägt.«

Clifford war pünktlich auf die Minute, doch er kam durch das Mandarinentor, und die Meuchelmörder verfehlten ihn. Sie berichteten ihrem Herrn alles, aber der wußte bereits, daß Clifford zurückgekehrt war und auf welchem Wege.

»Es gibt viele Möglichkeiten, daß du um die Ecke gehst«, sagte Fing-Su vor sich hin. »Vielleicht ist es gut, daß das Ding nicht passierte, während ich in der Stadt war. Morgen werde ich nach England gehen und dann mit großer Macht zurückkehren!«

2

Genau sechs Monate nach der Abreise Fing-Sus nach Europa saßen die drei Teilhaber der Firma Narth Brothers hinter verschlossenen Türen in ihrem Sitzungszimmer in London. Sie befanden sich in einer ungemütlichen Situation. Stephen Narth saß in einem Armstuhl oben am Tisch. Sein dickes, schweres Gesicht war bleich, und sein verzweifeltes Stirnrunzeln zeugte davon, daß ihn schwere Sorgen bedrückten.

Major Gregory Spedwell saß zu seiner Rechten. Er hatte häßliche gelbe Gesichtsfarbe, schwarzes, krauses Haar. Er spielte nervös mit seinen vom Zigarettenrauch gebräunten Fingern. Seine Vergangenheit war nicht rein militärisch.

Ihm gegenüber saß Ferdinand Leggat, der mit seinem gesund aussehenden Gesicht und seinem Backenbart ganz einer John-Bull-Figur glich, obwohl sein gesundes Aussehen in Wirklichkeit nicht seinem Charakter entsprach. Leggat hatte viele Wechselfälle durchgemacht, die ihm selbst kaum glaubwürdig erschienen – bevor er Zuflucht bei der Firma Narth Brothers Ltd. gefunden hatte.

Es gab einmal eine Zeit, wo der Name der Firma Narth in der City von London so über allen Zweifel erhaben war, daß man bei ihm schwören konnte. Thomas Ammot Narth, der Vater des jetzigen Chefs der Firma, hatte nur ganz einwandfreie, dadurch allerdings beschränkte Geschäfte an der Börse gemacht. Die Firma galt für seine Klienten als eins der vornehmsten Häuser in England.

Sein Sohn hatte seinen kaufmännischen Sinn geerbt, aber ohne die verständnisvolle Einsicht. Die Folge davon war, daß er die Geschäfte der Firma dem Umfang nach vergrößerte und auch nicht ganz erstklassige Kunden annahm. Die älteren Geschäftsfreunde der Firma hatten das nicht gern gesehen, und als er hierdurch mehrfach vor Gericht stand, wobei die nicht ganz einwandfreien Geschäfte seiner Kunden an die Öffentlichkeit kamen, zogen sie sich zurück. Schließlich beschäftigte er nur noch einen Schreiber und einen Börsenagenten. So hatte er Gelegenheit, ab und zu einträgliche Gewinne hereinzubringen. Aber die soliden, gesunden Geschäfte, die doch die sicherste Unterlage des Erfolges sind, fehlten ihm.

Bei den schlechten Zeiten hatte er sich damit durchgeholfen, daß er zahlreiche Gesellschaften gründete. Einige hatten einen gewissen Erfolg, aber die Mehrzahl nahm unvermeidlich eine schlechte Entwicklung, so daß sie nach einiger Zeit in Liquidation gerieten.

Infolge dieser Abenteuer kam Stephen Narth mit Mr. Leggat, einem galizischen Ölspekulanten, zusammen, der außerdem noch eine Theateragentur und eine Geldleihe betrieb und vielfach bei Schwindelgründungen beteiligt war.

Die Angelegenheit aber, welche die drei Teilhaber der Firma schon um neun Uhr morgens in ihrem kalten, ungemütlichen Bureau in Manchester House zusammenführte, hatte absolut nichts mit den sonstigen Geschäften der Firma zu tun. Mr. Leggat war gerade am Sprechen, aber seine Ausdrucksweise war gerade nicht sehr klar.

»Wir wollen doch die Sache beim richtigen Namen nennen. Unser Geschäft ist eben bankerott. Bei der Abwicklung des Konkurses werden Dinge zur Sprache kommen und Enthüllungen gemacht werden, die weder Spedwell noch mich irgend etwas angehen. Ich habe mit dem Geld der Firma nicht spekuliert, ebensowenig Spedwell.«

»Sie wußten doch –« begann Narth aufgeregt.

»Nichts wußte ich.« Mr. Leggat brachte ihn zum Schweigen. »Die Bücherrevisoren stellen fest, daß die Summe von fünfzigtausend Pfund durch Belege nicht gedeckt ist. Jemand hat eben an der Börse gespielt – aber das war weder ich noch Spedwell.«

»Aber Sie haben mir das doch angeraten –«

Mr. Leggat hob schon wieder seine Hand zur Abwehr.

»Jetzt ist nicht der Augenblick, um Gegenbeschuldigungen zu machen. Kurz und gut, es fehlen fünfzigtausend Pfund. Wo und wie können wir diese Summe auftreiben?«

Er sah den mürrischen Spedwell einen Augenblick an, der seinen Blick mit einem sarkastischen Zwinkern beantwortete.

»Sie haben leicht reden«, grollte Narth. Er wischte sich mit einem seidenen Taschentuch die Stirne. »Sie waren doch beide bei der Petroleumspekulation beteiligt – alle beide!«

Mr. Leggat lächelte und zuckte seine breiten Schulkern. Aber er gab keine Erklärung.

»Fünfzigtausend Pfund sind eine große Summe.« Es waren die ersten Worte, die Spedwell bei dieser Unterredung sprach.

»Schrecklich viel Geld«, stimmte sein Freund bei und wartete darauf, daß Mr. Narth etwas sagen sollte.

»Wir sind heute nicht zusammengekommen, um längst bekannte Tatsachen zu erörtern,« sagte Narth ungeduldig, »sondern um einen Ausweg zu suchen. Wie können wir die Sache zum Guten wenden, das ist hier die Frage.«

»Das ist sehr einfach beantwortet«, sagte Mr. Leggat in einem jovialen Ton. »Ich für meine Person fühle kein Bedürfnis, ins Gefängnis zu kommen. Und wir müssen, das heißt, Narth, Sie müssen das Geld aufbringen. Es bleibt nur eine Möglichkeit übrig«, fuhr Leggat langsam fort, indem er Stephen Narth scharf ansah. »Sie sind der Neffe oder Vetter von Joseph Bray, und wie alle Welt weiß, hat Joseph Bray ungeheure Reichtümer, weit mehr, als irgendein Mensch sich vorstellen kann. Wie man allgemein annimmt, ist er der reichste Mann Chinas. Soviel ich weiß – bitte verbessern Sie mich, wenn ich es falsch sage – bekommen Sie und Ihre Familie eine jährliche Pension von diesem Herrn –«

»Zweitausend im Jahr«, fiel ihm Narth ins Wort. »Aber das hat gar nichts mit dieser Sache zu tun!«

Mr. Leggat wechselte einen Blick mit dem Major und grinste.

»Der Mann, der Ihnen jährlich zweitausend Pfund gibt, muß doch in der einen oder anderen Weise zugänglich sein. Für Joseph Bray bedeuten fünfzigtausend Pfund das!« Dabei schnappte er mit den Fingern. »Mein werter Narth, die Lage ist doch so: in vier Monaten, vielleicht schon eher, wird man Ihnen in Old Baley den Prozeß machen, wenn Sie das Geld nicht beschaffen können, um die Bluthunde fernzuhalten, die bald auf Ihrer Spur sein werden.«

»Auf der Spur von uns allen dreien«, sagte Narth boshaft. »Ich werde nicht allein verurteilt – bedenken Sie das! Schlagen Sie sich ein für allemal den Gedanken aus dem Kopf, daß ich Joe Bray dazu bringen könnte, mir einen Cent mehr zu schicken, als er jetzt tut. Er ist so hart wie Eisen und sein Geschäftsführer so hart wie Stahl. Sie glauben wohl, ich hätte vorher noch nicht versucht, etwas mehr aus ihm herauszubekommen? Das ist ganz unmöglich!«

Mr. Leggat sah wieder Major Spedwell an. Beide seufzten und standen wie auf ein gegebenes Zeichen auf.

»Übermorgen werden wir wieder zusammenkommen«, sagte Leggat. »Und Sie werden gut tun, in der Zwischenzeit nach China zu kabeln. Die einzige Möglichkeit, die dann noch übrigbleibt, möchte Mr. Joseph Bray noch unangenehmer sein, als seinen Verwandten im Zuchthaus zu wissen.«

»Was wollen Sie damit sagen?« fragte Narth mit einem wütenden Blick.

»Ich meine nur,« sagte Mr. Leggat, während er sich eine Zigarre anzündete, »die Hilfe eines gewissen Herrn mit Namen Grahame St. Clay.«

»Und wer zum Teufel ist dieser Grahame St. Clay?« fragte Narth erstaunt.

Mr. Leggat lächelte geheimnisvoll.

3

Stephen Narth verließ sein Bureau in der Old Broad Street gewöhnlich um vier Uhr. Um diese Zeit wartete seine Limousine, um ihn nach seiner schönen Villa in Sunningdale zu bringen. Aber an diesem Abend zögerte er, aufzubrechen, nicht weil noch ein besonderes Geschäft zu erledigen war oder weil er etwas Zeit brauchte, um über seine mißliche Lage nachzudenken, sondern weil die Post aus China mit der Fünfuhrbestellung kommen mußte. Er erwartete heute seinen monatlichen Scheck.

Joseph Bray war ein Vetter zweiten Grades von ihm. Als damals die Narths Handelsfürsten waren und die Brays ihre ärmsten Verwandten, wurden die Unternehmungen Joe Brays in der großen Familie kaum beachtet. Erst vor zehn Jahren erfuhr man davon, als Mr. Narth einen Brief von seinem Vetter erhielt, in dem dieser wieder Anschluß an seine alten Verwandten suchte. Niemand hatte gewußt, daß ein Mann namens Joe Bray existierte, und als Mr. Stephen Narth den schlecht geschriebenen Brief las, war er nahe daran, ihn zu zerreißen und in den Papierkorb zu werfen. Er hatte gerade genug mit sich allein zu tun und konnte sich nicht um das Geschick entfernter Verwandter bekümmern. Doch kurz bevor er den Brief zu Ende gelesen hatte, entdeckte er, daß der Schreiber dieses Briefes der berühmte Bray war, dessen Name auf allen Börsen der Welt Klang und Geltung hatte – der berühmte Bray von der Yünnan-Gesellschaft. Und so wurde Joseph Bray wieder wichtig für ihn.

Sie hatten sich noch nie gesehen. Wohl war ihm eine Photographie des alten Mannes zu Gesicht gekommen, auf der er grimmig und hart dreinschaute. Wahrscheinlich hatte auch der Eindruck, den dieses Bild auf ihn machte, ihn davon abgehalten, seinen Verwandten um weitere Hilfe zu bitten, die er doch so dringend brauchte.

Perkins, sein Sekretär, kam kurz nach fünf mit einem Brief ins Bureau.

»Miß Joan kam heute nachmittag hierher, während Sie in der Sitzung waren.«

»Ach so!« entgegnete Stephen Narth gleichgültig.

Sie war eine Bray, eines der beiden Mitglieder des jüngeren Zweiges der Familie, die er schon kannte, bevor damals der wichtige Brief von Joe Bray kam. Sie war eine entfernte Cousine und war in seinem Hause aufgewachsen, hatte die gute, aber wenig kostspielige Erziehung genossen, wie man sie eben einer armen Verwandten angedeihen ließ. Ihre Stellung in seinem Haushalt hätte man kaum beschreiben können. Joan war wirklich sehr brauchbar: sie konnte das Haus versehen, wenn seine Töchter abwesend waren, sie konnte die Bücher führen und einen Hausverwalter ersetzen oder auch ein Dienstmädchen. Obgleich sie etwas jünger als Letty und viel jünger als Mabel war, verstand sie es ausgezeichnet, beide zu bemuttern.

Manchmal nahm sie an den Theaterbesuchen der beiden Mädchen teil, und gelegentlich kam sie auch zu einem Tanzvergnügen, wenn gerade eine Dame fehlte. Aber für gewöhnlich blieb Joan im Hintergrund. Manchmal empfand man es sogar unangenehm, daß sie bei Einladungen mit an der Tafel sitzen sollte. Dann mußte sie in ihrer großen Dachstube essen, und, um die Wahrheit zu sagen, sie war gar nicht böse darüber.

»Was wollte sie denn?« fragte Mr. Narth, als er den Umschlag des wichtigen Briefes aufschnitt.

»Sie wollte wissen, ob sie etwas nach Sunningdale mitnehmen sollte. Sie war in die Stadt gekommen, um mit Miß Letty einige Einkäufe zu machen«, sagte der alte Schreiber und fuhr fort: »Sie fragte mich, ob eine der beiden jungen Damen wegen der Chinesen telephoniert hätte.«

»Chinesen?«

Perkins erklärte. An dem Morgen waren in der Gegend von Sunni Lodge zwei gelbe Kerle aufgetaucht, beide ziemlich unbekleidet. Letty hatte sie im langen Grase liegen sehen, in der Nähe der großen Wiese. Zwei kräftig aussehende Leute, die aber, sobald sie das Mädchen sahen, aufsprangen und in der Richtung auf die kleine Pflanzung davonliefen, die zwischen dem Landgut von Lord Knowesley und der kleineren, weniger anspruchsvollen Besitzung des Mr. Narth lag.

Letty, die an nervösen Anfällen litt, war zweifellos erschreckt worden.

»Miß Joan glaubte, daß die Leute zu einer Zirkustruppe gehörten, die heute morgen durch Sunningdale zog«, sagte Perkins.

Mr. Narth fand nichts Besonderes dabei und weit davon entfernt, die Sache der Ortspolizei anzuzeigen, suchte er die Geschichte mit den Chinesen möglichst bald zu vergessen.

Langsam zog er den Inhalt des wichtigen Briefes aus dem Umschlag. Der Scheck lag darin und außerdem ein ungewöhnlich langer Brief. Joe Bray sandte im allgemeinen keine langen Episteln. Meist lag nur ein Bogen Papier bei mit der Aufschrift »Besten Gruß«. Er faltete die rote Tratte zusammen und steckte sie in seine Tasche.

Dann begann er den Brief zu lesen und war ganz erstaunt, weshalb sein Vetter plötzlich so mitteilsam geworden war. Der Brief war in der kritzligen Handschrift Joe Brays geschrieben. Fast jedes vierte Work war falsch.

»Lieber Mr. Narth« (Joe nannte ihn niemals anders), »ich glaube, daß Sie sich wundern werden, wenn ich Ihnen einen so langen Brief schreibe. Nun wohl, lieber Mr. Narth, ich muß Ihnen mitteilen, daß ich einen bösen Anfall hatte und mich nur ganz langsam erhole. Der Doktor sagt, er kann nicht sicher sagen, wie lange ich noch zu leben habe. Deshalb kam ich zu dem Entschluß, mein Testament zu machen, das ich durch den Rechtsanwalt Mr. Albert van Rys habe aufsetzen lassen. Lieber Narth, ich muß gestehen, daß ich für Ihre Familie große Bewunderung hege, wie Sie ja wohl wissen. Ich habe lange darüber nachgedacht, wie ich Ihnen und Ihren Angehörigen helfen könnte. Dabei bin ich zu folgendem Entschluß gekommen. Mein Geschäftsführer, Clifford Lynne, der seit seiner frühesten Kindheit in meinem Hause lebt, wurde mein Teilhaber, als ich diese Goldminen entdeckte. Er ist wirklich ein guter Junge, und ich habe beschlossen, daß er jemand aus meiner Familie heiraten soll, um die Linie fortzuführen. Wie ich weiß, haben Sie mehrere Mädchen in Ihrer Familie, zwei Töchter und eine Cousine, und ich wünsche, daß Clifford eine von diesen heiratet. Er hat seine Einwilligung dazu gegeben. Er ist nun auf der Reise und muß in einigen Tagen bei Ihnen ankommen. Mein letzter Wille ist nun der: ich vererbe Ihnen zwei Drittel meines Anteils an der Goldmine und ein Drittel an Clifford unter der Bedingung, daß eines der drei Mädchen ihn heiratet. Sollte keines der Mädchen ihn mögen, so erhält Clifford alles. Die Hochzeit muß aber vor dem 31. Dezember dieses Jahres geschlossen sein. Lieber Mr. Narth, wenn dies nicht annehmbar für Sie sein sollte, so werden Sie im Falle meines Todes nichts erhalten.

Ihr aufrichtiger
Joseph Bray.«

Stephen Narth las den Brief mit offenem Munde und seine Gedanken wirbelten durcheinander. Die Rettung kam von einer Seite, an die er am allerwenigsten gedacht hatte. Er klingelte, um seinen Sekretär herbeizurufen und gab ihm in großer Eile einige Instruktionen. Da er den Fahrstuhl nicht erwarten mochte, rannte er die Treppe hinunter und sprang in sein Auto. Den ganzen Weg bis nach Sunningdale mußte er an den Brief und den ungewöhnlichen Vorschlag denken.

Natürlich mußte Mabel ihn heiraten! Sie war ja die älteste. Oder Letty – das Geld war schon so gut wie in seiner Tasche ...

Als der Wagen durch die blühenden Rhododendronbüsche vorfuhr, war er sehr vergnügt und sprang mit einem strahlenden Lächeln aus de Auto. Die wachsame Mabel sah vom Rasenplatz aus, daß irgend etwas Außergewöhnliches sich zugetragen haben mußte. Sie lief herbei. Auch Letty trat in demselben Augenblick aus der Haustür. Es waren hübsche Mädchen, nur ein wenig stärker, als er hätte wünschen können. Die ältere neigte dazu, das Leben von der traurigen, bitteren Seite zu nehmen und das führte gelegentlich zu Unannehmlichkeiten.

»... Hast du von den schrecklichen Chinesen gehört?« Mabel sprang ihm mit dieser Frage entgegen, als er von dein Wagen kam. »Die arme Letty hatte beinahe einen Anfall!«

Sonst hätte er sie zum Schweigen gebracht, denn er war ein Mann, der sich nicht durch alltägliche Dinge aus der Fassung bringen ließ. Das ungewöhnliche Erscheinen eines oder zwei Gelben auf seinem Grund und Boden interessierte ihn wenig. Aber heute brachte er es sogar fertig, nachsichtig zu lächeln und machte sogar einen Witz über die Alarmnachricht seiner Tochter.

»Mein Liebling – es ist doch gar nichts dabei, um darüber zu erschrecken. Perkins hak mir alles erzählt. Die beiden armen Kerle waren wahrscheinlich ebenso erschrocken wie Letty selbst! Kommt einmal mit mir ins Wohnzimmer, ich habe etwas sehr Wichtiges mit euch zu besprechen!«

Er nahm die beiden mit sich in den schöngelegenen Raum, schloß die Tür und berichtete dann seine aufsehenerregenden Neuigkeiten, die aber zu seiner nicht geringen Verwunderung schweigend aufgenommen wurden. Mabel steckte ihre unvermeidliche Zigarette in Brand, klopfte die Asche auf den Teppich und begann, nachdem sie einen Blick mit ihrer Schwester gewechselt hatte:

»Für dich, Vater, ist das alles ja sehr gut, aber was haben wir denn von der ganzen Geschichte?«

»Was ihr davon habt?« fragte der Vater erstaunt. »Das ist doch ganz klar, welchen Vorteil ihr davon habt. Dieser Mann bekommt doch den dritten Teil des großen Vermögens –«

»Aber wieviel von diesem Drittel bekommen denn wir?« fragte Letty, die Jüngere. »Und ganz abgesehen davon – wer ist denn dieser Geschäftsführer? Mit all dem Geld, Vater, können wir eine ganz andere Partie machen, als ausgerechnet den Geschäftsführer einer Mine heiraten.«

Das tödliche Schweigen wurde von Mabel unterbrochen.

»Immerhin müssen wir die Sache mit dir auf die eine oder andere Weise beraten und in Ordnung bringen«, sagte sie. »Dieser alte Herr scheint sich einzubilden, daß es für ein Mädchen nur darauf ankommt, daß ihr Mann reich ist. Aber mir genügt das noch lange nicht.«

Stephen Narth lief es kalt den Rücken herunter. Ihm war es im Traum nicht eingefallen, auf dieser Seite so heftigen Widerstand zu finden.

»Aber versteht ihr denn nicht, daß wir gar nichts bekommen, wenn keine von euch diesen Mann heiratet? Natürlich würde ich mir an eurer Stelle die Sache auch überlegen, aber ich würde eine so glänzende Partie nicht ausschlagen.«

»Wieviel hinterläßt er denn eigentlich?« fragte die praktische Mabel. »Das ist doch der Angelpunkt der ganzen Frage. Ich sage ganz offen, ich habe nicht die Absicht, eine Katze im Sack zu kaufen, und dann – was werden wir für eine gesellschaftliche Stellung haben? Wahrscheinlich müßten wir doch nach China gehen und in irgendeiner erbärmlichen Hütte wohnen.«

Sie saß auf der Ecke des großen Tisches im Wohnzimmer, hatte ein Knie über das andere gelegt und wippte mit den Fußspitzen. Stephen Narth erinnerte sie in dieser Stellung an eine Bardame, die er in seiner frühen Jugend einmal gekannt hatte. Irgend etwas stimmte in Mabels Erscheinung nicht und das wurde auch nicht ausgeglichen durch ihre kurzen Röckchen und ihren wirklich hübschen Bubikopf.

»Ich habe gerade genug Sparen und Einschränken mitgemacht«, fuhr sie fort. »Ich kann nur sagen, daß bei dieser Heirat mit einem unbekannten Mann ich von vornherein ausscheide.«

»Und ich auch«, sagte Letty bestimmt. »Es ist ganz richtig, was Mabel sagt. Als Frau dieses Menschen würden wir eine erbärmliche Rolle spielen.«

»Ich kann nur sagen, daß er euch gut behandeln würde«, sagte Narth schwach. Er wurde ganz von seinen beiden Töchtern beherrscht.

Plötzlich sprang Mabel vom Tisch auf den Fußboden. Ihre Augen glänzten.

»Ich weiß einen Ausweg! – Das Aschenbrödel!«

»Das Aschenbrödel?« fragte er mit gerunzelter Stirn.

»Natürlich – Joan, du großes Kind, lies doch den Brief genau!«

Alle drei durchflogen atemlos das Schreiben und als sie es fast zu Ende gelesen hatten, quietschte Letty vor Vergnügen.

»Natürlich, Joan!« rief sie. »Warum sollte den Ivan nicht heiraten? Das ist doch eine große Sache für sie – ihre Aussichten auf Heirat sind doch gleich Null, und sie würde doch hier überflüssig sein, wenn du sehr reich wärest. Weiß der Himmel, was wir mit ihr anfangen sollten.«

»Joan!« rief er und dabei streichelte er sein Kinn in Gedanken. An Joan hatte er nicht gedacht. Zum viertenmal las er den Brief Wort für Wort. Die Mädchen hatten recht, Joan erfüllte alle Ansprüche Joe Brays. Sie war doch ein Mitglied der Familie. Ihre Mutter war eine geborene Narth. Bevor er den Brief wieder auf den Tisch legen konnte, hatte Letty schon geklingelt, und der Diener kam herein.

»Sagen Sie doch Miß Bray, daß sie herkommen möchte, Palmer.«

Drei Minuten später trat das Mädchen in das Wohnzimmer, das Opfer, mit dem die Familie Narth die Schicksalsgötter besänftigen wollte.

4

Joan Bray war einundzwanzig, aber sie sah viel jünger aus. Sie war schlank – Letty sagte von ihr, daß sie schrecklich mager wäre, doch das war übertrieben. Die Narth waren Leute mit vollen Gesichtern, sie hatten alle ein rundes Kinn und schöne Köpfe, waren aber ein wenig phlegmatisch. Dagegen war Joan geschmeidig an Körper und lebhaft an Geist, jede ihrer Bewegungen war bestimmt und bewußt. Wenn sie ruhig dasaß, hatte sie die Haltung einer Aristokratin (sie weiß immer, wo sie ihre Hände hintun soll, gab Letty widerwillig zu). Man merkte ihr an, daß es ihr Freude machte, sich zu bewegen. Zehn Jahre lang war sie vernachlässigt, unterdrückt und beiseitegeschoben worden, wenn man sie nicht zu sehen wünschte und sie hatte dabei weder ihren Lebensmut noch ihr Vertrauen verloren.

Sie stand nun mit einem schelmischen Lächeln in ihren grauen Augen im Zimmer, sah von einem zum andern und merkte, daß irgend etwas Außergewöhnliches vorgefallen war. Die Zartheit ihres Teints und ihr hübsches Aussehen konnten selbst von der etwas herausfordernden Schönheit ihrer Cousinen weder in den Schatten gestellt noch hervorgehoben werden. Sie glich einem Bilde, dessen wundervolle Feinheiten nicht durch Glanzlichter oder Schlagschatten hätten unterstrichen werden müssen.

»Guten Abend, Mr. Narth.« Sie redete ihn immer formell an. »Ich habe die Vierteljahresabrechnung fertiggestellt – sie ist einfach schauderhaft!«

Zu jeder anderen Zeit hätte Stephen diese Nachricht schwer getroffen, aber die Aussicht, ein großes Vermögen zu erben, hatte die Frage, hundert Pfund mehr oder weniger zu besitzen, für ihn vollständig gleichgültig gemacht.

»Nimm doch Platz, Joan«, sagte er. Verwundert nahm sie einen Stuhl und setzte sich abseits.

»Willst du bitte diesen Brief lesen?« Er reichte das Schreiben über den Tisch zu Letty, die es ihr gab.

Schweigend las sie, und als sie fertig war, kam ein Lächeln in ihre Züge.

»Das ist wirklich eine wundervolle Nachricht. Ich bin sehr froh«, sagte sie und blickte spöttisch von einer Cousine zur andern. »Und wer wird die glückliche Braut sein?«

Ihre unzerstörbare Heiterkeit war in Mabels Augen eine Beleidigung. Diese Selbstverständlichkeit, mit der Joan annahm, daß die eine oder andere von ihnen sich in eine obskure Chinesenstadt vergraben sollte, ließ sie bis in den Nacken erröten.

»Sei doch nicht so dumm, Joan«, sagte sie scharf. »Das ist noch eine Frage, die überlegt werden muß –«

»Meine Liebe« – Stephen sah ein, daß man taktvoll vorgehen mußte – »Clifford Lynne ist ein wirklich guter Mensch, einer der besten, die es gibt«, sagte er begeistert, obgleich er Clifford Lynnes Charakter, Aussehen oder Verhältnisse nicht genauer kannte als die irgendeines Arbeiters, dem er heute nachmittag mit seinem Auto begegnet war. »Dies ist das größte Glück, das uns jemals in den Weg gekommen ist. Tatsächlich«, sagte er vorsichtig, »ist dies nicht der einzige Brief, den ich von unserem alten Freund Joseph erhalten habe. Da ist nämlich noch ein anderes Schreiben, in dem er sich viel deutlicher ausdrückt.«

Joan sah ihn an, als ob sie nun erwarte, daß er ihr diesen mysteriösen Brief zeigen würde. Aber er tat nichts dergleichen aus dem ganz einfachen Grunde, weil dieser Brief überhaupt nicht existierte, höchstens in seiner Phantasie.

»Wirklich, liebe Joan, Joseph wünscht, daß du diesen Mann heiratest.«

Langsam stand das Mädchen auf, ihre feingezogenen Augenbrauen schoben sich in die Höhe.

»Er will, daß ich ihn heirate?« wiederholte sie. »Aber ich kenne doch den Mann gar nicht.«

»Ebensowenig wie wir«, sagte Letty ganz ruhig. »Darum handelt es sich auch gar nicht, ob man jemand kennt. Überhaupt, wie willst du irgendeinen Mann genauer kennen, den du heiraten sollst? Du siehst eben einen Mann jeden Tag einige Minuten, und du hast nicht die geringste Ahnung, was sein eigentlicher Charakter ist. Erst wenn du später verheiratet bist, kommt sein wirkliches Wesen zum Vorschein.«

Aber das alles machte Mr. Narth die Sache nicht leichter. Durch ein Zeichen bedeutete er Letty zu schweigen.

»Joan,« sagte er, »ich bin immer gut zu dir gewesen. Ich habe dir ein Heim gegeben und habe noch mehr für dich getan, wie du wohl weißt.«

Er sah seine Töchter an und gab ihnen ein Zeichen, sich zu entfernen. Als sich die Tür hinter Letty geschlossen hatte, begann er:

»Joan, ich muß mich einmal ganz frei mit dir aussprechen.« Es war nicht das erstemal, daß er offen mit ihr redete, und sie wußte, was jetzt kommen würde. Sie hatte einen Bruder gehabt, einen wilden Jungen mit leichtsinnigem Charakter, der früher bei der Firma Narth Brothers angestellt war, dann aber mit der Kasse durchbrannte – es waren einige hundert Pfund Sterling – aber er hatte diese Entgleisung mit dem Leben bezahlt, als er zu einem Hafen fliehen wollte. Man fand ihn auf einer Chaussee in Kent tot unter den Trümmern seines Autos. Dann war da noch die Geschichte mit der alten kranken Mutter Joans, die in den letzten Lebensjahren von Mr. Narth unterhalten wurde (»Es ist doch unmöglich, daß wir sie ins Armenhaus gehen lassen, Vater«, hatte Mabel gesagt. »Wenn das in die Zeitungen kommt, wird es einen bösen Skandal geben« – Mabel war eben Mabel schon mit sechzehn Jahren).

»Ich möchte dich nicht an alles erinnern, was ich für deine Familie getan habe«, begann Stephen und fing nun an, ihr alles ins Gedächtnis zurückzurufen. »Ich habe dich in mein Haus aufgenommen und habe dir eine gesellschaftliche Stellung gegeben, die du sonst nicht gehabt hättest. Jetzt hast du einmal Gelegenheit, mir deine Dankbarkeit dafür zu zeigen. Ich wünsche sehr, daß du diesen Mann heiratest.«

Sie biß auf ihre Lippe, aber sie hob den Blick nicht von dem Teppich.

»Hörst du, was ich sage?«

Sie nickte und erhob sich langsam.

»Wollen Sie wirklich, daß ich ihn heirate?«

»Ich will, daß du eine reiche Frau wirst«, sagte er mit Nachdruck. »Ich fordere von dir gar nicht, daß du irgendein Opfer bringst; ich gebe dir eine Gelegenheit glücklich zu werden. Neun von zehn Mädchen würden sich nicht einen Augenblick besinnen.«

Es klopfte an der Tür. Der Diener kam herein und brachte auf einem Silbertablett ein Telegramm. Mr. Narth öffnete es, las und war starr.

»Er ist tot«, sagte er leise. »Der alte Joe Bray ist wirklich tot!«

Aber schon kalkulierte er. Jetzt war der 1. Juni. Wenn er Joan in einem Monat verheiratete, konnte er den Konkurs der Firma North Brothers vermeiden. Ihre Augen trafen sich, ihr Blick war ruhig, sicher, aber fragend, der seine kalt, berechnend und gefühllos.

»Willst du ihn also heiraten?« fragte er.

Sie nickte.

»Ja, ich glaube«, sagte sie ruhig.

Der Seufzer der Erleichterung, mit dem er aufatmete, gab ihr einen Stich und ließ sie zum erstenmal die Bitterkeit des Lebens fühlen.

»Du bist ein sehr kluges Mädchen, und du wirst es nicht bereuen«, sagte er eifrig, als er um den Tisch herum kam und ihre kalten Hände in die seinen nahm. »Ich kann dir versichern, Joan –«

Er drehte sich um, denn es klopfte wieder. Der Diener trat ein:

»Ein Herr wünscht Sie zu sehen.«

Kaum hatte er diese Worte ausgesprochen, als auch schon der Besucher hinter ihm ins Zimmer trat. Er war ein großer Mann und trug einen getüpfelten, schlechtsitzenden Anzug aus rauhem Stoff. Seine Schuhe waren aus rohem Leder und schienen selbstgefertigt zu sein. Er hatte nicht einmal einen Kragen um. Ein weiches Hemd wurde am Hals sichtbar. Ein zerbeulter Hut in seiner Hand vervollständigte das Bild. Aber Joan schaute nur sein Gesicht an. Noch niemals hatte sie einen solchen Mann gesehen. Sie konnte nur staunen. Seine langen, braunen Haare waren gewellt, er trug einen langen, ungepflegten Bart, der bis aus die Brust herabreichte.

»Wer zum Teufel –« begann Mr. Narth erstaunt.

»Mein Name ist Clifford Lynne«, sagte die Erscheinung. »Soviel ich weiß, soll ich hier jemand heiraten. Wo ist sie?«

Sie starrten den wunderlichen Mann an und Letty, die ihm auf dem Fuß gefolgt war, lachte nervös auf.

»Mr. Lynne –« stotterte Stephen Narth.

Bevor der Mann antworten konnte, kam eine dramatische Unterbrechung. Draußen hörte man jemand leise mit dem Diener sprechen. Als Mr. Narth nachschaute, sah er eine Gestalt mit einem viereckigen Kasten.

»Was ist das?« fragte er scharf.

Der Diener streckte seine Hand aus der Tür und kam mit dem Kistchen ins Zimmer. Es war ganz nm und maß ungefähr eine Spanne im Quadrat. Es ließ sich durch einen Schiebedeckel öffnen.

»Mr. Lynne?« fragte der Diener verlegen wie jemand, der sich in einer Lage befindet, in der er sich nicht zu helfen weiß.

Der bärtige Mann drehte sich schnell herum. Alle seine Bewegungen hakten etwas Abgerissenes, wie Joan unbewußt beobachtete.

»Für mich?«

Er stellte den Kasten auf den Tisch und runzelte bedenklich die Stirn. Auf den Deckel waren fein säuberlich die Worte gemalt:

Clifford Lynne, Esq.
(bei seiner Ankunft zu überreichen).

Als er seine Hand ausstreckte, um den Schiebedeckel zu öffnen, schauderte Joan zusammen. Es kam ihr eine unerklärliche Ahnung, daß dem Mann eine schreckliche Gefahr drohe, sie wußte aber nicht welche.

»Was zum Teufel ist das?« fragte der erstaunte Fremde.

Der Kasten stand offen, aber man konnte nichts sehen als eine Masse weicher Watte ... ab er sie bewegte sich in unheimlichen Windungen.

Plötzlich aber kam aus dem weißen Lager ein Kopf mit zwei schwarzen, perlförmigen Augen hervor, die bösartig aufglühten.

Im Bruchteil einer Sekunde schob sich hinter dem Kopf ein langer gewundener Körper hervor, schwankte hin und her, mit einmal zuckte er zurück und der häßliche Kopf schoß nach vorne.

Die Schlange hatte aber die Entfernung unterschätzt – nun lag sie lang auf dem Tisch, der Kopf hing über die Kante, der Schwanz war noch in der Watte versteckt. Nur für kurze Zeit lag sie so ausgestreckt da.

Während alle starr vor Schrecken standen, glitt sie geschmeidig auf den Fußboden. Wieder erhob sie ihr Haupt, ihr Körper wand sich hin und her, und dann holte sie aus zum Sprung ...

Eine Explosion betäubte alle – durch einen Nebel von blauem Dunst sah Joan, wie sich die kopflose Schlange auf dem Boden in Todeskrämpfen wand.

»Verdammte Höllenbande!« sagte Clifford Lynne verwundert. »Wer warf diesen Stein?«

5

»Ein Chinese hat es gebracht«, stotterte der Diener.

»Ein Chinese!« stieß Clifford Lynne hervor.

Der Diener zeigte verschüchtert durch das große Fenster, das auf den Rasenplatz zuging.

Einen Augenblick stand Clifford Lynne wie gelähmt, plötzlich setzte er mit einem großen Sprung durch das offene Fenster und sauste wie ein Sturmwind quer über die Rasenfläche. Zwei Sekunden später war er über die hohe Staudenhecke verschwunden. Er nahm sie in wundervollem Anlauf.

Kaum war er verschwunden, da war der Bann gebrochen. Joan mußte sich um Letty kümmern, die mit verkrampften Händen schluchzte und lachte. Unter dem Tisch wand sich die sterbende Schlange. Der Raum war von weißem, beißendem Qualm erfüllt.

Auf den Knall hin kam Mabel in das Zimmer gestürzt. Sie sah die Schlange auf dem Erdboden, blickte erschreckt von ihrer Schwester zu Joan und von Joan auf ihren schreckensbleichen Vater.

»Dieser schreckliche Kerl – er hat versucht Letty zu töten!« Sie war furchtbar in ihrer falsch angebrachten Wut.

»Seid still!«

Stephen Narth machte mit dieser scharfen Bemerkung der hysterischen Aufregung ein Ende. Er fühlte sich mit einmal als Hausherr.

»Seid ganz still, alle miteinander, ihr verflixten Mädels! Keine von euch hat soviel Verstand wie Joan!«

Letty erhob sich taumelnd, sie blickte um sich, ob sie jemand bemitleidete.

»Das war eine wirkliche Schlange.«

Narth schaute entsetzt auf das sich windende Ding und machte dabei trotz seiner ernsten Würde eine etwas lächerliche Figur. »Ach, bringen Sie das Tier aus dem Zimmer. Aber mit der Feuerzange. Hat er es totgeschossen, Joan? Ich habe gar nicht gesehen, daß er eine Pistole gebraucht hat.«

Sie schüttelte den Kopf.

»Auch ich habe nichts gesehen. Ich hörte nur den Schuß.«

Mr. Narth zeigte auf die Schlange. Der Diener kam mit der Feuerzange und faßte den noch zuckenden Schwanz.

»›Verdammte Höllenbande‹, hat er gesagt«, bemerkte Joan in tiefem Nachdenken.

Die beiden Mädchen sahen ihren Vater an.

»Wer war denn das, ein Strolch, Vater?« fragte Letty.

Mr. Narth schüttelte den Kopf.

»Clifford Lynne«, sagte er. Die beiden waren starr.

»Diese Vogelscheuche?« rief Letty aufs höchste entrüstet. »Der ... ! Das also war der Mann, den ich – wir –«

Narth sah bedeutungsvoll auf Joan. Sie stand am offenen Fenster und hatte ihre Augen mit der Hand gegen die Nachmittagssonne geschützt. In diesem Augenblick kam der Diener zum Rasenplatz und hielt ein langes, strickähnliches Ding in der Feuerzange.

Clifford Lynne kam über die Hecke in raschem Lauf. Sein unmöglich langer Bart wehte nach allen Seiten auseinander. Als er die Schlange sah, hielt er an.

»Ein Gelbkopf«, sagte er nachdenklich. »Und ein gelber Bursche!«

Letty war still, als der merkwürdige Mann gemächlich ins Zimmer kam, die Hände in den Hosentaschen.

»Hat jemand hier in der Nähe einen Chinesen gesehen?« fragte er.

Letty und Mabel sprachen zu gleicher Zeit. Aber er wandte sich an Joan, die weder zitterte, noch sonst Furcht zeigte.

»Chinesen – und gleich zwei?« sagte er bedeutungsvoll. »Ich dachte es mir gleich!«

Er ging zum Fenster und blickte hinaus. Dann kehrte er zum Tisch zurück und nahm die Watte aus dem Kasten heraus, Lage für Lage.

»Tatsächlich nur eine! Was für eine Gemeinheit!«

Er lugte wieder in den sonnigen Garten hinaus.

»Ich dachte mir, sie würden ihre Messer gebrauchen. Diese Schlingel können ganz wunderbar mit dem Messer werfen. Es ist jetzt gerade ein Jahr her, daß so ein Chinesenschuft einen meiner Vormänner auf der Mine durch einen Messerwurf tötete – auf eine Entfernung von über hundert Meter.«

Er hakte sich dabei an Joan gewandt, und seine Stimme klang freundlich und zuvorkommend.

»Haben Sie den Täter erwischt?« fragte sie.

Der Mann mit dem großen Bart nickte.

»Nach den im Gebirge herrschenden Gesetzen haben wir ihn gefaßt und einfach aufgehängt. Ein tüchtiger Kerl in mancher Beziehung – aber zu temperamentvoll. Und die einzige Möglichkeit, mit solchen temperamentvollen Kulis umzugehen, ist, daß man sie aufhängt.«

Sein Blick fiel auf Letty, die seine Ansicht über Temperament ungehörig, ja beleidigend fand. Er sah, wie sich ihre rosigen Lippen lächelnd kräuselten, aber es berührte ihn nicht unangenehm.

»Sind Sie es?« fragte er.

Sie begann zu sprechen. »Nein – nein – ich – was wollen Sie damit sagen?«

Sic wußte ganz genau, was er meinte.

»Ich soll jemand heiraten.«

Er blickte nun auf Mabel Narth, die dunkelrot wurde. Ihre kindlich blauen Augen blickten ihn feindselig mit aller Verachtung, die sie für ihn fühlte, an.

»Weder meine Schwester noch ich sind so glücklich«, sagte sie mit spöttischem Unterton. »Sie müssen sich an Joan wenden ...« Sie blickte sich nach Mr. Narth um. »Vater!«

Verlegen genug stellte er seine Nichte vor.

»Oh!« stieß Clifford Lynne hervor.

Und dieses »Oh!« konnte alles mögliche bedeuten. Es konnte ebenso Enttäuschung als auch bewunderndes Erstaunen sein.

»Nun gut, hier bin ich. Und ich bin bereit zum –« Er zögerte, da er im Augenblick kein Wort fand. Joan hätte schwören mögen, daß das Wort, das er wahrscheinlich gebraucht haben würde, »Opfer« heißen sollte, aber er war höflich genug und sagte »bereit zur Erfüllung der Bedingung«.

»Der alte Joe ist gestorben«, sagte der Fremde. »Ich vermute, daß Sie das wissen? Der arme alte Schwärmer! Für viele wäre es besser gewesen, wenn er schon sechs Monate früher gestorben wäre. Eine gute alte Seele, früher ein großer Sportsmann – aber er war immer ein wenig verrückt.«

Wieder wandte er sich zu Joan. Nach seinem blitzartig dramatischen Auftreten konnte sie ihn nun genauer beobachten. Er war ungefähr einhundertachtzig Zentimeter groß und selbst seine unmögliche Kleidung konnte doch seinen schönen Körperbau nicht ganz verleugnen. Sein Gesicht war stark gebräunt, sein zerzauster Bart war ebenso braun wie sein Haar und seine struppigen Augenbrauen. Alles an diesem Mann lebte; diese ungeheure Energie und Lebendigkeit war das erste, was einen starken Eindruck auf Joan machte. Sie besah sich seine unförmigen Schuhe. Während der eine mit einem Riemen zugeschnürt war, war der andere mit Bindfaden zugebunden.

Für Mr. Narth war der Augenblick gekommen, sich in Szene zu setzen und seine Autorität zu wahren. Die Umstände machten ihn zur gewichtigsten Persönlichkeit im Raum. Er war nicht nur der Herr dieses Hauses, sondern er war vor allem auch der Haupterbe. Und dieser Mann hier war nur der Geschäftsführer des alten Joe Bray, einer, dem man keine guten Worte zu geben brauchte, sondern nur zu befehlen hatte. Er war nur ein Angestellter – und in Zukunft der Angestellte von Mr. Narth. Denn wenn er Joes Vermögen erbte, so ging doch damit auch zweifellos all die Autorität auf ihn über, die damit verknüpft war.

»Hm – Mr. – Lynne, ich denke doch, daß diese Auslassungen über den Zustand meines armen Vetters ungehörig sind, und ich kann nicht zugeben, daß Sie sein ehrenvolles Ansehen schmähen.«

Der Fremde sah ihn etwas verwundert von der Seite an.

»Ah – Sie sind Narth – ich habe schon von Ihnen gehört! Sie sind also der Gentleman, der das Geld anderer Leute verspekuliert hat!«

Stephen Narth wurde abwechselnd rot und blaß. Für den Augenblick hatte er die Sprache verloren. Die Roheit dieser Äußerung lähmte ihn. Wäre Mr. Narth vernünftig gewesen, so hätte er diesen Punkt überhaupt nicht weiter erörtert.

»Diese Dinge sind ja allbekannt«, sagte Lynne, indem er sich den Bart strich. »Sie können dem Lichtkegel der öffentlichen Meinung nicht entfliehen!«

Jetzt bekam Stephen Narth seine Stimme wieder.

»Ich denke gar nicht daran, solche böswilligen Gerüchte hier zur Diskussion zu stellen«, sagte er. Dabei warf er Clifford Lynne einen Blick zu, aus dem tödlicher Haß loderte. »Es ist doch notwendig, daß ich Ihnen gegenüber im Moment feststelle, daß ich nach Mr. Brays Testament der Haupterbe bin und – der – Eigentümer –«

»Vielleicht in Zukunft«, murmelte Lynne. »Sie möchten, daß ich meine Stelle weiter behalten soll. Ich bin dazu bereit. Brauchen Sie mich?«

Er sah Joan interesselos, fast dumm an. Sie verspürte heftige Neigung zu lachen.

»Also«, begann er wieder zu sprechen, »bin ich hier und bereit. Gott weiß, ich habe es wirklich nicht nötig, mich mit kleinen Mädchen abzugeben, aber die Sache liegt so: Joe sagte zu mir: ›Willst du mir dein Wort geben?‹ und ich antwortete ›Ja‹.«

Er schaute in Gedanken noch immer zu Joan hinüber.

Erwartete er etwa eine Antwort von ihr?

Offensichtlich nicht, denn er fuhr fort:

»Aber die letzten Vorfälle machen die Sache kompliziert. Ich hatte keine Ahnung, daß wir die »Freudigen Hände« beunruhigen würden – aber ich habe nun einmal mein Wort gegeben und bin hergekommen, um es zu halten!«

Mr. Narth hielt nun den Augenblick für gekommen, ohne sich etwas zu vergeben, wieder gleichberechtigt an der Unterhaltung teilzunehmen.

»Die ›Freudigen Hände‹? So sagten Sie doch – was in aller Welt sind denn die ›Freudigen Hände‹«

Der Fremde schien die unberufene Einmischung nicht übelgenommen zu haben, und Stephen Narth hatte das deutliche Gefühl, daß die Äußerung, die der Fremde vor einigen Sekunden getan hatte, nur eine Feststellung von Tatsachen war, ohne irgendwelche beleidigenden Nebenabsichten. Clifford Lynne wußte darum, aber er schien es nicht zu verurteilen.

»Ich habe das kleine Haus hier in der Nähe – ›Slaters Cottage‹ heißt es doch wohl – genommen«, sagte Clifford in seiner seltsam abgerissenen Art. »Ein unheimliches Loch, aber mir sagt es zu. Zu meinem Schrecken sehe ich, daß ich Ihren Teppich beschädigt habe.«

Dabei sah er düster auf die Spuren der Tragödie, die sich vorhin abgespielt hatte.

»Immerhin, Schlangen haben gar kein Recht, auf Teppichen herumzukriechen«, sagte er erleichtert, als ob er froh wäre, eine Entschuldigung dafür zu finden, daß er hier diese Unordnung angerichtet hatte.

Mr. Narth machte ein langes Gesicht.

»Sie werden hier wohnen?« fragte er, und schon hakte er auf der Zunge, dem Fremden den Rat zu geben, bei seinen späteren Besuchen durch den Dienstboteneingang zu kommen. Aber irgend etwas hinderte ihn daran, diese unhöfliche Bemerkung auszusprechen. Einen Mann, der ein so großes Verbrechen so gleichgültig übersah, der todbringende Waffen bei sich trug, die er so schnell gebrauchen und wieder verschwinden lassen konnte, daß kein menschliches Auge eine Bewegung seiner Hand sah, durfte man nicht ungestraft beleidigen. Deshalb sagte er:

»›Slaters Cottage‹ ist eigentlich kein angenehmer Aufenthalt für Sie. Es ist nicht viel besser als eine Ruine. Das Anwesen wurde mir neulich für hundertzwanzig Pfund angeboten. Ich habe es aber abgelehnt –«

»Da haben Sie sich ein gutes Geschäft entgehen lassen«, sagte Clifford Lynne ruhig. »Da drinnen steht nämlich ein Kamin aus der Tudor-Zeit, der diese Summe zweimal wert ist.«

Während er sprach, hatte er fast geistesabwesend auf Joan geblickt.

»Ich würde gar nicht erstaunt sein, wenn ich mich in ›Slaters Cottage‹ dauernd niederließe«, fügte er fast belustigt hinzu. »Dort ist eine hübsche Spülküche, wo die Frau einem die Wäsche waschen kann, auch drei ziemlich gute Räume sind vorhanden – wenn erst einmal die Rattenlöcher zugestopft sind. Ich persönlich allerdings habe gar nichts gegen Ratten.«

»Und ich liebe sie direkt«, sagte Joan kühl, denn sie hatte sofort die Herausforderung gemerkt und gab sie schnell zurück.

Für eine Sekunde schien der leise Schimmer eines Lächelns in seinen Augen aufzublitzen.

»Also, ich wohne hier. Aber seien Sie nicht traurig, daß Sie deswegen Ihr Ansehen einbüßen könnten. Ich werde nur selten hier vorsprechen.« Dabei spitzte er den Mund. »Solch ein Chinesenschuft! Natürlich sah mich der Kerl hereinkommen und lieferte seine Sendung gleich ab. Er konnte es ja auch gar nicht vorher tun, sonst hätten sie die Bewegungen des Tieres in dem Kasten gehört. Oder die Schlange wäre gestorben – es waren keine Löcher in dem Deckel.«

Mr. Narth räusperte sich.

»Wollen Sie uns glauben machen, daß dieses Reptil in böser Absicht gegen Sie losgelassen wurde?«

Clifford Lynne betrachtete ihn belustigt.

»Eine lebendige Giftschlange ist meiner Meinung nach kein Geburtstagsgeschenk,« sagte er höflich, »und ich hasse Gelbköpfe – sie können tödlich verletzen!« Mit plötzlicher Energie schlug er sich auf den Oberschenkel und lachte. »Warum hat er das wohl getan? Natürlich! ›Gelbe Schlange‹! Ich bilde mir nicht ein, daß er das vergessen hat!«

Wieder suchten seine Augen das Mädchen.

»Sie werden einen netten, lustigen Mann bekommen ... Ich behielt Ihren Namen nicht ... Joan, nicht wahr? Ich dachte, daß die Joans alle verheiratet seien, aber vielleicht denke ich dabei an die Dorothys! Sie sind ungefähr einundzwanzig Jahre alt, nicht wahr? Alle Joans sind ungefähr einundzwanzig Jahre alt und alle Patricias ungefähr siebzehn, und die meisten Mary Anns beziehen eine Alterspension.«

»Und alle Cliffords spielen Theater«, gab sie zur Antwort.

Diesmal lachte er wirklich. Es war ein leises, angenehmes und kultiviertes Lachen, das so gar nicht im Einklang mit seinem verbotenen Äußeren stand. Ein ganz anderer, neuer Mensch schien sich unter dem abstoßenden, rauhen Gewand zu verbergen.

»Was fällt Ihnen ein, was sagen Sie da?« er drohte scherzend mit dem Finger. »Aber ich habe die Antwort verdient.«

Er langte plötzlich tief in seinen kuriosen Rock, brachte eine große Messinguhr hervor und sah nach der Zeit.

»Sie geht nicht«, sagte er entrüstet. Nachdem er sie energisch geschüttelt hatte, hielt er sie ans Ohr. »Wieviel Uhr ist es jetzt?«

»Sechs«, sagte Mr. Narth.

»Ich wußte, daß es nicht mittags halb eins sein könnte«, sagte der Besucher ruhig und stellte die Zeiger richtig. »Ich komme wieder. Ich will mir für den Augenblick ein Logis in London mieten. Aber ich werde morgen oder einen Tag später wieder hier sein. – Gehören Sie zur Kirche von England?«

Diese Frage hatte er an Joan gerichtet, die bejahend nickte.

»Auch ich gehöre so etwas dazu,« sagte Mr. Lynne, »aber ich schwärme auch für Weihrauch und gute Musik. Auf Wiedersehen, Dorothy!«

»Sie meinen Agnes«, sagte Joan. In ihren Augen war wieder ein schalkhaftes Lächeln. Sie streckte ihre Hand aus und fühlte, wie er sie kräftig schüttelte. Er würdigte keines der anderen Familienmitglieder eines solchen Grußes und verabschiedete sich mit einem Nicken, das für alle galt. Dann ging er rasch aus der Tür in die Halle. Mr. Narth dachte, daß er fort sei. Gerade wollte er anfangen zu sprechen, als der bärtige Mann wieder in der Türe erschien.

»Kennt einer von Ihnen einen Herrn mit Namen Grahame St. Clay?« fragte er.

Blitzartig erinnerte sich Mr. Narth an die Konferenz, die er heute morgen gehabt hatte. »Ach ja, ich kenne einen Herrn Grahame St. Clay. Allerdings nicht genau – aber einer meiner Direktoren ist ein Freund von ihm«, sagte er. Clifford zog die Augenbrauen hoch.

»So – er kennt ihn?« sagte er ruhig. »Und Sie haben ihn noch nie gesehen?«

Mr. Narth schüttelte den Kopf.

»Morgen abend können Sie mir erzählen, was Sie über ihn denken.«

»Aber ich werde ihn wirklich nicht treffen«, sagte Mr. Narth.

»Doch, Sie werden ihn sicher sehen«, sagte Clifford leise. Wieder zeigte sich ein Schein von Mißtrauen in seinen klaren, blauen Augen. »Bestimmt, Sie werden St. Clay sehen, denselben St. Clay, der die gelbe Rasse hochbringen will!«

Im nächsten Augenblick war er fort, indem er die Haustür hinter sich zuschlug. Er war wirklich ein Mann mit etwas heftigen Manieren, wie Mr. Narth feststellen konnte.

»Gott sei Dank, daß ich ihn nicht heirate«, sagte Mabel, und Letty, die sich kaum von ihrem Anfall erholt hatte, stimmte ihr zu.

Nur Joan sagte nichts. Sie war verwirrt, aber der fremde Mann war ihr sehr interessant, und sie fühlte nicht die geringste Furcht.

6

Am Ende des Fahrweges, der von der Landstraße zum Hause führte, stand Mr. Clifford Lynnes Wagen. »Wagen« ist vielleicht ein etwas zu ehrenvoller Name für die Maschine, die er einige Tage vorher für fünfunddreißig Pfund gekauft hatte. Er ließ den Motor laufen, da er aus Erfahrung wußte, daß er ohne diese Vorsichtsmaßregel eine halbe Stunde brauchte, um die Maschine wieder in Gang zu bringen. Unter Rattern und Stoßen, Quietschen und Knarren brachte er das Auto auf die Straße und fuhr mit viel Lärm etwa hundert Meter weit, dann bog er in einen Fahrweg ein, der in das Gebüsch führte.

Das Ende des Weges brachte ihn zu dem grauen Steingebäude Slaters Cottage. Alle Fenster waren zerbrochen. In den sechziger Jahren hatte ein Besitzer des Hauses, der hoch hinaus wollte, einen kleinen Säulenvorbau errichten lassen, der sich jetzt in der Mitte stark gesenkt hatte. Mehrere Dutzend Ziegel fehlten auf dem Dach. Das einstöckige Gebäude bot ein Bild der Vernachlässigung und Verwüstung.

Eine Gruppe von drei Männern stand vor der Tür. Clifford kam gerade in dem Augenblick an, als sie sich einig geworden waren. Einer der Leute ging auf ihn zu, als er aus dem ratternden Wagen sprang.

»Sie können mit diesem Trümmerhaufen hier nichts anfangen«, sagte er. Wie man aus dem Zollstock ersehen konnte, der aus seiner hintern Hosentasche hervorguckte, gehörte er dem Baugewerbe an. »Die Fußböden sind verfault, das Haus muß ein neues Dach haben, und außerdem brauchen Sie eine neue Wasserleitung und Kanalisation.«

Ohne ein Wort zu verlieren, ging Lynne an ihm vorbei in das Gebäude. Es bestand aus zwei Räumen, einem zur Linken und einem zur Rechten vom Mittelgang aus, den er jetzt betrat. Am Ende der Halle lag eine kleine Küche, in der ein verrosteter Herd stand. An diese war eine Spülküche angeschlossen. Durch die zerbrochenen Fenster an der Rückseite sah man einen verwitterten Schuppen, der repariert war und dadurch das Glanzstück des ganzen Anwesens bildete.

Der Fußbodenbelag ächzte und krachte unter seinen Schritten. An einer Stelle war er ganz verfault, und ein großes Loch gähnte Lynne entgegen. Die früheren Tapeten hingen in zerrissenen, farblosen Fetzen von den Wänden, und die Decke konnte man vor Spinnweben kaum mehr erkennen.

Er kam wieder zu der Gruppe vor der Haustür. Er stopfte umständlich seine Pfeife aus einem großen Canvasbeutel, den er aus seiner Tasche hervorholte.

»Sind Sie ein Baumeister oder ein Poet?« fragte er den Mann mit dem Zollstock.

Der Baumeister grinste.

»Ich verstehe etwas vom Bauen«, sagte er, »aber ich bin kein Zauberer. Um dieses Haus in einer Woche herzurichten, brauche ich drei von Aladdins Zauberlampen.«

Clifford steckte seine Pfeife in den Mund und zündete sie gemächlich an.

»Wenn wir nun von der Möglichkeit absehen, den dienstbaren Geist aus Aladdins Lampe zu engagieren, wieviel Leute brauchen Sie dann, um die Reparaturen auszuführen?«

»Es ist keine Frage, wieviel Leute ich anstellen kann, es ist letzten Endes eine Geldfrage«, sagte der Baumeister. »Sicher kann in einer Woche alles fertig sein, aber das würde Sie fast tausend Pfund kosten. Und das ganze Haus ist nicht soviel wert.«

Clifford blies eine Rauchwolke in die Luft und beobachtete, wie sie sich zerteilte.

»Stellen Sie doch zweihundert Mann ein und lassen Sie sie in achtstündigen Schichten Tag und Nacht arbeiten. Noch heute abend können sie den Fußboden aufreißen. Holen Sie so viel Lastwagen als Sie brauchen, und lassen Sie alles Material als Eilgut verladen. Also, ich will Eichenfußböden haben – dann einen Baderaum – elektrisches Licht muß gelegt werden – ferner bauen Sie mir eine Warmwasserleitung in das Haus – vor die Fenster müssen eiserne Läden kommen – diesen Weg wandeln Sie in eine gute Fahrstraße um – außerdem möchte ich ein Schwimmbassin hinter dem Hause haben – – das ist alles, wie ich denke.«

»In sieben Tagen?« staunte der Baumeister.

»Besser noch in sechs«, antwortete Lynne. »Entweder nehmen Sie die Arbeit an, oder ich werde einen anderen finden.«

»Aber Mr. Lynne, für das Geld, das Sie diese Sache kostet, können Sie eines der schönsten Häuser in Sunningdale kaufen –«

»Aber mir gefällt gerade diese Wohnung hier«, sagte Clifford Lynne. »Und dann noch eins: das Haus muß sicher vor Schlangen sein.«

Er blickte in seinem kleinen Besitztum umher. Der Zaun, der die Grenzen bezeichnete, wurde von dem Geäst der Bäume verdeckt.

»Alle diese Kiefern würden besser umgehauen«, sagte er. »Ich brauche eine klare, übersichtliche Feuerzone.«

»Was für eine Zone?« fragte der Baumeister neugierig.

»Außerdem müssen die eisernen Fensterläden Schießscharten haben – ich vergaß, Ihnen das zu sagen. Geben Sie mal Ihr Buch her.«

Er nahm dem Architekten das Notizbuch aus der Hand und begann zu skizzieren.

»Solche Form sollen sie haben und ungefähr diese Abmessungen«, sagte er, indem er ihm das Buch zurückgab. »Nehmen Sie den Auftrag an?«

»Ich will ihn übernehmen«, sagte der Baumeister, »und ich kann Ihnen versprechen, daß das Haus in einer Woche bewohnbar sein wird. Aber es wird Sie unheimlich viel kosten.«

»Ich weiß, was mich die Sache kostet, wenn das Haus nicht fertig ist«, unterbrach ihn Clifford Lynne.

Er steckte seine Hand in die Tasche, zog ein Lederetui mit Banknoten heraus, öffnete es und entnahm ihm zehn Scheine, jeden zu hundert Pfund.

»Ich will mit Ihnen keinen Kontrakt machen, weil ich eben ein Geschäftsmann bin. Heute ist Mittwoch, die Möbel werden nächsten Dienstag ankommen. Lassen Sie Öfen in jedem Raum aufstellen, und heizen Sie tüchtig. Es ist möglich, daß ich Sie für eine Woche nicht sehe, aber hier gebe ich Ihnen meine Telephonnummer. – In dieser Richtung legen Sie einen Graben bis zur Hauptstraße an, ferner brauche ich eine Telephonanlage, und denken Sie daran, daß der Zuführungsdraht unterirdisch gelegt sein muß – und zwar recht tief. Schlangen können nämlich graben!« fügte er leise hinzu.

Ohne weiter ein Wort zu verlieren, stieg er in sein Auto und fuhr damit unter vielem Stoßen und Schaukeln die Straße entlang. Plötzlich war er den Blicken entschwunden.

»Ich werde in nächster Zeit nicht viel schlafen können«, sagte der Baumeister, und damit hatte er auch recht. –

Am nächsten Morgen regnete es, leise fielen die Tropfen. Es sah so aus, als ob es den ganzen Tag anhalten würde. Das war wenigstens die Ansicht von Mr. Narths Chauffeur, der gewohnt war, resigniert den Wechsel des englischen Klimas zu beobachten.

Mr. Stephen Narth dagegen rühmte sich, daß er überhaupt keine Notiz vom Wetter nehme. Aber irgend etwas lag in dem dunklen Himmel und der traurigen Landschaft, das mit seiner geistigen Verfassung übereinstimmte, so daß sich das Wetter auf ihn selbst übertrug und seine Niedergeschlagenheit noch vergrößerte.

Er sagte sich selbst immer wieder auf dem Wege von Sunningdale zu seinem Bureau, daß gar kein Grund vorläge, nicht guten Mutes zu sein. Sicher waren die Erlebnisse des gestrigen Tages nicht angetan, ihn aufzumuntern. Aber dann kam ihm zum Bewußtsein, daß es einen Weg gab, die Bedingung des alten Bray zu erfüllen, und die Tatsache, daß Joan sich bereit erklärt hatte, seinen Wünschen nachzukommen, war doch sicher erfreulich, und man konnte gratulieren.

Clifford Lynne beeinträchtigte natürlich seine Freude und war ihm ein Dorn im Auge. Merkwürdigerweise hatte das Auftauchen der Giftschlange im Wohnzimmer Mr. Narth nicht weiter beunruhigt. Sicherlich war es außergewöhnlich, ihm war aber nichts davon bekannt, daß Gelbköpfe giftig seien, auch konnte er den Zusammenhang nicht übersehen, wie der mysteriöse Kasten in sein Haus gebracht worden war. So machte er es denn wie gewöhnlich und suchte ein Problem zu vergessen, das er nicht aufklären konnte. So war es ja auch viel einfacher. Die Lösung ging ja andere Leute an.

Der ganze Vorfall hatte, soweit er ihn betraf, nur die Bedeutung, daß der Teppich in seinem Wohnzimmer zu einem Reinigungsinstitut gebracht werden mußte, wo man die beiden kleinen Löcher wieder stickte. Clifford Lynne nahm natürlich die ganze Sache viel zu theatralisch. Das war ein Lieblingsausdruck von Mr. Narth, mit dem er alle Ereignisse des Lebens abtat, die besonders aufregend auf ihn wirkten. Wenn nun alles gesagt und vollbracht war – und dieser Gedanke brachte ihn in besonders gute Stimmung – dann war das große Vermögen Joe Brays in seinen Händen. Die Wolken, die den Horizont am Tage vorher verdunkelt hakten, zerteilten sich. Es blieb ihm jetzt nur noch übrig, die Hochzeit möglichst zu beschleunigen, und die Reichtümer Joes in Besitz zu nehmen, sobald die Bedingung erfüllt war.

Er war in glücklichster Stimmung, als er durch den Privateingang in sein Bureau eintrat und konnte den beiden Leuten, die ihn dort erwarteten, ein heiteres Gesicht zeigen. Major Spedwell hatte sich über das eine Ende des Tisches gelegt, eine Zigarre zwischen den Zähnen, während Mr. Leggat am Fenster stand. Er schaute in den strömenden Regen, die Hände auf dem Rücken verschränkt.

»Hallo, meine Herren!« sagte Narth freundlich. »Sie sehen gerade so vergnügt aus wie Leichenbitter bei einer Beerdigung.«

Leggat drehte sich um.

»Weshalb sind Sie denn so vergnügt?« fragte er.

Stephen Narth hatte sich noch nicht überlegt, ob er seinen Kollegen einen vollständigen Einblick in seine Lage geben sollte. Denn mit dem Gelde, das ihm von der Brayschen Firma zukam, konnte er seine fragwürdigen Bekanntschaften abschütteln und zum Teufel jagen. Denn man kann nur mit Geld die Fehltritte der Vergangenheit abwaschen. Dann könnte er mit einem reinen Blatt und einem großen Kredit auf der Bank von vorn anfangen.

»Joe ist tot«, polterte er heraus, »und hat mir den größten Teil seines Vermögens vermacht.«

In seiner Freude war ihm diese unvorsichtige Äußerung entschlüpft, und er war schon böse über seine eigene Dummheit, bevor er diese Worte ganz ausgesprochen hatte.

Wenn Stephen erwartet hatte, daß diese Nachricht für die anderen eine Sensation bedeute, so war er enttäuscht.

»So, so«, sagte Leggat sarkastisch. »Und wann werden Sie das Geld in die Hand bekommen?«

»In ein oder zwei Monaten«, sagte der andere leichtfertig.

»Ein oder zwei Monate bedeuten einen oder zwei Monate zu spät«, sagte Major Spedwell. Dabei überzog sein dunkles Gesicht ein widriges Grinsen. »Ich habe heute morgen die Rechnungsrevisoren gesehen. Unter allen Umständen müssen die fünfzigtausend Pfund bis morgen beigebracht werden.«

»Tatsächlich,« unterbrach ihn Leggat, »wir sind fertig, Narth. Wir müssen das Geld in den nächsten vierundzwanzig Stunden aufbringen. Wenn keine Wenns und Abers in dem Testament enthalten sind, können Sie das Geld ja auf Grund der Dokumente leicht leihen. Ist eigentlich eine Bedingung in dem Testament?«

Narth runzelte die Stirn. Was wußte der andere? Aber Leggat sah ihm unentwegt in die Augen.

»Es ist eine Bedingung in dem Testament«, gab Narth zu. »Aber die ist praktisch schon erfüllt.«

Leggat schüttelte den Kopf.

»Damit können Sie gar nichts anfangen«, sagte er. »Ist das Testament so abgefaßt, daß Sie morgen fünfzigtausend Pfund darauf leihen können?«

»Nein«, sagte Narth kurz. »Ich kenne den wahren Wert des Vermögens nicht, und außerdem ist eine Bedingung –«

»Stimmt!« sagte Spedwell. »So ist die Lage, und die Lage ist äußerst gefährlich. Sie können nicht einen Sechser auf ein Testament bekommen, in dem eine Bedingung enthalten ist, die noch nicht erfüllt wurde, und auf ein Vermögen, dessen wahren Wert Sie nicht kennen. Ich wette, Sie haben noch nicht einmal eine Kopie dieses Testamentes.«

Stephen Narths Augen wurden klein.

»Sie reden wie ein Buch, Major«, sagte er. »Irgend jemand hat Ihnen mehr erzählt, als ich selber weiß.«

Major Spedwell drehte sich ungemütlich um.

»Jemand hat gar nichts erzählt«, sagte er bissig. »Das einzige, was mich und Leggat interessiert, ist, ob Sie bis morgen fünfzigtausend Pfund ausbringen können. Und da wir wissen, daß Sie es nicht können, haben wir Ihnen viel Unannehmlichkeiten erspart. Wir haben nämlich unseren Freund St. Clay gebeten, hierherzukommen und mit Ihnen zu sprechen.«

»Ihr Freund St. Clay? Ist das der Mann, den Sie gestern nannten?«

Plötzlich erinnerte sich Stephen Narth an die Prophezeiung Clifford Lynnes: »Sie werden ihn morgen sehen.«

»Hat denn Grahame St. Clay so viel Geld, daß er es wegwerfen kann?«

Spedwell nickte langsam.

»Ja, das kann er, und er ist auch bereit, es zu tun. Und wenn Sie meinen Rat annehmen, Narth, dann wirft er es sogar an Sie weg.«

»Aber ich kenne ihn doch nicht; wo kann ich ihn denn treffen?«

Spedwell ging auf die Türe zu, die nach dem Hauptbureau führte.

»Er wartet schon draußen, bis wir die Sache mit Ihnen besprochen haben.«

Stephen Narth sah ihn verwirrt an. Ein Mann, der fünfzigtausend Pfund ausleihen konnte, wartete auf die günstige Gelegenheit, sie zu verlieren?!

»Hier?« fragte er ungläubig.

Major Spedwell öffnete die Tür.

»Hier ist Mr. Grahame St. Clay«, sagte er.

Ein tadellos gekleideter Herr trat in das Bureau.

Narth starrte ihn mit offenem Munde an. Denn Grahame St. Clay war zweifellos ein Chinese.

7

»Mr. Grahame St. Clay«, stellte Spedwell den Fremden noch einmal vor. Mechanisch streckte Narth seine Hand aus.

Bis zu diesem Augenblick waren für Stephen Narth alle Chinesen gleich. Aber als er in die tiefbraunen Augen dieses Mannes sah, wurde ihm klar, daß er sich von allen anderen unterschied. Er konnte nur nicht genau sagen, wie. Seine Augen standen weit auseinander, seine Nase war dünn und lang, die schmalen Lippen unterschieden ihn von allen anderen seiner Landsleute, die er gewohnt war, mit dem mongolischen Typ zu bezeichnen. Vielleicht gab das volle Kinn Grahame St. Clay ein anderes Aussehen. Besonders beim Sprechen unterschied er sich stark von anderen Chinesen, die Stephen North jemals gesehen oder gehört hatte.

»Ist dies Mr. Narth?« fragte er. »Ich bin erfreut, Ihre Bekanntschaft zu machen. Wirklich, ich denke, daß sie mir manche Vorteile bringen wird.«

Seine Sprache war die eines wohlerzogenen Mannes mit einem leicht nasalen Anflug und übertrieben korrekter Aussprache, wodurch sich Leute auszeichnen, die auf einer höheren Schule erzogen sind und ihre Studien an einer größeren Universität vollendet haben.

»Kann ich Platz nehmen?«

Narth nickte schweigend, und der Ankömmling legte eine schöne Ledermappe vor sich auf den Tisch.

»Sie sind ein wenig bestürzt, da Sie sehen, daß ich ein Chinese bin.« Mr. St. Clay lachte leise bei diesen Worten. »›Gelbe Gefahr‹, das ist doch wohl der Ausdruck, den man gewöhnlich für uns braucht, nicht wahr? Doch ich muß sehr dagegen protestieren, daß man mich eine Gefahr nennt, da ich der gutmütigste Mensch bin, der jemals von China hierherkam«, sagte er gutgelaunt.

Während er dies sagte, öffnete er seine Mappe und zog ein flaches Paket daraus hervor, das mit einem roten Band verschnürt war. Äußerst sorgfältig entfernte er die Schnur, nahm die oberste Lage von steifer Pappe weg und enthüllte vor den Augen Stephen

Narths ein dickes Bündel Banknoten. Narth konnte von seinem Sitz aus sehen, daß es Tausendpfundscheine waren.

»Fünfzig, denke ich, beträgt die Summe, die Sie benötigen«, sagte Mr. St. Clay. Mit der Geschicklichkeit eines Bankkassierers zählte er die erforderliche Zahl ab und legte das kleine Bündel auf die Seite. Behutsam verpackte er den übrigen Stoß Banknoten wieder und legte ihn in die Mappe zurück. »Wir sind doch alle Freunde hier, denke ich.« Mr. St. Clay sah von einem zum andern. »Ich kann doch hier frei sprechen.«

Narth nickte.

»Nun wohl.« Er faltete zum Erstaunen Narths die Banknoten zusammen und steckte das Geld in seine Westentasche. »Natürlich ist eine Bedingung an die Verleihung des Geldes geknüpft. Selbst ich, nur ein Chinese ohne banktechnische Ratgeber, kenne mich doch so weit in den Handelsgebräuchen aus, daß ich diese große Summe nicht ohne eine Bedingung ausleihen könnte. Frei heraus gesagt, Mr. Narth, ich verlange von Ihnen, daß Sie einer der Unseren werden.«

»Einer der Ihrigen?« fragte Narth langsam. »Ich verstehe nicht ganz, was Sie sagen.«

Spedwell vervollständigte die Information.

»Mr. St. Clay hat eine große Organisation in diesem Lande geschaffen. Es ist eine Art von –« Er machte eine Verlegenheitspause.

»Geheimgesellschaft!« vollendete Mr. St. Clay höflich. »Klingt das nicht sehr mysteriös und abschreckend? Aber in Wirklichkeit hat das nichts zu sagen. Ich habe mir ein bestimmtes Lebensziel gesetzt, und dazu brauche ich die Hilfe intelligenter Männer, denen ich vertrauen kann. Wir Chinesen haben mehr oder weniger die Eigenschaft von Kindern. Wir lieben Pomp und Geheimniskrämerei. Wir sind tatsächlich die wirklichen Exoten in der Welk, besonders spielen wir gerne mit den Dingen, und die ›Freudigen Hände‹ sind – frei heraus gesagt – meine Erfindung. Unser Ziel ist es, das chinesische Volk in die Höhe zu bringen und gleichsam Licht in der Finsternis zu verbreiten.« Er machte eine Pause und fügte dann hinzu: »Und außerdem noch allerhand ähnliche Dinge.«

Stephen Narth lächelte.

»Das scheint ein sehr lobenswertes Ziel zu sein. Ich werde mich freuen, mich Ihnen anschließen zu können.«

Die dunklen Augen des Chinesen hatten eine fast hypnotische Gewalt. Sie durchbohrten ihn eine Sekunde lang, so daß er das schreckenerregende Gefühl hatte, daß er augenblicklich seinen Willen einer größeren, aber wohlwollenden Macht unterstellt hatte. Denn das war das Merkwürdige an dem Chinesen, daß er eine Atmosphäre des Wohlwollens um sich verbreitete.

»Also, es ist gut«, sagte Mr. St. Clay einfach, zog das Paket Banknoten aus seiner Tasche und legte es höflich auf den Tisch. Dabei wehrte er ab. »Nein, nein – ich brauche keine Quittung. Zwischen Gentlemen ist das vollkommen unnötig. Haben Sie etwa einen Grad in Oxford oder Cambridge erreicht? – Ach, das ist schade. Ich ziehe es vor, mit Leuten zu verkehren, die durch dieses Band gewissermaßen mit mir verknüpft sind. Aber es genügt mir, daß Sie ein Gentleman sind.«

Er stand plötzlich auf.

»Ich denke, das ist alles. In drei Tagen werden Sie mehr von mir hören, und ich muß Sie bitten, daß Sie sich von irgendwelchen Verabredungen und Geschäften zu irgendeiner Tages- oder Nachtzeit im Laufe der nächsten Woche frei halten. Ich hoffe, diese Bedingung ist nicht zu beschwerlich?«

Lächelnd stellte er diese Frage.

»Durchaus nicht«, sagte Stephen Narth und nahm mit zitternden Händen das Geld an sich. Es war ihm unmöglich, den Grund seiner Erregung anzugeben.

»Mr. St. Clay, ich muß Ihnen meinen tiefgefühlten Dank aussprechen. Sie haben mich aus einer sehr verzweifelten Lage befreit. Wie verzweifelt sie eigentlich war, können Sie gar nicht wissen.«

»Ich weiß alles«, sagte der Chinese ruhig.

Plötzlich erinnerte sich Stephen an etwas.

»Warum nannte er Sie denn ›Gelbe Schlange‹?«

Der Chinese starrte ihn mit großen Augen an und dachte, daß er nicht recht gehört habe, so daß Stephen seine Frage wiederholen mußte.

»Mr. Clifford Lynne nannte mich so«, sagte St. Clay langsam.

Nur einen kurzen Augenblick zeigte das unergründliche Gesicht dieses Mannes, daß der unbewußt gegen ihn gerichtete Pfeil ihn schwer verwundet hatte.

»Gelbe Schlange ... wie gemein! Wie ähnlich sieht das Clifford Lynne!«

Sofort nahm er sich wieder zusammen, und mit einem tiefen, wohllautenden Lachen griff er nach seiner Mappe.

»Sie werden von mir hören –« begann er.

»Noch einen Augenblick, Mr. St. Clay«, sagte Narth. »Sie sprachen von dem Ziel Ihres Bundes. Was ist denn dieses Ziel eigentlich?«

Der Chinese sah ihn einen Augenblick gedankenvoll an. »Die Herrschaft der Welt!« sagte er einfach. Mit einem Kopfnicken wandte er sich und ging.

Auf diese Weise trat Grahame St. Clay, Bachelor of Arts, in das Leben Stephen Narths ein, und von diesem Augenblick an war sein Geschick mit Stahlklammern an den Willen eines Mannes gebunden, der ihn zuerst beherrschte und dann zugrunde richtete.

8

Joan Bray war gewöhnt, früh aufzustehen, und bei ihrer Stellung im Narthschen Haushalt war das auch notwendig. Mr. Narth hatte keinen Hausmeister angestellt. Seiner Meinung nach war das eine unnötige Ausgabe, solange Joan die Arbeit versehen konnte. Nach und nach hatte sie alle die Pflichten auf sich genommen, die einem Hausmeister zustanden, ohne auch nur den geringsten Entgelt dafür zu erhalten. Sie vermittelte zwischen der Dienerschaft und der Familie. Sie regelte die großen monatlichen Abrechnungen mit den Kaufleuten und hatte dafür die heftigsten Auseinandersetzungen mit Mr. Narth auszuhalten, der jede Ausgabe für den Haushalt als eine unnötige Geldverschwendung ansah.

Ihr Tag war ganz mit Tätigkeit ausgefüllt. Sie hatte sich angewöhnt, um sechs Uhr aufzustehen, um morgens eine Stunde in der frischen Luft zuzubringen, bevor die Pflichten des Haushaltes sie ganz in Anspruch nahmen. Der gestrige Regen hatte den Boden aufgeweicht, und die Luft war abgekühlt. Aber es war ein herrlicher Morgen, der zum Spazierengehen einlud. Ein azurblauer Himmel wölbte sich über die Landschaft, er war mit weißen Spitzenwolken behängt.

Ihr Morgenspaziergang hatte heute ein ganz besonderes Ziel. Das große Ereignis in Slaters Cottage war das Tagesgespräch in Sunningdale. Sie hatte von ihrem Fenster aus gestern abend gesehen, wie beladene Lastwagen heranfuhren und im Gehölz verschwanden. In der Nacht erlebte sie ein seltsames und anregendes Schauspiel. Ihre Wohnung war nahe genug an Slaters Cottage, daß sie den Klang der Hämmer und Spitzhacken hören konnte. Die schwarzen Schatten der Baumgruppen hoben sich phantastisch von dem unheimlich rötlichen Licht der qualmenden Naphthalampen ab.

Mr. Narth war über diese außerordentliche Geschäftigkeit in seiner nahen Nachbarschaft sehr ungehalten. Gestern abend spät hatte er noch einen Gang nach Slaters Cottage unternommen und einmal nachgesehen, wie weit Clifford Lynne seine Verrücktheit treiben wollte. Bis jetzt wußte Joan nur vom Hörensagen, was in dem Landsitz vorging, und nun hatte sie Gelegenheit, sich persönlich nach dem Stand der Dinge umzusehen. Sie bog von der Landstraße ab und nahm den Weg nach Slaters Cottage. Aber weit kam sie nicht. Eine Gruppe von Männern war damit beschäftigt, den frisch angelegten Weg mit einer Teerlösung zu bestreichen. Drei schwerbeladene Lastwagen sperrten den Zugang zum Wohnhaus, das von Leuten wimmelte und sie an einen aufgestörten Ameisenhausen erinnerte. Der Baumeister des Ortes, den sie persönlich gut kannte, kam lächelnd auf sie zu.

»Miß Joan, was denken Sie von all diesen Dingen? Es ist doch ein Unsinn, wenn man ein kleines Landhaus, das kaum hundert Pfund wert ist, für tausend Pfund repariert?«

Sie konnte nur staunen. Während der Nacht waren das Dach und die Sparren abgedeckt worden, so daß nur das reine Skelett des Hauses übrigblieb.

»Wir haben die Fußböden herausgenommen, die Rohrleitung ist heute morgen um vier Uhr fertig geworden«, sagte der Baumeister stolz. »Im Umkreis von zwanzig Meilen habe ich jeden verfügbaren Arbeiter angestellt.«

»Aber warum in aller Welt macht Mr. Lynne das?« fragte sie.

»Ach, Sie kennen ihn?« fragte der Mann erstaunt, während sie errötete. Sie konnte ihm doch unmöglich erklären, daß Slaters Cottage später einmal ihr Heim werden sollte (wie sie sich augenblicklich einbildete), und daß dieser exzentrische Bauherr ihr späterer Gatte sei.

»Ja, ich kenne ihn«, sagte sie verlegen. »Er ist – ein Freund von mir.«

»Oh!«

Sichtlich nahm diese Entdeckung einen großen Teil der Zutraulichkeit des Baumeisters. Aber Joan konnte sich schon denken, was er hätte sagen wollen.

Sie mußte herzlich lachen, als sie auf die Straße zurückkam. Dieser launenhafte Wiederaufbau von Slaters Cottage in einer solchen Geschwindigkeit war gerade das, was sie von Clifford Lynne erwartet hatte. Warum sie das tat, wußte sie selbst nicht. Aber es schien, als ob er gerade ihr sein innerstes Wesen gezeigt hätte, und sie die einzige in der Familie war, die ihn verstand.

Sie hörte ein Trappeln von Pferdehufen hinter sich und bog seitlich aus.

»Guten Morgen, Joan!« hörte sie seine tiefe, wohllautende Stimme.

Erstaunt drehte sie sich um. Sie sah den Mann vor sich, mit dem sich ihre Gedanken eben so sehr beschäftigt hatten. Er ritt auf einem alten, zottigen Pony mit schläfrigen Augen. Das Pferd sah genau so zerzaust aus wie er selbst.

»Wieviel Mühe muß es Sie gekostet haben, ein Pferd zu finden, das so gut zu Ihnen paßt! Auch habe ich Ihr Auto gesehen, das Ihrem sonstigen Stil so gut entspricht.«

Clifford Lynne kniff die Augen zusammen, als ob er lachen wollte, aber man hörte keinen Laut. Sie hätte allerdings darauf geschworen, daß er sich innerlich vor Lachen schüttelte.

»Sie sind gerade nicht sehr höflich«, sagte er, als er vom Pferde absprang, »und obendrein aggressiv! Aber wir wollen keinen Streit anfangen, bevor wir verheiratet sind. Wo haben Sie eigentlich mein Auto gesehen?«

Auf diese Frage antwortete sie ihm nicht.

»Warum mühen Sie sich ab, dieses schreckliche, alte Landhaus neu aufzubauen. Mr. Carter, der Baumeister, sagte, es würde Sie Tausende kosten.«

Eine Weile sah er sie an, ohne zu sprechen, indem er mit seinem Barte spielte.

»Ich habe mir das so schön ausgedacht«, sagte er. »Ich bin nämlich etwas exzentrisch veranlagt. Wenn man so lange in einem heißen Klima lebt, ist es leicht möglich, daß der Verstand etwas darunter leidet. Ich habe eine Menge solcher Menschen kennengelernt. Auch finde ich es recht romantisch«, sagte er belustigt. »Ich habe mir gedacht, man müßte auch einige Kletterrosen und Geißblatt ans Haus pflanzen und dann einen schönen Gemüsegarten anlegen! Hühner gehörten auch hierher – ach, sagen Sie mir doch, haben Sie Hühner gerne?« fragte er so unschuldig wie möglich. »Wissen Sie, schwarze Dorkings oder weiße Wyandottes oder irgendeine andere Sorte. Oder mögen Sie Enten lieber?«

Sie hatten das Ende der Straße erreicht. Das zottige Pony war gehorsam gefolgt.

»Der alte Bray war so darauf versessen, daß Sie eine aus unserer Familie heiraten sollten, stimmt das?«

Diese Frage kam ihm so plötzlich und unerwartet, daß er einen Augenblick ganz verdutzt war.

»Warum fragen Sie eigentlich? Wenn Sie es durchaus wissen wollen – ja«, sagte er.

»Und Sie hatten Mr. Bray sehr gerne?«

Er nickte.

»Sehen Sie, ich lebte so lange mit ihm zusammen, und er war wirklich ein zu netter, alter Kerl. Wie ich die Cholera hatte, pflegte er mich persönlich, und hätte ich ihn damals nicht gehabt, so wäre ich abgekratzt, wie man so zu sagen pflegt. Ich hatte ihn wirklich gern.«

»Sie hatten ihn so gern,« sagte sie herausfordernd, »daß, als er Sie darum bat, nach England zu gehen und eine seiner Verwandten zu heiraten, Sie ihm das feierlich versprachen –«

»Das habe ich nicht direkt getan«, unterbrach er sie. »Ich habe kein Versprechen für lange Zeit auf mich genommen. Aber, um Ihnen einmal die Wahrheit zu sagen, ich dachte, er wäre verrückt.«

»Aber Sie haben es ihm doch versprochen«, sagte sie hartnäckig. »Und soll ich Ihnen sagen, was Sie ihm noch dazu versprochen haben?«

Er schwieg.

»Sie verpflichteten sich dem armen Joe Bray gegenüber, daß Sie nichts sagen würden, was die junge Dame, die Sie heiraten sollten, abstoßen und seine Pläne durchkreuzen könnte!«

Für einen kurzen Augenblick war der Mann mit dem langen Bart vollständig verwirrt.

»Hellseherei habe ich nie gern gehabt, das sieht der Hexerei zu ähnlich. Ich kenne nämlich eine alte Frau oben im Lande in der Nähe von Kung-chang-fu, die –«

»Weichen Sie mir nicht aus, Mr. Lynne. Also Sie versprachen Mr. Bray, daß, wenn sich in der Verwandtschaft eine junge Dame finden würde, die Sie heiraten könnten, Sie nichts sagen würden, um sie abzustoßen, und keine Abneigung gegen diese Heirat zeigen würden.«

Er kraute sich den Bart.

»Schon gut, es ist ja möglich, daß Sie recht haben«, gestand er. »Aber ich habe nichts gesagt«, fügte er schnell hinzu. »Habe ich Ihnen vielleicht gesagt, daß ich ein Hagestolz bin und die Ehe nicht leiden kann? Habe ich Ihnen etwa erzählt, daß der alte Joe Bray mir damit mein Leben verdorben hat? Bin ich etwa vor Ihnen auf die Knie gefallen und habe Sie gebeten, mir einen Korb zu geben? Sagen Sie doch selbst, Joan Bray!«

Sie schüttelte den Kopf, und das Lachen in ihren Augen teilte sich ihren Lippen mit.

»Also Sie haben mir gar nichts gesagt! Aber Sie haben sich selbst zu einem Popanz herausstaffiert –«

»Und entsetzlich abstoßend gemacht?« fragte er hoffnungsfreudig.

Aber sie schüttelte wieder den Kopf.

»Oh, doch nicht so ganz. Ich werde Sie heiraten. Ich vermute, daß Sie das verstanden haben?«

Die Erregung prägte sich so deutlich in seinen Gesichtszügen aus, daß sie es sehen konnte.

»In der Tat, ich habe es nicht nötig, Sie zu heiraten,« sagte sie mürrisch, »aber da sind – ich habe meine Gründe –«

»Der alte Narth hat Sie dazu gezwungen!« sagte er vorwurfsvoll.

»Genau so wie der alte Bray Sie dazu gezwungen hat!« antwortete sie schlagfertig. »Es ist eine merkwürdige Situation, und es könnte tragisch werden, wenn man nicht so darüber lachen müßte! Ich weiß nicht, was geschehen wird, aber ich hätte einen großen Wunsch, den Sie mir erfüllen könnten.«

»Und das wäre?«

»Gehen Sie doch zum Barbier und lassen Sie sich Ihren lächerlich großen Bart abrasieren. Ich möchte mich gern einmal davon überzeugen, wie Sie wirklich aussehen.«

Er seufzte schwer.

»In dem Fall bin ich gefangen«, sagte er. »Denn wenn Sie erst einmal mein Gesicht gesehen haben, werden Sie mich nie wieder freigeben. Ich war nämlich einer der hübschesten Männer in China.«

Er streckte ihr seine Hand entgegen.

»Dann kann man Ihnen ja gratulieren«, sagte sie einfach und brach in ein herzhaftes Lachen aus. Und sie war noch am Lachen, als sie den Weg zu ihrem Haus einbog und Mr. Narth in die Arme lief, der die Stirne runzelte.

9

»Worüber freust du dich so?« fragte Stephen, der im Augenblick allen Grund hatte, nicht sehr erfreut zu sein.

»Ich habe gerade mit meinem Bräutigam gesprochen«, sagte sie.

Bei diesen Worten klärte sich Stephens Gesicht auf.

»Ach so, den wilden Mann!« antwortete er.

Er trug einen Brief in seiner Hand. Die Morgenpost wurde in Sunningdale früh bestellt.

»Joan, ich möchte, daß du heute zur Stadt kommst und mit mir zu Mittag speist.«

Diese Einladung war eine große Überraschung für sie. Gewöhnlich nahm sie ihre Mahlzeiten allein ein, wenn sie zur Stadt kam.

»So ein nettes, kleines Essen in meinem Bureau. Ich möchte, daß du dabei einen meiner Freunde kennenlernst. Hm – ein äußerst feiner Mensch, der in Oxford sein Examen gemacht hat, dazu hat er noch eine Menge anderer Dinge gelernt.«

Das Benehmen von Mr. Narth fiel ihr noch mehr auf als seine Worte. Er sah so schlecht aus, daß sie sich wunderte, warum er so verstört war.

»Ist Letty auch dabei?« fragte sie.

»Nein, nein«, sagte er schnell. »Nur du – und ich – und außer meinem Teilhaber Mr. Spedwell noch – hm – mein Freund. Ich nehme an, daß du nicht diese dummen Vorurteile gegen – Fremde hast –«.

»Fremde? Warum? Nein! Sie wollen wohl sagen, daß er nicht Europäer ist?«

»Ja, das wollte ich«, sagte Mr. Narth und hustete. »Er ist Asiate – um es genau zu sagen, Chinese. Aber er ist eine außerordentlich einflußreiche Persönlichkeit in seinem Lande. Er ist ein Mandarin oder Gouverneur einer Provinz oder sonst etwas Hohes. Aber abgesehen davon ist er ein vollkommener Gentleman. Ich würde dich nicht bitten, mit jemand zusammenzukommen, wenn ich nicht selbst mit ihm verkehrte.«

»Aber warum, Mr. Narth. Wenn Sie doch wünschen –«

»Er heißt Grahame St. Clay und hat große Handelsbeziehungen sowohl in unserem Lande als auch über See.«

»Grahame St. Clay?«

Wo hatte sie doch diesen Namen gehört? Sie konnte sich im Augenblick nicht erinnern. Sie fragte noch, wann sie in der Stadt sein sollte, dann ging sie in das Haus und wunderte sich sehr, weshalb gerade sie als Gast von Mr. Narth geladen war, und warum er so ängstlich besorgt war, daß sie seinen neuen Freund treffen sollte. Sie hatte den Namen früher nicht gehört, bis –

Sie versuchte, sich darüber klar zu werden, aber sie konnte sich nicht mehr darauf besinnen, wann ihr dieser Name genannt worden war.

Mr. Narth fühlte sich etwas erleichtert, ging zu der Bibliothek zurück und las den Brief noch einmal. Das war nun die erste Folge seiner Anleihe, und schon bedauerte er, es getan zu haben, da er dadurch dem Chinesen das Recht gab, ihn mit »Lieber Narth« anzureden. Der Brief enthielt nur ein Dutzend Zeilen in tadelloser Handschrift.

»Nachdem ich Sie heute getroffen hatte, hörte ich, daß Ihre hübsche Nichte, Miß Joan Bray, sich mit Clifford Lynne verlobt hat, den ich oberflächlich kenne. Ich würde mich sehr freuen, die Bekanntschaft dieser jungen Dame zu machen. Würden Sie so liebenswürdig sein, mit ihr zum Mittagessen zu Albemarle zu kommen oder, wenn es Ihnen besser paßt, in ein anderes Lokal in der City. Wählen Sie selbst Zeit und Ort. Arrangieren Sie bitte diese kleine Sache, und geben Sie mir durchs Telephon Antwort, sobald Sie in Ihr Bureau kommen.«

Es war ein Eilbrief, der gestern abend in London aufgegeben war. Der Ton, den St. Clay ihm gegenüber anschlug, war einem Manne wie Narth sehr zuwider. Um seinem Charakter voll gerecht zu werden, muß man zugeben, daß es ihm keine großen Gewissensbisse verursachte, Joan mit diesem Manne zusammenzubringen. In diesem Punkt war er großzügig und skrupellos. Hätte es sich um Letty oder Mabel gehandelt, wäre es etwas anderes gewesen. Aber es war ja nur Joan.

Trotzdem er sich durchaus nicht scheute, in der Öffentlichkeit mit einem Orientalen zu speisen, hatte er sich doch dafür entschieden, das Essen in dem Sitzungszimmer seines Geschäfts abzuhalten, wo er seinen Bekannten schon manches kleine Mahl gegeben hatte.

Als er an diesem Morgen ins Bureau kam, fand er dort Major Spedwell, der auf ihn wartete, und zu seinem Erstaunen war der alte Militär weniger mürrisch als sonst.

»Soeben habe ich St. Clay gesehen«, sagte er. »Haben Sie das Essen für ihn arrangiert? Er legt großen Wert darauf.«

»Warum?« fragte Narth.

Spedwell zuckte die Achseln. »Der Himmel mag es wissen – St. Clay ist ein sonderbarer Vogel. Er ist freigebig wie ein Fürst – vergessen Sie das nicht, Narth. Er kann für Sie sehr nützlich werden.«

»Womit beschäftigt er sich eigentlich?« fragte Narth.

»Sie meinen, welche Geschäfte er betreibt? Alle möglichen. Er hat eine Fabrik in Peckham, aber er hat auch noch viele andere Geschäftshäuser und Firmen, aus denen er sein Einkommen bezieht. Sie haben Glück, Narth, daß er Sie gerne mag.«

»Oh!« stöhnte der andere. Er war durchaus nicht begeistert von dieser Mitteilung.

Spedwell sah ihn mit einem seltsam trockenen Lächeln auf seinem abstoßenden Gesicht an.

»Sie haben bis jetzt doch ein ganz ruhiges Leben geführt, Narth – ich meine, das Leben eines durchschnittlichen Geschäftsmannes aus der City. Sie haben sich doch noch nie mit abenteuerlichen Unternehmungen befaßt, wobei Blut vergossen wurde, oder starke Dinge passierten?«

»Beim Himmel, nein«, sagte Stephen Narth, indem er ihn anstarrte. »Warum?«

»Ich fragte nur so«, sagte der andere gleichgültig. »Nur können Sie nicht erwarten, daß Sie Ihr ganzes Leben lang eine so friedliche Kruke bleiben werden.«

»›Kruke‹ ist ein Wort, das ich durchaus nicht liebe«, sagte Stephen scharf.

»Das dachte ich mir gleich«, gab der andere zu. »Ich möchte nur feststellen, daß man unmöglich alle geschäftlichen Schwierigkeiten dadurch überwinden kann, daß man sich in einen gepolsterten Sessel setzt und neue Schwindeleien ausheckt. Darüber brauchen Sie nicht gleich in die Luft zu gehen, Narth. Wir kennen doch die Welt und wissen ganz genau, daß die Firma Narth Brothers in den letzten zehn Jahren nur von Schwindel und Betrug lebte. Entweder kommt eine so friedliche Kruke wie Sie dabei langsam zu Vermögen – oder sie kommt ins Gefängnis – und Sie sind dabei eben niemals zu Vermögen gekommen und werden auch nie dazu kommen.«

Stephen Narth sah ihm gerade ins Gesicht.

»Was ist denn eigentlich der Sinn von all diesem Gerede?« fragte er.

Der Major drehte gedankenvoll an seinem kleinen Schnurrbart.

»Ich will Sie nur warnen, das ist alles«, sagte er. »Selbst für jeden Baumpfropfer kommt einmal der Moment, wo er etwas anderes tut als Bäume pfropfen – wenigstens versucht er es einmal – verstehen Sie, was ich damit sagen will?«

»Ihre Worte sind heute wirklich recht unklar«, sagte Narth sarkastisch. »Zuerst haben Sie mich eine Kruke und dann einen Baumpfropfer genannt! Mir wäre es lieber, wenn Sie etwas liebenswürdiger und deutlicher sprechen würden!«

Der Major nahm einen Stuhl und stellte ihn auf die andere Seite des Schreibtischs. Dann setzte er sich und kreuzte die Arme auf der Tischplatte.

»St. Clay stellt Sie auf die Probe«, sagte er. »Und wenn er sieht, daß Sie am selben Strang mit ihm ziehen, [Zeilenende fehlt im Buch. Re.]

Narth sah ihn an.

»Eine Million Pfund ist leicht gesagt – aber es ist eine ungeheuer große Summe«, sagte er.

»Mehr als eine Million!« antwortete Spedwell entschieden. »Das ist das größte Geschäft, in das Sie jemals hineingeraten sind, mein Freund!«

Narth war verwirrt. Eine Million – selbst wenn man sie noch nicht verdient hatte – war eine entsetzlich große Summe. Aber wozu all diese Überlegungen? War er denn nicht der Erbe von Joe Brays großem Vermögen?

»Ich weiß gar nicht, warum ich mich mit Ihnen über solche Dinge unterhalte«, sagte er. »Joe Bray war doch wirklich kein armer Mann.«

Sekundenlang spielte ein Lächeln auf dem mürrischen Gesicht des andern.

»Wieviel glauben Sie denn aus der Erbschaft zu bekommen?« fragte er, fügte dann aber schnell hinzu: »Es ist schon möglich, daß Sie ein dickes Paket erhalten werden – aber wenn Sie mit St. Clay zusammen spielen, können Sie bedeutend mehr machen.«

Als der Major wegging, ließ er Stephen Narth unruhig und verwirrt zurück. Seitdem er die Nachricht von der Erbschaft Joe Brays erhalten hatte, legte er sich zum erstenmal die Frage vor, ob denn seine siegessichere Stimmung auch ganz berechtigt sei. Aber Joe war ein reicher Mann gewesen, der Inhaber äußerst wertvoller Konzessionen, ein Bankier, der mit seinem Gelde die ganze Regierung finanzierte – und wenn alles wahr war, was man sich in der City über ihn erzählte, mußte der alte Joe ein ungeheures Vermögen besessen haben, und das war doch ein beglückender Gedanke für ihn.

Ein Viertel vor eins kam Grahame St. Clay, tadellos gekleidet, in grauem Cut und spiegelblankem Zylinder. Narth hatte nun Zeit, ihn etwas näher zu betrachten. Er war ein wenig zu elegant gekleidet, die Diamantnadel in seiner Krawatte war etwas zu groß. Dabei hatte er sich stark parfümiert, und wenn er sein seidenes Taschentuch zog, verbreitete sich eine intensive Duftwolke, die Mr. Narth unangenehm auf die Nerven fiel.

»Haben Sie meinen Brief erhalten?« Der andere sprach wie der Vorgesetzte zu seinem Angestellten.

Mr. Narth ärgerte sich. Das Benehmen dieses Mannes hatte etwas aufreizend Beleidigendes für ihn. Der Chinese sah unverfroren Mr. Narth über die Schulter und las den Brief, den er soeben geschrieben hatte. Ohne Aufforderung nahm er sich einen Stuhl und setzte sich.

»Kommt dieses Mädchen?«

»Miß Bray wird mit uns speisen«, sagte Narth ein wenig steif und mit einem gewissen Unterton in seiner Stimme, der St. Clay warnte, nicht zu weit zu gehen. Er lachte.

»Mein lieber Freund, Sie schöpfen Verdacht gegen mich! Seien Sie doch friedlich! So kommen wir nicht weiter, besonders da wir uns eben kennengelernt haben! Sehen Sie, Narth, in meinem Vaterland bin ich eine Persönlichkeit von großem Einfluß, und ich habe die Gewohnheiten eines großen Herrn. Sie müssen das nicht so genau nehmen!«

Jemand klopfte an der Tür. Perkins, der Sekretär, kam herein und sah lautlos auf Stephen.

»Ist Miß Bray gekommen?«

»Jawohl«, sagte Perkins. »Soll ich ihr sagen, daß sie warten soll?«

»Lassen Sie sie hereinkommen!«

Zum erstenmal in seinem Leben wurde es Stephen Narth klar, daß Joan ein sehr hübsches Mädchen war. Sicher hatte sie noch nie so hübsch ausgesehen wie heute morgen. Sie trug ein blaues Tailormade und einen roten Hut. Das Kostüm stand ihr ausgezeichnet und hob ihren zarten Teint und ihre tiefblauen Augen.

Offensichtlich machte sie Eindruck auf St. Clay. Er sah sie mit großen Augen an, so daß sie errötete.

»Darf ich dir Mr. St. Clay vorstellen?« sagte Narth.

Sie wollte ihm eben die Hand geben, als die Tür zum Privatbureau plötzlich aufsprang und ein junger Mann hereinkam. Er war sehr gut gekleidet – das war der erste Eindruck, den Joan von dem Ankömmling hatte. Seine Kleider konnten nur in Sackville Street angefertigt sein. Er war noch jung an Jahren, aber doch kein Kind mehr. Ein leichtes Grau färbte seine Schläfen, und dünne Falten zeigten sich an seinen Augen. Mit einer faltigen Toga bekleidet, hätte man ihn mit seiner Adlernase und seinem beherrschenden Gesichtsausdruck für einen Tribunen des alten Rom halten können.

Er stand an der Tür und blickte bald St. Clay, bald Narth an – aber mit keinem Blick streifte er die junge Dame. Einen Augenblick lang war Narth bei dem plötzlichen Einbruch in sein Privatkontor wie vom Donner gerührt.

»Was wünschen Sie?« fragte er. »Sie müssen sich irren, dies ist ein Privatbureau –«

»Ich irre mich durchaus nicht«, sagte der Fremde. Bei dem Klang dieser Stimme wandte sich das Mädchen um und sah ihn mit großem Erstaunen an. »Der Irrtum ist auf Ihrer Seite, Narth, und noch nie haben Sie einen größeren Fehler gemacht, als wie Sie die Kühnheit besaßen, meine zukünftige Frau an einen Tisch mit diesem verdammten Mordbuben einzuladen! Fing-Su!«

Mr. St. Clay, B. A., bedeckte mechanisch seine Hände und verneigte sich.

»Exzellenz!« sagte er in der Mandarinensprache.

Joan seufzte verwirrt. Der schönste Mann Chinas hatte seine Wirkung auf sie nicht verfehlt – denn der Fremde in der Tür war Clifford Lynne!

10

Fing-Sus Bestürzung dauerte nur einen Augenblick. Die zusammengelegten Arme sanken wieder herunter, die geneigte Gestalt richtete sich plötzlich gerade auf und Grahame St. Clay wurde wieder zum Europäer. In seinen Augen leuchtete tödlicher Haß, der ihn plötzlich schrecklich erscheinen ließ. Aber nur für den Bruchteil einer Sekunde regte sich in ihm das Tier, das Feuer erlosch, und er war wieder der Alte.

»Diese Zudringlichkeit ist unerhört«, sagte er in einem sonderbar abgerissenen Ton, der bei jeder anderen Gelegenheit lächerlich erschienen wäre.

Clifford Lynnes Augen wanderten auf den weißgedeckten Tisch mit den Silberbestecken, Glasgarnituren und Blumen. Dann sah er langsam das Mädchen an und lächelte. Und dieser Mann lächelte so wundervoll, wie sie es noch nie gesehen hatte.

»Wenn Sie meine Gegenwart eine Mahlzeit lang ertragen können, würde ich mich sehr freuen, Sie einzuladen«, sagte er.

Joan nickte.

Sie war von dem Vorfall erschreckt und sah in ihrer Verwirrung noch schöner aus. Sie wäre kein junges Mädchen gewesen, wenn es anders gewesen wäre. Ihr Interesse war geweckt. Diese beiden Männer waren unerbittliche Feinde. Das erkannte sie in diesem Augenblick so klar, als ob man ihr die Geschichte erzählt hätte, welche Bewandtnis es mit der Schlange hatte, die sich in Sunningdale aus dem Kasten herauswand. St. Clay hatte sie geschickt. Dieser aalglatte Chinese, den Clifford Lynne soeben Fing-Su nannte! Diese Erkenntnis ließ sie erbleichen. Unwillkürlich näherte sie sich Clifford.

»Mr. Narth!«

Fing-Su konnte kaum sprechen. Das Selbstbewußtsein, das ihm sein Universitätsstudium gab, ließ ihn vor Wut kochen. Seine Stimme zitterte, fast von Tränen erstickt.

»Sie haben mich und diese junge Dame zu Tisch gebeten. Sie können unter keinen Umständen erlauben –« Er konnte nicht weiter sprechen.

Stephen Narth fühlte, daß er in diesem Moment seine Persönlichkeit geltend machen mußte.

»Joan, du bleibst hier!« kommandierte er.

Das war sehr leicht gesagt. Aber in welchem Ton sollte er nun zu dem Mann an der Türe sprechen? Das war sehr schwer. Wenn die übelaussehende Gestalt in Sunningdale schon schwer zu behandeln war, wieviel schwerer war es erst, mit diesem kühlen und höflichen Weltmann fertig zu werden!

»Hm – Mr. Lynne –« begann er freundlich. »Ich bin in großer Verlegenheit. Ich habe Joan gebeten, mit unserem Freunde zu speisen – «

»Ihr Freund«, unterbrach ihn Lynne rasch, »ist nicht der meine, Mr. Narth! Ich wünsche um Erlaubnis gefragt zu werden, bevor Sie es wagen, meine zukünftige Frau mit einem Menschen zusammen zu Tisch zu laden, der gemeinen Mord als ein erlaubtes Mittel betrachtet, Schwierigkeiten aus dem Wege zu räumen!«

Er winkte Joan durch eine kleine Kopfbewegung zu sich. Freundlich folgte sie seinem Wink. Mr. Narth brachte nicht den Mut auf, ärgerlich zu sein.

Lynne trat einen Augenblick zur Seite, um das Mädchen in den äußeren Raum zu lassen.

Ohne Narth eines Blickes zu würdigen, zeigte er auf den Chinesen.

»Fing-Su, ich warne Sie zum drittenmal! Der Bund der ›Freudigen Hände‹ braucht einen anderen Führer, und die schöne Fabrik in Peckham wird in Flammen aufgehen und Sie mit ihr!«

Er wandte sich kurz um, verließ den Raum und schlug die Tür hinter sich zu.

Joan wartete draußen im Gang. Sie war bestürzt und aufgeregt, und doch glaubte sie in dem Gewirr ihrer Gefühle an den fremden

Mann, der so unerwartet und heftig in ihr Leben getreten war. Sie wandte sich ihm zu und lächelte ihn an, als er die Türe schloß.

»Wir wollen zu Ritz gehen«, sagte er kurz. »Ich bin sehr hungrig, schon seit heute morgen um vier Uhr bin ich auf den Beinen.«

Während sie im Fahrstuhl nach unten fuhren, war er schweigsam. Erst als sie im Auto saßen und ihren Weg durch den riesigen Verkehr nach dem Mansion House nahmen, sprach sie.

»Wer ist eigentlich Fing-Su?«

Er fuhr in die Höhe, als ob er aus einem Traum aufwachte.

»Fing-Su,« sagte er gleichgültig, »ach, das ist nur ein Chinesenbengel, der Sohn eines alten Unternehmers, der an sich kein schlechter Kerl war. Nur hatte der Alte seine Erziehung in der Missionsschule erhalten, und das hatte seinen Charakter verdorben. Denken Sie nicht, daß ich die Missionare schlecht machen will, aber die können eben auch keine Wunder tun. Es dauert mindestens neun Generationen, um Schwarze so weit zu erziehen, daß sie wie Weiße denken lernen. Aber zehntausend Jahre genügen nicht, um die Mentalität eines Chinesen zu ändern.«

»Er hat aber die Sprache eines feingebildeten Mannes«, sagte sie.

Er nickte.

»Er hat sein Examen in Oxford gemacht – der alte Joe Bray sandte ihn dorthin.« Über ihr Erstaunen mußte er lächeln. »Ja, Joe hat mit seinem guten Herzen so manche merkwürdigen und verrückten Dinge angestellt«, sagte er. »Daß er Fing-Su nach Oxford sandte, war einer seiner tollen Streiche.«

Später konnte sie sich nicht mehr genau erinnern, was sich bei dem Essen alles zugetragen hatte. Sie besaß nur eine vage Erinnerung, daß er die meiste Zeit zu ihr gesprochen hatte. Gegen das Ende ihres Zusammenseins drückte sie ihre Befürchtungen über das Verhalten von Mr. Narth aus.

»Machen Sie sich keine Sorgen über ihn – er hat mit seinen Schwierigkeiten genug zu tun, die sind sehr böse und nehmen ihn ganz in Anspruch«, sagte er finster.

Aber es drängte sie, mit ihm über einen Punkt zu sprechen. Er hatte einen Wagen bestellt, der vor dem Hotel wartete, und bestand darauf, daß er sie nach Sunningdale heimbegleitete.

»Mr. Lynne,« sagte sie zögernd, »dieses merkwürdige Heiratsproblem –«

»Ist nicht merkwürdiger als andere Eheschließungen,« sagte er kalt, »wirklich gar nicht so seltsam, wie es schiene, wenn mein Bart noch in voller Blüte stände. Wollen Sie nicht mehr mittun?«

Es war nur erklärlich, daß Joan sich über die Freude ärgerte, die aus seiner Frage klang.

»Davon kann keine Rede sein, ich bleibe dabei, ich habe es doch versprochen«, sagte sie.

»Warum?« fragte er.

Sie errötete.

»Was wollen Sie damit sagen?«

»Warum haben Sie so schnell Ihre Einwilligung gegeben? Das war mir damals schon ein Rätsel«, sagte er. »Sie gehören doch nicht zu den Mädchen, die sich auf den ersten besten Mann stürzen, der ihnen in den Weg kommt. Es ist ein großer Unterschied zwischen Ihnen und der hochmütigen, sentimentalen Mabel und der überspannten Letty. Welchen Vorteil hat denn Narth davon?«

Auf diese Frage gab sie keine Antwort.

»Sicherlich hat er doch einen Vorteil. Er hat zu Ihnen gesagt: ›Du mußt diesen sonderbaren Vogel heiraten oder ich werde‹ – nun was?«

Sie schüttelte abweisend den Kopf. Aber er drang weiter in sie, und seine kühnen grauen Augen suchten die ihren.

»Ich hatte mich damit abgefunden, irgendwen zu heiraten, als ich hierherkam, aber ich erwartete nicht – Sie!«

»Warum hatten Sie sich denn damit abgefunden, irgendwen zu heiraten?« griff sie ihn an. Ein listiges Lächeln zeigte sich in seinen Augen.

»Ihre Frage ist berechtigt«, gab er zu. »Nun wohl, ich will es Ihnen erzählen. Ich hatte den alten Joe wirklich gern, zweimal rettete er mir das Leben. Er war der beste Mensch, aber ein alter romantischer Phantast. Er war darauf versessen, daß ich jemand aus seiner Familie heiraten sollte. Ich habe nichts davon gewußt, bis er im Sterben lag – ich glaubte es nicht, aber dieser verrückte Doktor aus Kanton bestätigte mir, daß er sterben müsse. Joe sagte mir, daß er glücklich sterben würde, wenn ich seine Linie weiterführte, wie er es nannte, obgleich, Gott weiß, niemand in der Familie ist, mit dem es wert wäre, die Linie fortzusetzen – mit Ausnahme von Ihnen natürlich!« fügte er schnell hinzu.

»Und Sie gaben Ihr Versprechen?«

Er nickte.

»Und ich war bei vollem Verstand, als ich es versprach. Ich habe das entsetzliche Gefühl, daß ich es aus Sentimentalität getan habe. Er starb in Kanton – von daher kam das Telegramm. Wie ähnlich sieht es Joe, ausgerechnet in Kanton zu sterben!« sagte er bitter. »Konnte er denn nicht normalerweise am Siang-kiang sein Leben beschließen!«

Sie erschrak über seine Gefühllosigkeit.

»Sagen Sie mir bitte offen, was Sie von mir erwarten, nachdem Sie mir gestanden haben, daß Sie nur heiraten, um ein Versprechen einzulösen?« fragte sie.

»Sie können Ihren Vorteil wahrnehmen und sich zurückziehen«, sagte er schroff. »Erst bei meiner Ankunft in England sah ich das Testament des alten Joe, als es zu spät war, dasselbe zu ändern. Wenn Sie mich vor Ende dieses Jahres heiraten, bringt das Narth eine Million Pfund ein.«

»Eine so große Summe?« fragte sie verwirrt.

Er staunte.

»Ich dachte, Sie würden sagen: ›Ist das alles?‹ In Wirklichkeit ist es mehr als eine Million – oder wird es in einiger Zeit sein. Die Firma ist ungeheuer reich.«

Es folgte eine Pause, in der beide zu sehr mit eigenen Gedanken beschäftigt waren, um zu sprechen. Dann unterbrach sie das Schweigen.

»Sie haben die Geschäfte für ihn geführt, Mr. Lynne, nicht wahr?«

»Meine besten Freunde nennen mich Cliff«, sagte er. »Aber wenn Sie das zu intim finden, nennen Sie mich ruhig Clifford. Ja, ich führte die Geschäfte.«

Er gab keine weitere Auskunft, und das Schweigen wurde so drückend für sie, daß sie froh war, als der Wagen vor der Tür ihrer Wohnung in Sunningdale hielt. Letty, die auf dem Rasen Croquet spielte, kam mit ihrem Hammer in der Hand herbei und zog die Augenbrauen hoch.

»Ich dachte, du würdest in der Stadt speisen, Joan«, sagte sie tadelnd. »Wirklich, es ist sehr peinlich, heute nachmittag kommen die Herren Vasey, und ich weiß, daß du sie nicht leiden kannst.«

Jetzt erst sah sie den feinen fremden Herrn, senkte den Blick und wurde äußerst verlegen. Denn Lettys Bescheidenheit und Verwirrung in Gegenwart von Männern war bekannt und ließ sie in solchen Augenblicken sehr charmant erscheinen.

Joan machte gar keine Anstalten, ihren Begleiter vorzustellen. Sie sagte nur »Auf Wiedersehen« und sah dem Wagen nach, wie er die Straße herunterfuhr.

»Aber Joan,« sagte Letty ärgerlich, »du hast abscheuliche Manieren! Warum in aller Welt hast du mir den netten Herrn denn nicht vorgestellt?«

»Ich dachte, du wolltest ihm nicht vorgestellt werden, da du das letztemal so sehr aufgebracht warst, als er bei uns war«, sagte Joan ein wenig schadenfroh.

»Aber er ist doch noch nie bei uns gewesen«, widersprach Letty. »Und es ist noch unglaublicher, daß du behauptest, ich hätte irgend etwas Schlechtes über jemand gesagt. Wer ist es denn?«

»Clifford Lynne«, sagte Joan und fügte hinzu: »Mein Bräutigam!«

Sie ließ Letty mit offenem Munde und wie vom Blitz getroffen zurück und ging auf ihr Zimmer. Aber am Nachmittag war sie doch sehr besorgt, was Mr. Narth bei seiner Rückkehr sagen würde. Als er dann aber kurz vor dem Abendessen zurückkam, war er sehr liebenswürdig, ja väterlich zu ihr. Sein Wesen zeigte jedoch eine Nervosität, die sie vorher niemals bei ihm bemerkt hatte, und sie zerbrach sich den Kopf, ob die Ursache hierfür Clifford Lynne oder der böse Chinese sei, von dem sie in der folgenden Nacht noch so entsetzlich träumen sollte.

11

Mr. Clifford Lynne hatte ein kleines, möbliertes Haus in Mayfair gemietet. Er schätzte sein Quartier, weil es einen Eingang von der Rückseite hatte. Hinter dem Hause befand sich eine kleine Garage, die einen Ausgang nach einer langen, sehr engen Gasse hatte, an der andere Garagen lagen. Über den Wagenräumen befanden sich die Wohnungen der Chauffeure.

Clifford Lynne war über eine Nachricht sehr verblüfft, aber sie betraf weder Fing-Su, noch Mr. Narth noch Joan. Ein Zweifel hatte sich zu starkem Verdacht verdichtet, und er war nicht weit davon entfernt, ihn als Tatsache zu nehmen.

Den ganzen Nachmittag hatte er in Zeitungen aus China gelesen, die mit der letzten Post aus China gekommen waren. Kurz vor sieben fand er einen Abschnitt im North China Herald, der ihn plötzlich mit einem Fluch in die Höhe fahren ließ. Leider war es zu spät, um sofort Nachforschungen anzustellen, da im selben Moment Besuch angekündigt wurde. Mr. Ferdinand Leggat, dieser liebenswürdige, freundliche Mann, war durch die Garage in einem geschlossenen Wagen auf den Hof gekommen, und der Chauffeur Mr. Lynnes hatte ihn durch die Hintertüre hereingelassen. Es gab aber auch gute Gründe für diese Vorsicht.

Als er das kleine Speisezimmer betrat, drehte er sich hastig um und wollte die Tür hinter sich fest schließen. Aber der Diener, der ihm auf dem Fuß folgte, machte dies überflüssig. Sein Gesicht zeigte einen merkwürdigen Ausdruck, der nicht gerade Furcht bedeutete, aber man sah doch, daß ihm nicht ganz wohl zumute war.

»Ich wünschte, Sie hätten die Zusammenkunft etwas später arrangieren können, Mr. Lynne«, sagte er, als dieser ihm einen Platz anbot.

»Was bei Tage vor sich geht, sieht immer unschuldig aus«, bemerkte Clifford ruhig. »Außerdem verdächtigt niemand eine Droschke. Ich vermute, daß Sie sie auf der Straße anriefen? Und nach den paar halblauten Instruktionen brachte der Kutscher Sie hierher. Ja, wenn Sie in einer langen, grauen Limousine gekommen wären, die Sie in einer dunklen Straße aufgenommen hätte, würden Sie vielleicht die Aufmerksamkeit auf sich gezogen haben.«

»Diese Kutscher schwatzen«, sagte der andere und spielte mit Messer und Gabel.

»Nicht dieser Mann, denn seit acht Jahren steht er in meinen Diensten. Alles, was Sie zu Essen und Trinken brauchen, steht auf dem Büfett – bitte bedienen Sie sich selbst.«

»Kommt Ihr Diener auch nicht herein?« fragte der andere nervös.

»Wenn das der Fall wäre, würde ich Sie nicht bitten, sich selbst zu bedienen«, entgegnete Clifford. »Ich möchte mit Ihnen ein wenig sprechen, bevor Sie gehen. Deswegen bat ich Sie, so früh zu kommen. Sagen Sie mir bitte, was hat sich heute ereignet?«

Lynne wandte sich zum Büfett, legte sich ein Stück Huhn und Salat auf den Teller und kam damit zu dem Tisch.

»Was ist passiert?« fragte er noch einmal.

Mr. Leggat schien keinen Appetit zu haben, denn er nahm nur eine Whiskyflasche und einen Siphon mit Sodawasser.

»St. Clay rast vor Wut«, sagte er. »Sie müssen sich sehr vor diesem Menschen in acht nehmen, Lynne. Er ist wirklich ein gefährlicher Kerl.«

Clifford Lynne lächelte.

»Habe ich Sie den ganzen weiten Weg von Ihrem Heim in South Kensington hierherkommen lassen, um das zu erfahren?« fragte er ironisch. »Natürlich ist er ein gefährlicher Kerl. Aber sagen Sie mir lieber, was hat sich zugetragen?«

»Ich weiß es nicht genau. Ich sah Spedwell vor einigen Minuten, und er sagte mir, daß St. Clay –«

»Nennen Sie ihn doch lieber Fing-Su – dieses Gerede mit St. Clay fällt mir wirklich auf die Nerven!«

»Er sagte, daß Fing-Su zuerst Himmel und Hölle in Bewegung setzte und dann darauf bestand, daß Narth die Sache als einen Scherz ansehen sollte. Wenn ich an Ihrer Stelle wäre, würde ich das Mädel sorgsam bewachen lassen.«

Clifford sah den andern scharf an.

»Sie meinen Miß Bray – ich glaube, es ist besser, daß Sie die Dame Miß Bray nennen. ›Das Mädel‹ klingt ein wenig respektlos«, sagte er kühl. »Meinen Sie nicht auch?«

Leggat zwang sich zu einem Lächeln.

»Ich wußte nicht, daß Sie so verflucht korrekt sind«, brummte er.

»Ja, das bin ich in der Tat«, sagte Clifford. »Also – Fing-Su ist bestimmt gefährlich, das habe ich nie bezweifelt. Aber wissen Sie auch, wie tödlich gefährlich er ist?«

»Ich?« fragte Leggat verwundert. »Warum?«

Der andere sah ihn sonderbar an.

»Ich vermute, daß Sie in seine kostbare Gesellschaft der ›Freudigen Hände‹ eingetreten sind, und daß Sie da so eine Art Hokuspokuseid geschworen haben?«

Leggat rutschte unbehaglich in seinem Stuhl hin und her.

»Ach so! Nun ja, ich kümmere mich sehr wenig um diese Dinge«, sagte er verlegen. »Geheimgesellschaften sind alle ganz gut in ihrer Weise, aber sie sind doch schließlich nur eine Spielerei mit allerhand mystischen Dingen. Aber abgesehen davon – Fing-Su besitzt eine große Fabrik in London. Es würde ihm schaden, wenn er sich auf unreelle Tricks einließe. Er sagte mir zum Beispiel, daß er in etwa einem Jahr den ganzen Handel Südchinas in seiner Hand haben wird, und man erzählt sich, daß er Handelsniederlassungen bis weit an die tibetanische Grenze hat! Der Mann muß jährlich Tausende verdienen! Diese Geheimgesellschaft ist nur ein Handelskniff. Von Spedwell weiß ich, daß Logen dieses Systems fast in jeder größeren Stadt Chinas bestehen. Natürlich kommt das dem Geschäft zugute. Er hat es dadurch erreicht, daß er von seinen Landsleuten fast wie ein Gott verehrt wird. Sehen Sie sich doch einmal die Bureaus an, die er am Tower Hill baut, und die Fabrik draußen in Peckham!«

»Ich will die Fabrik in Peckham diesen Abend noch besuchen«, sagte Lynne. Erstaunen malte sich auf Leggats Gesicht.

»Was wollen Sie denn damit erreichen?« fragte er. »Der Platz wimmelt von Chinesen. Er beschäftigt dort über zweihundertfünfzig Mann. Die Peckham-Leute würden bei Ihrem Erscheinen einen Aufstand machen, auch wenn es nur fünfzig wären. Deshalb läßt er die Leute auch innerhalb der Fabrik wohnen. Sie können in die Werke nicht hineinkommen, selbst nicht für Geld und gute Worte.«

Clifford Lynne lächelte.

»Trotzdem werde ich es versuchen«, sagte er. »Alles, was ich von Ihnen dazu brauche, ist der Hauptschlüssel zu den äußeren Toren.«

Der große Mann wurde totenbleich, und die Hand, die das Whiskyglas hielt, zitterte.

»Das ist doch nicht Ihr Ernst?« fragte er mit heiserer Stimme. »Großer Gott, Mann, Sie werden doch nicht dorthin gehen – ich kann Sie unmöglich dorthin bringen – gibt es denn gar keinen anderen Weg? Können Sie Ihr Ziel nicht mit Hilfe der Polizei oder des Auswärtigen Amtes erreichen?«

»Die Polizei und das Auswärtige Amt würden mich auslachen«, sagte Lynne. »Ich will selbst mit eigenen Augen sehen, was sich innerhalb der Umfassungsmauer dieses drei Morgen großen Grundstücks abspielt. Ich will genau feststellen, was Mr. Grahame St. Clay mit seinen Warenhäusern, seinen Schiffen und seinen Motorbooten macht. Aber besonders begierig bin ich, die Halle der ›Weißen Ziege‹ kennenzulernen.«

Leggat zitterte wie Espenlaub. Er öffnete seinen Mund, um zu sprechen, aber er konnte kein Wort hervorbringen.

»Dort lauert der Tod!« stieß er endlich hervor.

Ein stahlharter Blick des andern ließ ihn erschauern.

»Vielleicht auf Sie – aber nicht auf mich!« sagte Clifford Lynne.

12

Die rührige Tätigkeit der Chinesischen Handelsgesellschaft hätte weiter keine große Beachtung erfahren, wenn man sie nicht für die Arbeiterunruhen verantwortlich gemacht hätte, die wegen der Verwendung gelber Menschen ausgebrochen waren. Man wußte, daß die Gesellschaft mit dem Kapital reicher Chinesen gegründet war. Deshalb war es nicht verwunderlich, daß die Gründer es vorzogen, Landsleute anzustellen. Als die Beschwerden der Arbeiterschaft beigelegt und die Leute der Chinesischen Handelsgesellschaft als Gewerkschaft anerkannt waren, verstummten die Anfeindungen. Aber die Proteste erneuerten sich, als die Bewohner der umliegenden Gegend durch ein Verbrechen in Schrecken versetzt wurden, das in der Nähe der Fabrik begangen wurde. Es blieb aber glücklicherweise bei dem einen Fall, da die Gesellschaft durchgreifende Maßnahmen ergriff und den chinesischen Arbeitern Wohnungen in dem Fabrikgebäude selbst zuwies. Es war Platz genug dazu vorhanden, denn es standen viele Betonhäuser hier. Es war eine der vielen Fabrikanlagen, wie sie während des Krieges aus dem Boden wuchsen und mit dem Waffenstillstand entbehrlich wurden. Die Firma hatte diese große Niederlassung für einen Bruchteil des Wertes erworben.

Die Fabrik erhob sich an den Ufern des träge dahinfließenden Surrey-Kanals. Sie hatte eine eigene kleine Dockanlage und einen Uferkai, wo unzählig viele Lastboote Woche um Woche entladen und wieder beladen wurden. Nur die Lastboote waren mit weißen Arbeitern bemannt; auf den Schiffen, welche die Waren der Gesellschaft an die afrikanische Küste brachten, waren sowohl die Offiziere wie die Mannschaften Chinesen.

Die sogenannte »Gelbe Flotte« bestand aus vier Schiffen, die man günstig erworben hatte, als die Schiffahrt ganz daniederlag. Offensichtlich handelte die Firma mit gutem Erfolg in Reis, Seide und den tausendundein Produkten des fernen Ostens. Diese Waren wurden gewöhnlich an den Ufern des Pool unterhalb London entladen und kamen auf dem gewöhnlichen Handelsweg in den Markt. Die Ladung der Schiffe wurde durch Leichter herangebracht, die vom

Surrey-Kanal kamen. Man lud nur solche Güter, welche die Gesellschaft in China schnell umsetzen konnte.

Es regnete, als Clifford Lynne in einer Droschke aus der Old Kent Road fuhr, um möglichst schnell nach Peckham zu kommen. Kurz vor der verlassenen Kanalbrücke hielt der Wagen, und Lynne stieg aus. Er gab dem Kutscher kurze, leise Instruktionen. Dann ging er zu dem Kanalufer hinunter. Außer dem Sirenengeheul eines entfernten Dampfers, der auf dem Wege zum Meere war, wurde die Stille durch kein Geräusch unterbrochen. Rasch ging er die enge Uferstraße auf der Wasserseite entlang. Einmal kam er an einem Boot vorbei, das am Ufer festgemacht war, und hörte die leisen Stimmen des Bootsmannes und seiner Frau, die sich miteinander unterhielten.

Nachdem er zehn Minuten gegangen war, verlangsamte er seine Schritte. Gerade vor ihm, auf der linken Seite, lagen die dunklen Gebäude der chinesischen Fabrik. Er ging durch das Haupttor. Die kleine Türe für Fußgänger stand offen. Davor hockte ein ungeheuer großer Kuli, den er im Schein der Zigarre sah, die der Mann rauchte. Der Wächter entbot ihm mit gurgelnder Stimme »Guten Abend«, und er erwiderte den Gruß.

Der Kanal machte hier, etwas oberhalb des Tores, eine Biegung, und in einigen Sekunden konnte ihn der Kuli nicht mehr sehen. Jetzt bog die Mauer im rechten Winkel ab, und er kam in einen engen, dunklen Durchgang, der an der Mauer entlang lief. Es hatte sich eingeregnet, und die Tropfen fielen melancholisch auf seinen Mantel. Er hatte eine elektrische Lampe aus seiner Tasche gezogen. Mit ihrer Hilfe konnte er den tiefen Löchern in dem scheinbar selten benutzten, schlechten Fußweg ausweichen.

Jetzt fand er, wonach er gesucht hatte – eine schmale Tür, die tief in der Mauer zurücklag. Er stand still und lauschte ein paar Minuten, dann steckte er den Schlüssel in das Loch und drehte ihn um. Er öffnete leise und schlüpfte hinein.

Soweit er sehen konnte, hob sich zu seiner Linken die gerade Umrißlinie des Hauptgebäudes gegen den Himmel ab. Zu seiner Rechten stand ein Betonschuppen, der so niedrig war, daß die Traufkante des Daches sich nicht über Augenhöhe erhob. Während des Krieges hatte man diesen Platz benutzt, um die Bomben mit Sprengstoff zu füllen, und augenscheinlich hatte dieser Schuppen zur Unterbringung der Sprengstoffe gedient.

Er tastete sich vorsichtig weiter und vermied es, seine Taschenlampe zu gebrauchen. Von irgendwoher kamen aus dem dunklen Gelände die tiefen Töne eines Chorgesangs. Da sind die Quartiere der Leute, dachte er, als er bemerkte, aus welcher Richtung das Geräusch kam.

Eine schöne breite Steintreppe, die unterhalb der Erdgleiche lag, führte ihn zu dem Tor des Schuppens. Wieder stand er still und lauschte, steckte den Schlüssel ein und drehte ihn leise um. Nachdem er seine Lampe einen Augenblick eingeschaltet hatte, sah er eine zweite Flucht von Stufen, die tief in die Erde hinabführten. Hier waren zwei Tore, aber sie glichen keinem von denen, durch die er bisher gegangen war. Sie waren reich mit fein geschnitzten Figuren verziert und mit leuchtenden, lebhaften Farben bemalt. Selbst wenn er in solchen Dingen nicht kundig gewesen wäre, hätte er chinesische Kunstformen in ihnen erkannt.

Es dauerte einige Zeit, bevor er das Schlüsselloch fand. Aber schließlich hatte er eines der beiden Tore geöffnet. Als es sich auftat, kam ihm schwerer Weihrauchduft und ein beißender Geruch entgegen, den er nur allzu gut kannte. Trotz seines Mutes fühlte er sein Herz schneller schlagen.

Nachdem er die Tür sorgsam hinter sich geschlossen hatte, leuchtete er mit seiner Blendlaterne die Wand entlang, und nach einer oder zwei Sekunden hatte er den elektrischen Schalter gefunden. Ohne Zögern drehte er das Licht an. Sofort leuchteten zwei glitzernde, elektrische Lampen auf, die von massiv bronzenen Pfosten getragen wurden.

Der Raum war lang und schmal und hatte eine niedrige Decke. Die Betonwände, die ehemals die Sprengstoffe eingeschlossen hatten, waren mit roter Seide bespannt, in die chinesische Sprüche eingestickt waren. Diese Wandbespannungen wechselten mit Pilastern ab, die aus gehämmertem Golde zu sein schienen. Der Steinboden war mit leuchtenden, farbigen Majolikafliesen gedeckt, und an drei Seiten des Raumes zog sich der breite Streifen eines dunkelblauen Teppichs hin. Aber das beachtete er im Augenblick alles nicht, seine Aufmerksamkeit wurde auf einen länglichen Marmoraltar gelenkt, der am anderen Ende des Raumes stand. Hinter diesem, auf einem steinernen Unterbau, befand sich das besondere Symbol der Geheimgesellschaft: zwei goldene Hände, die in Freundschaft ineinandergeschlungen waren. Sie waren an einem rotlackierten Pfosten befestigt, der mit Inschriften von Goldbuchstaben bedeckt war.

Eine Weile las er diese Inschriften. Sie waren von wunderbarem Inhalt und ermahnten besonders zur Tugend und zur Kindesliebe. Unter den Händen stand unter einem kleinen, purpurroten Baldachin ein Thron. Als er näher kam, sah er glitzerndes Licht, das von der Spitze des Altars kam, und zu seinem Erstaunen bemerkte er, daß der Rand mit Diamanten besetzt war!

»Mag kommen, was will!« sagte er verwundert und streckte die Hand aus, um die glänzenden Edelsteine zu berühren.

In diesem Augenblick gingen plötzlich alle Lichter im Raume aus. Er fuhr herum und zog blitzschnell seinen Revolver aus der hinteren Tasche.

Mit schwirrendem Tone sauste etwas an seiner Backe vorbei. Er hörte den Aufschlag eines Messers, das gegen die Wand fuhr und dann auf den Boden niederfiel. Ein zweites Messer schwirrte hinterher. Da feuerte er zweimal in der Richtung nach der Tür. Er hörte ein Stöhnen, das plötzlich verstummte, als ob kräftige Hände den Mund des Getroffenen geschlossen hätten.

Tiefes Schweigen herrschte. Nur das Gleiten bloßer Füße auf dem glatten Boden zeugte von der Gegenwart seiner Angreifer.

Clifford stürzte nach vorn und setzte sich nieder. Im Nu hatte er seine Schuhe ausgezogen, knotete die Schnürriemen zusammen und hing sie um den Hals, wie er es früher als Schüler gemacht hatte, wenn er durch einen verbotenen Teich watete. Dann erhob er sich geräuschlos und tastete sich an dem Teppich entlang. Seine Ohren waren darauf eingestellt, den leisesten Ton zu erhaschen.

»Klick!«

Da stieß Stahl gegen den plattenbelegten Fußboden. Sie suchten ihn mit ihren bloßen Schwertern – wie viele mochten es sein?

Weniger als ein Dutzend, schloß er daraus, daß sie das Licht ausgedreht hatten. Eine größere Schar hätte es gewagt, seinem Revolver entgegenzutreten. Nach einer Weile wandte sich die Reihe der Sessel nach links. Er bewegte sich jetzt auf die Tür zu und mußte die größte Vorsicht gebrauchen.

Er stand still und lauschte. Jemand atmete tief, ganz dicht bei ihm. Das mußte der Torwächter sein. Da kam ihm ein Gedanke. Die Chinesen haben eine ganz besondere Art zu flüstern – ein tiefes Zischen, nicht lauter als das Seufzen des Nachtwindes.

»Geht alle zu den Händen!« flüsterte er. Er sprach in dem Dialekt von Yünnan und hatte damit Erfolg. Das Geräusch des Atmens verschwand aus seiner Nähe, und er bewegte sich verstohlen auf die Türe zu. Bei jedem Schritt stand er still und lauschte.

Der Teppich endete plötzlich, seine Finger berührten die seidene Bespannung und dann die bloße Wand. Nach einem weiteren Augenblick war er durch die offene Tür gegangen und stieg die Stufen herauf. Über ihm erhob sich am äußeren Eingang die Gestalt eines stehenden Mannes in vornübergeneigter, lauschender Haltung. Die Figur stand schwarz gegen den hellen Nachthimmel.

Clifford blieb stehen, um Atem zu holen. Dann sprang er mit zwei großen Schritten die Treppe hinauf.

»Wenn du dich rührst, bist du des Todes!« flüsterte er und drückte die Mündung seiner Pistole in den wattierten Rock.

Der Mann schreckte zurück, faßte sich aber sofort wieder. Clifford hörte ein Lachen, das er kannte.

»Schießen Sie nicht, Mr. Lynne! Sic itur ad astra! Aber ich ziehe einen anderen Weg zur Unsterblichkeit vor!«

In dem Lichte seiner Taschenlampe erkannte Clifford den Mann. Er trug einen langen Rock, der bis zu den Knöcheln herabreichte, auf seinem Kopf saß eine runde Chinesenmütze.

Es war Grahame St. Clay, B. A.!

13

Clifford hörte die Tritte nackter Füße auf den Treppenstufen. Sofort wandte er sich mit erhobener Pistole um.

»Rufen Sie Ihre Hunde zurück, Fing-Su!« rief er.

Der andere zögerte einen Augenblick, aber dann zischte er etwas mit einem scharfen Unterton. Das Rascheln hörte auf. Aber als Clifford in die Türöffnung nach unten sah, blitzte eine bloße Klinge auf. Er lächelte.

»Nun zum Ausgang, mein Freund«, rief er. Dabei faßte er den Arm Fing-Sus mit eisernem Griff und führte ihn nach der Mauer, in der sich das Tor befand.

»Mein lieber Mr. Lynne« – sagte der Chinese vorwurfsvoll – »warum in aller Welt haben Sie mir denn nicht einen kurzen Brief geschrieben, wenn Sie unseren Logenraum sehen wollten? Es wäre mir ein großes Vergnügen gewesen, Ihnen das ganze Anwesen zu zeigen. So haben sich diese armen Leute natürlich eingebildet, daß ein Dieb eingebrochen sei – denn wie Sie sich selbst überzeugt haben, befindet sich eine Menge wertvoller Dinge in der Halle der ›Freudigen Hände‹. Ich hätte es mir in der Tat niemals verziehen, wenn Ihnen irgend etwas zugestoßen wäre.«

Der Europäer antwortete nicht, alle seine Sinne waren aufs äußerste angespannt. Seine Blicke tasteten bald zur linken, bald zur rechten Seite ab. Er wußte genau, daß die ganzen Höfe voll von bewaffneten Leuten steckten. Er brauchte Fing-Su nur einen Augenblick von seiner Seite zu lassen, und es war um sein Leben geschehen.

Offenbar dachte Fing-Su dasselbe.

»Ich habe nie gewußt, daß Sie nervös wären, Lynne«, sagte er.

»Mr. Lynne«, verbesserte ihn der andere mit Nachdruck. Sein Gefangener schluckte.

Als sie nahe an das Tor der Mauer gekommen waren, zog Clifford seine Taschenlampe. Das Gelände fiel leicht nach dem Ausgang zu ab. Jetzt drückte er zum erstenmal auf den Lichtknopf. Er hatte dabei keinen Hintergedanken, er wollte nur den Weg beleuchten. Das Licht beschien für eine Sekunde das Tor, und dann wanderten die Strahlen nach rechts. Ein langes Dach, das an der Wand entlang lief, dehnte sich in einer Höhe von sechs Fuß über der Erde, so weit die Mauer reichte. In diesem Augenblick entdeckte Clifford, was er vermutet hatte. Eine lange Reihe von Fahrgestellen stand dicht gedrängt in dem mit Schiefer gedeckten Schuppen. Nur für den Bruchteil einer Sekunde konnte er die dunklen, grauen Räder sehen, dann wurde ihm die Lampe aus der Hand geschlagen.

»Bitte entschuldigen Sie«, sagte Fing-Su. »Es ist wirklich nur aus Versehen geschehen.« Der Chinese bückte sich, hob die Lampe auf und gab sie ihm zurück. »Es wäre mir lieber gewesen, Sie hätten kein Licht gemacht. Denn es ist mir sehr unangenehm, daß meine Leute beobachten konnten, daß ein Fremder die ›Halle des Geheimnisses‹ gesehen hat. Mr. Lynne, Sie wissen ganz genau, daß dieses Volk sehr erregbar ist und die Fremden haßt. Um es gerade heraus zu sagen, ich bin in großer Sorge, daß ich Sie hier wieder heil herausbringe, ohne daß Ihnen etwas zustößt. Wenn Sie das Licht anmachen, geben Sie den Leuten doch direkt ein Ziel.«

Clifford Lynne antwortete nicht darauf. Sie hatten das Tor erreicht. Fing-Su ging voraus, schloß auf und öffnete die Türe weit. Lynne entfernte sich rückwärts gehend, mit erhobener Pistole.

»Ich möchte Sie warnen«, sagte er zuletzt. »Meine Worte können Ihnen sehr nützlich sein. Sie haben mehr Geld als irgendein anderer Chinese. Gehen Sie doch in Ihre Heimat zurück, brauchen Sie Ihre Reichtümer, um Ihr Vaterland zu heben, und denken Sie nicht mehr an diese phantastischen Träume von Kaiserherrschaft!«

Er vernahm ein ruhiges, selbstbewußtes Lachen und wußte, daß seine Worte vergeblich waren. Das Tor wurde leise hinter ihm zugedrückt, und er hörte, wie der Schlüssel umgedreht wurde. Schnell wandte er sich dem Kanalufer zu, indem er mit der Taschenlampe leuchtete. Still und verlassen lag der Platz da. Er eilte den Weg am Ufer entlang, den er gekommen war. Er zweifelte nicht daran, daß er noch schwer zu kämpfen haben würde, um sicher zu entkommen, wenn es Mr. Grahame St. Clay so gefallen sollte. Noch lief er auf Strümpfen. Ungefähr zwölf Meter vom Haupttor der Fabrik machte er Halt. Das Geräusch der Türangeln zog seinen Blick nach der Richtung. Das Tor tat sich auf.

Sofort ließ er sich auf die Uferbefestigung nieder. Eine Reihe unheimlicher Gestalten strömte heraus. Ohne zu zögern, steckte er seine Pistole in die Tasche und glitt geräuschlos in das Wasser hinab. Vorsichtig schwamm er zum jenseitigen Ufer, in der Richtung auf einen Leichter, der dort festgemacht war. Das Wasser war schmierig und roch ölig, aber er achtete nicht darauf. Es war jedenfalls lange nicht so unangenehm, als wenn er in die Hände der Chinesen gefallen wäre.

Jetzt hatte er das Boot erreicht und hielt sich an einer Kette fest. Schweigend schwang er sich auf das Deck eines Kohlenbootes. Mit ein paar Schritten war er auf der Werft. Irgendwo im Dunkeln heulte ein Hund, vom jenseitigen Ufer hörte er die erregten Stimmen seiner Verfolger. Sie hatten ihn verfehlt und vermuteten jetzt, auf welche Weise er entkommen war.

Er nahm seinen Weg quer durch die Werft, auf der Kisten und Waren umherstanden. Schließlich kam er an ein hohes, hölzernes Tor. Als er darüber klettern wollte, bemerkte er, daß es oben mit einem Rande scharfer, rostiger Spitzen geschützt war, so daß er es nicht übersteigen konnte. Er suchte nach der Türe für Fußgänger. Entschlossen drückte er die Klinke herunter, und mit einem Seufzer der Erleichterung sah er, daß das Tor nachgab.

Aber die Gefahr war noch nicht vorüber, wie er erst jetzt gewahr wurde. Als er durch dieses Labyrinth von engen Gassen lief, erreichte er eine schmutzige Straße, die nur schwach durch trübe Laternen erleuchtet war. Er war ein paar Schritte gegangen, als an dem anderen entfernten Ende das düstere Licht eines Autos auftauchte. Sofort versteckte er sich hinter einem großen Holzstapel. Der Wagen fuhr langsam vorwärts, und er konnte sehen, wie ein Mann, der an der Seite des Fahrers saß, die Straße rechts und links mit einer starken Handlampe absuchte. Der Wagen kam näher. Einige Schritte vor seinem Versteck hielt der Fahrer an. Er hörte das zischende Gewisper, das er so gut kannte. Er stand ganz still, die triefende Pistole in der Hand – aber der Wagen fuhr vorbei, und er lief den Weg zurück, den er gekommen war, erreichte die Kanalbrücke ohne Unfall und sah zu seiner großen Befriedigung zwei

Polizisten, die hier auf und ab gingen. Einer richtete seine Lampe auf ihn, als er vorüberging.

»Hallo, Freund, im Wasser gewesen?«

»Ja, ich bin hineingefallen«, sagte Clifford. Ohne weitere Erklärung ging er weiter.

Am Ende der Glengall Road wartete sein Wagen, und eine halbe Stunde später gönnte er sich den Luxus eines heißen Bades.

In dieser Nacht mußte er über vieles nachdenken, besonders aber über die lange Reihe der Wagengestelle, die er unter dem Dach des Schuppens gesehen hatte; er hatte sie als Batterien von Schnellfeuergeschützen erkannt und wunderte sich darüber, wozu Mr. Fing-Su sie verwenden wollte.

14

Mr. Stephen Narth war in der Regel kein gemütlicher Gast am Frühstückstisch. Gewöhnlich fürchtete sich Joan eher vor ihm, weil der Schinken immer zu salzig und der Kaffee zu stark war, und Mr. Narth über die außergewöhnlichen Unkosten seines Haushalts räsonnierte.

Seit jenem Zwischenfall bei der Einladung zum Essen hatte sich sein Verhalten bedeutend geändert. Niemals war er liebenswürdiger zu Joan als am siebenten Morgen nach der Ankunft des sonderbaren Mannes aus China.

»Man hat mir erzählt, daß das Haus deines Freundes fertig und möbliert ist«, sagte er beinahe heiter. »Ich denke, wir werden jetzt das Aufgebot für dich bestellen, Joan? Wo willst du getraut werden?«

Sie sah ihn bestürzt an.

Sie hatte die Renovation von Slaters Cottage nicht mit ihrer eigenen Verheiratung in Verbindung gebracht. Auch sie hatte Clifford Lynne seit jenem Nachmittag nicht wieder gesehen, an dem er sie von London nach Hause brachte. Sie hatte ein unbehagliches und ungewisses Gefühl und litt unter dem veränderten Verhalten ihres Verlobten. Die Ruhe, die auf sein plötzliches Eingreifen in ihr Leben folgte, wirkte deprimierend auf sie. Sie erinnerte sich an den Empfang eines großen Staatsmannes, der zu ihrer Vaterstadt gekommen war. Mit großen Aufzügen, Fahnen und Musik wurde er bewillkommnet. Aber gerade als er im Begriff war, seine Dankrede für den Empfang zu beginnen, brach Feuer in einer naheliegenden Straße aus. Seine Zuhörerschaft schmolz hinweg, allein und verlassen stand er da. Seine Ankunft war unwichtig geworden durch den Brand, der plötzlich das größere Interesse seiner Bewunderer gepackt hatte. Jetzt konnte sie seine Gefühle nachempfinden.

»Ich habe Mr. Lynne nicht gesehen«, sagte sie. »Und wegen unserer Verheiratung bin ich nicht mehr so sicher, daß er es ernst meint.«

Mr. Narths Benehmen änderte sich.

»Nicht ernst? Unsinn!« brach er los. »Bestimmt nimmt er es ernst! Alles ist abgemacht. Ich müßte mit ihm sprechen und einen Tag festsetzen. Du wirst in der Kirche von Sunningdale getraut, und Letty und Mabel sollen deine Brautjungfern sein. Ich denke, es wäre nun an der Zeit, daß ihr zur Stadt fahrt und euch nach eurer Garderobe umseht. Es ist besser, wir veranstalten eine ruhige Hochzeitsfeier mit so wenig Gästen als möglich. Man weiß nicht, was er noch alles anstellen wird. Er ist ein solcher Herumtreiber, daß er womöglich noch mit einem Gefolge von Niggern zur Trauung kommt! Du hast dich doch mit ihm unterhalten, als du zurückkamst vom – hm – Bureau?« Es war das erstemal, daß er die Einladung zum Essen erwähnte.

»Hat er dir nicht gesagt, wie hoch sein Monatsgehalt ist?«

»Nein«, sagte Joan.

»Hängt nicht eigentlich die Höhe des Gehaltes von dir ab, Vater?« fragte Mabel, indem sie sich Butter auf das Brot strich. »Natürlich müssen wir ihn in seiner Stellung lassen, es würde zu hinterhältig sein, ihn erst Joan heiraten zu lassen und ihm dann zu kündigen. Aber ich glaube, es ist notwendig, daß man einmal mit ihm spricht. Sein Auftreten dir gegenüber ist recht ungebührlich.«

»Und seine Sprache ist schauderhaft«, sagte Letty. »Erinnerst du dich, Vater, was für Ausdrücke er gebrauchte?«

»›Verdammte Höllenbande!‹« sagte Mr. Narth schmunzelnd. »Solche Ausdrücke sind mir in der Unterhaltung neu. Ich sollte annehmen, daß er einen Anstellungsvertrag mit dem alten Joe Bray hatte. Deshalb wird wahrscheinlich die Frage nach der Höhe seines Gehaltes nicht aufgeworfen werden. Joe war ein sehr großzügiger Mann, und sicherlich hat er diesem Menschen genügend Gehalt ausgesetzt, daß er davon leben kann. Über diesen Punkt brauchst du dir also keine Sorge zu machen.«

»Die mache ich mir auch gar nicht«, sagte Joan.

»Ich weiß nicht, warum er Slaters Cottage mit so großem Aufwand wieder aufbaute«, fuhr Stephen fort. »Er bildet sich doch sicherlich nicht ein, daß ich ihm erlauben werde, hier zu wohnen. Ein Manager hat an dem Platz zu sein, wo er seine Geschäfte wahrnehmen muß. Natürlich macht es mir nichts aus, ihm einige Monate

Urlaub zu geben. Das ist so Brauch, denke ich. Aber es wird ihm große Schwierigkeiten machen, das Landhaus für eine Summe zu verkaufen, die ungefähr der Höhe seiner jetzigen Auslagen gleichkommt.«

Er sah nach seiner Uhr, wischte seinen Mund heftig mit der Serviette ab und stand vom Tisch auf. Nach seinem Aufbruch zur Stadt sah es so aus, als ob sich die Ereignisse in Sunni Lodge wie gewöhnlich entwickeln würden. Aber er war kaum zwei Stunden fort, da kam sein Wagen wieder die Anfahrt herauf, und der Chauffeur brachte eine Nachricht für Joan, die tief in ihren Haushaltsrechnungen steckte. Erstaunt öffnete sie den Brief.

»Liebe Joan, kannst du gleich kommen, ich muß mit dir sprechen. Ich erwarte dich in Peking House.«

»Wo liegt Peking House, Jones?« fragte das Mädchen.

Der Mann sah sie sonderbar an.

»Es liegt in der Nähe des Towers, keine fünf Minuten von Mr. Narths Haus entfernt«, sagte er.

Letty und ihre Schwester waren in den Ort gegangen. Schnell entschlossen setzte sie ihren Hut auf und stieg in den Wagen. In Eastcheap, gegenüber dem alten trutzigen Turm, den Wilhelm der Eroberer auf sächsischen Grundmauern erbaut hatte, erhob sich ein neues, schmuckes Steingebäude, das sechs Stockwerke höher war als alle übrigen Häuser der Nachbarschaft. Eine breite Flucht von Marmorstufen führte zu dem schönen Säulenvorbau und der mit Marmor verkleideten Halle. Aber am meisten unterschied sich dieses Geschäftshaus von den anderen durch die Nationalität seiner Bewohner. Ein kräftiger chinesischer Portier in gutsitzender Uniform führte sie zum Fahrstuhl, der ebenfalls von einem Chinesen bedient wurde. Als sie hinauffuhr, sah sie Leute von kleiner Gestalt und gelber Gesichtsfarbe in den marmornen Korridoren von Zimmer zu Zimmer eilen. Sie trat aus dem Fahrstuhl heraus und konnte durch eine Glastür in einen großen Bureauraum sehen. Hinter dicht gestellten Pulten hantierten lange Reihen von jungen Chinesen eifrig mit Tinte, Pinsel und Papier. Alle trugen merkwürdige, große, schwarze Brillen.

»Ist das nicht sonderbar?« Der junge Londoner Clerk, der mit ihr zusammen im Fahrstuhl gefahren war, grinste, als sie ausstiegen. »Es ist der einzige Platz in der City, wo nur Chinesen herumlaufen. Peking-Handelsgesellschaft – haben Sie das schon einmal gehört?«

»Noch nie«, gestand Joan lächelnd.

»Es gibt keinen weißen Schreiber in diesem Gebäude«, sagte der junge Mann ärgerlich, »und die Stenotypistinnen – mein Gott! Sie sollten mal ein paar von den Gesichtern sehen!«

Der Liftführer wartete ungeduldig.

»Kommen Sie, meine Dame«, sagte er. Sein Ton erschien ihr sehr bestimmt. Sie folgte ihm bis zum Ende des Korridors, wo er eine Tür öffnete, über der das Wort ›Privatbureau‹ stand. Eine chinesische Stenotypistin erhob sich von ihrem Stuhl.

»Sind Sie Miß Bray?« fragte sie mit einem merkwürdig fremden Akzent in der Aussprache.

Als Joan nickte, öffnete sie eine zweite Tür.

»Treten Sie ein«, sagte sie in demselben anmaßenden Ton, den Joan auch schon bei dem Liftführer bemerkt hatte.

Als sie eintrat, dachte sie, daß sie aus Versehen in ein Operettentheater geraten sei. Der Luxus von Marmor und Atlasseide, von geschliffenem Glas und weichen Teppichen, von reichvergoldeten Möbeln und seidenen Tapeten verblüffte sie. Die hohe Decke wurde von brennendroten Balken getragen, die mit goldenen, chinesischen Buchstaben in Relief verziert waren. Die Fülle der Farben blendete sie fast. Das einzige Geschmackvolle in dem Raum war ein großes farbiges Glasfenster ihr gegenüber. Darunter saß an einem Tisch, der ganz aus Ebenholz geschnitzt zu sein schien, Fing-Su. Er erhob sich, als sie eintrat und kam mit gezierten Schritten quer durch das Zimmer, um sie zu begrüßen.

»Ihr Onkel wird in wenigen Minuten hier sein, liebe Miß Bray«, sagte er. »Bitte nehmen Sie Platz.«

Er schob ihr einen reichgeschnitzten chinesischen Sessel von ungewöhnlich großen Formen hin.

»Ich fühle mich wie die Königin von Saba, die bei Salomo zu Besuch ist«, sagte sie. Die Freude an dieser Pracht betäubte im Augenblick ihre Unruhe.

Er verneigte sich tief. Scheinbar faßte er ihre Worte als Kompliment auf.

»Sie sind noch viel schöner als die Königin von Saba und wahrhaftig würdig, Salomo, dem Sohne Davids, zu begegnen. Besäße ich die Reichtümer Sanheribs, des Königs von Askalon, so würde ich Ihnen die Schätze von Azur und Bethdacon zu Füßen legen.«

Sie war bestürzt durch seine überspannte Anrede.

»Wann kommt Mr. North?« fragte sie.

»Nein, er kommt nicht«, sagte er. »Tatsächlich hielt Ihr Onkel es für ratsam, Miß Bray, daß ich Sie wegen unseres Freundes Lynne spräche. Als wir uns das letztemal begegneten, gab es eine peinliche Szene, wie Sie sich erinnern, obgleich ich keinen Anlaß dazu gegeben habe. Mr. Lynne hegt unfreundliche Gefühle gegen mich, was hauptsächlich meiner Nationalität zuzuschreiben ist. Ich halte die Chinesen nicht für tieferstehend als die Europäer. Wir sind ebensogut Menschen, jahrtausendelang standen wir auf einer höheren intellektuellen Stufe. Mr. Lynne hat keinen Grund, uns zu verachten. Mein hochverehrter Vater« – er beugte fast unmerklich die Knie – »tat viel für die Yünnan-Gesellschaft; ohne seine Hilfe wären die Konzessionen bestimmt niemals erteilt worden, und man hätte sie niemals ausnützen können.«

Sie war nicht aufgelegt, die Geschichte der Yünnan-Gesellschaft und ihrer Entstehung zu hören. Sie begann ängstlich zu werden und erhob sich von ihrem Thron.

»Ich kenne Mr. Lynne nicht gut genug, um über ihn zu sprechen«, begann sie.

»Und doch wollen Sie ihn heiraten?«

Sie errötete mehr aus Ärger als aus Verwirrung.

»Das ist eine Sache, die nur mich angeht, Mr. Fing«, sagte sie.

Er lächelte. »Fing-Su? Gut, diesen Namen ziehe ich vor. St. Clay ist schwerfällig und klingt schlecht.«

Er betrachtete sie, seine Gedanken waren nicht bei der Sache.

»Sie sind eine geschickte junge Dame – Sie haben ein intelligentes Gesicht und sind sehr anpassungsfähig. Sie haben wirklich alle Eigenschaften, die ich bei einem Assistenten wünsche – und ich habe viele Assistenten – sowohl Europäer als auch Chinesen.«

»Ich verstehe Sie nicht ganz«, sagte sie.

»Ich will es Ihnen erklären. Ich habe Grund, die Freundschaft – zum mindesten die Neutralität – Clifford Lynnes zu wünschen. Sie können mir dabei ganz erheblich helfen. Wissen Sie etwas von der Börse, Miß Bray?«

»Von der Börse?« fragte sie erstaunt. »Nein, davon verstehe ich wenig.«

»Aber es ist Ihnen doch sicherlich bekannt, daß es ein großes Handelsunternehmen gibt, das den Namen ›Yünnan-Gesellschaft‹ führt?« fragte er.

Sie nickte.

»Ja, Mr. Narth erzählte mir gestern morgen, daß die Aktien mit 2,75 notiert werden.«

»Die gewöhnlichen Aktien«, verbesserte er sie höflich. »Die Gründeraktien sind niemals an der Börse gehandelt worden.«

Sie lächelte.

»Ich glaube nicht, daß ich sie unterscheiden könnte, wenn ich sie sähe«, sagte sie offen. »Die ganze Börse ist mir ein Rätsel.«

»Es gibt im ganzen neunundvierzig Gründeraktien.« Er sprach mit großer Überlegung und betonte jedes Wort. »Und eine davon möchte ich kaufen.«

Sie sah ihn ganz erstaunt an.

»Eine?« wiederholte sie fragend.

Er nickte.

»Nur eine. Sie werden nicht notiert. Ursprünglich waren sie ein Pfund wert. Heute bin ich bereit, für eine solche Aktie eine Million Pfund zu zahlen.«

Sie schüttelte hilflos den Kopf.

»Ich glaube nicht, daß ich Ihnen helfen kann, es sei denn –« Es kam ihr ein guter Gedanke. »Sie würden eine von Mr. Narth kaufen.«

Er lächelte belustigt.

»Liebe Miß Bray, Ihr Verwandter hat Mr. Narth keine Gründeraktien hinterlassen. In seinem Besitz waren zum Schluß nur noch gewöhnliche Anteile. Der einzige, von dem man Gründeraktien kaufen könnte, ist Ihr Verlobter, Mr. Clifford Lynne. Verschaffen Sie mir dieses eine Papier, und ich will Ihnen eine Million Pfund dafür geben! Sie würden dann keinen Grund mehr haben, einen Mann zu heiraten, der Ihnen von Ihrem wenig intelligenten Onkel aufgezwungen wurde. Eine Million Pfund! Denken Sie einmal, Miß Bray, das ist eine ungeheure Summe, die Sie so frei macht wie einen Vogel in der Luft. Auch würden Sie dadurch unabhängig von Narth und Lynne werden! Überlegen Sie sich die Sache! Ich möchte nicht, daß Sie Ihre Entscheidung in diesem Augenblick treffen. Denken Sie bitte daran, daß Sie im Sinne meines besten Freundes Joe Bray handeln würden, der zu mir wie ein Vater war. Nun leben Sie wohl.«

Er ging zur Türe und öffnete sie mit eleganter Bewegung. Offenbar war die Unterredung zu Ende.

»Also bitte überlegen Sie sich die Sache, und haben Sie die Liebenswürdigkeit, alles, was ich in diesem Zimmer gesagt habe, als vertraulich anzusehen. Vergessen Sie nicht, daß ich Ihnen an dem Tage, an dem Sie mir die gewünschte Aktie übergeben, einen Scheck auf die Bank von England über eine Million Pfund aushändige. Ich möchte keine weiteren Fragen stellen – «.

Joan sah ihn mit ruhigen Augen an.

»Es ist auch unnötig, daß Sie sich weiter bemühen«, sagte sie gelassen. »Denn ich werde Ihnen diese Aktie niemals bringen. Wenn sie Ihnen eine Million wert ist, dann ist sie Clifford Lynne sicher nicht weniger wert.«

Ein undurchsichtiges Lächeln umspielte seine Lippen.

»Der Scheck liegt für Sie bereit – das bedeutet sehr viel für Sie, Miß Bray«, sagte er.

Joan eilte, so schnell sie konnte, zu dem Bureau ihres Onkels, und mit jeder Umdrehung der Räder des Autos wuchs ihr Ärger.

15

Mr. Stephen Narth war augenscheinlich in keiner guten Stimmung.

»Ich hoffe, daß es dich nicht unangenehm berührt hat, Joan«, sagte er, als er ihr unwilliges Gesicht sah. »Ich bin diesem Menschen sehr verpflichtet, und er bestand darauf, dich wegen dieses Geschäfts persönlich zu sprechen. Ich konnte nicht anders handeln. Der Himmel mag wissen, weshalb er so versessen darauf ist, eine der Gründeraktien zu kaufen, die doch absolut keinen Geldwert haben.«

Sie war über diese Mitteilung verblüfft und wunderte sich, daß er so wenig im Bilde war.

»Sie sind nichts wert?«

»Nicht einen Penny«, sagte Narth. »Nun, vielleicht ist das eine Übertreibung. Nominell sind sie zu einer Dividende von zweieinhalb Prozent berechtigt. Das heißt, daß der Kaufwert der Aktie etwa acht Schilling beträgt. Sie sind niemals im offenen Markt gehandelt worden und werden auch niemals gehandelt werden. Ich glaube nicht, daß der alte Joe welche besaß. Aber ich will mich informieren.«

Er klingelte, und als Perkins erschien, sagte er ihm:

»Bringen Sie mir die Statuten der Yünnan-Gesellschaft.«

Nach einigen Minuten kam der Sekretär mit einem dicken, blau eingebundenen Bande zurück, den er auf den Tisch legte.

Mr. Narth öffnete den staubigen Deckel. Während er auf der ersten Seite las, hielt er plötzlich inne.

»Das ist doch seltsam!« rief er aus. »Ich wußte nicht, daß Lynne ein Direktor ist.« Er runzelte die Stirn. »Aber ich vermute, nur dem Titel nach«, sagte er, als er Seite für Seite umblätterte.

Fünf Minuten lang herrschte tiefes Stillschweigen, das nur durch das Rascheln der Blätter unterbrochen wurde.

»Donnerwetter!« keuchte Narth. »Höre nur: Die Leitung der Gesellschaft und die Verfügung über die Reservefonds liegt in den Händen des Aufsichtsrates, der in geheimer Abstimmung gewählt wird. Zur Teilnahme an dieser sind nur die Inhaber von Gründeraktien berechtigt. Ungeachtet irgendwelcher anderslautenden Bestimmungen in den nachfolgenden Paragraphen soll der Aufsichtsrat der Bevollmächtigte der Majorität sein.«

Bestürzt sah er auf.

»Das bedeutet, daß die gewöhnlichen Aktionäre bei der Leitung der Gesellschaft überhaupt nichts zu sagen haben, und daß von den neunundvierzig Gründeraktien, die ausgegeben wurden, Fing-Su vierundzwanzig in seinem Besitz hat!«

Er sah in das erstaunte Gesicht Joans.

»Ich habe heute gehört, daß der Reservefonds der Yünnan-Gesellschaft sich auf acht Millionen beläuft«, sagte er. »Diese Summe kam zusammen durch den Ertrag von Bergwerken, Goldminen, auch gehört dazu das Geld, das nach der russischen Revolution bei der Gesellschaft deponiert wurde...«

Er sprach etwas unzusammenhängend.

»Und die Majorität befindet sich in den Händen Clifford Lynnes«, sagte er langsam. Zum erstenmal wurde ihm bewußt, welch unbarmherzig grausamer Kampf um diesen ungeheuer großen Fonds im Gange war.

Er hob seine Hand an die zitternden Lippen.

»Bei Gott, ich wünschte, ich hätte mit der Geschichte nichts zu tun!« sagte er heiser, und etwas von seiner Furcht teilte sich dem jungen Mädchen mit.

Sie fuhr in dem Wagen von Mr. Narth nach Sunningdale zurück. Unterwegs überholte sie eine gewöhnlich aussehende Droschke. Zufälligerweise sah sie in den anderen Wagen hinein und erkannte Clifford Lynne. Auf seinen Wink ließ sie ihren Wagen halten.

Er stieg aus seiner Droschke aus und kam zu ihrem Wagen. Ohne zu fragen, öffnete er die Tür und stieg ein.

»Ich will mit Ihnen bis zum Ende meines Weges fahren«, sagte er. »Meine Droschke ist mit allerhand Proviant vollgeladen, so daß es sich unbequem darin fährt. Ich will nämlich meine neue Wohnung beziehen.«

Er sah sie scharf an.

»Sie waren in der Stadt. Da wir noch nicht verheiratet sind, habe ich ja noch nicht das Recht Sie zu fragen, warum Sie in solch einem eleganten Wagen fahren. Ich vermute, Sie haben unseren Freund Narth besucht?« Und plötzlich fragte er sie unvermittelt: »Haben Sie Fing-Su gesehen?«

Sie nickte.

»Ja, ich hatte heute morgen eine Unterredung mit ihm«, sagte sie.

»Zum Teufel, was haben Sie gemacht!«

Wenn er wütend war, verbarg er seine Aufregung nicht.

»Und was hat dieses naive und edle Naturkind Ihnen gesagt?« fragte er ironisch. »Ich will verdammt sein, wenn es nicht irgend etwas unverschämt Anmaßendes war. Alle Chinesen, die die Politur europäischer Zivilisation angenommen haben, bilden sich ein, große Diplomaten zu sein!«

Sollte sie ihm etwas erzählen? Sie hatte kein Versprechen gegeben, und nur Fing-Su hatte sie gebeten, den Inhalt ihrer Unterhaltung als vertraulich zu betrachten.

Er sah, daß sie zögerte. Mit unheimlichem Scharfsinn durchschaute er, was sich ereignet hatte.

»Wollte er nicht eine Gründeraktie von der Yünnan-Gesellschaft kaufen?«

Als sie rot wurde, schlug er sich auf das Knie und lachte lang und ausgelassen.

»Armer kleiner Macchiavelli!« sagte er schließlich und wischte sich die Augen. »Ich ließ mir ja niemals träumen, daß er mit seinem Zehntel zufrieden wäre!«

»Seinem Zehntel?«

Er nickte.

»Ja, Fing-Su besitzt ein Zehntel der Anteile. Ist Ihnen das neu? Joe Bray verfügte über ein weiteres Zehntel.«

»Aber in wessen Besitz sind denn die übrigen Anteile?« fragte sie erstaunt.

»Im Besitz Ihres zukünftigen Gatten – Herrn darf ich ja wohl nicht sagen«, bemerkte er. »Unser chinesischer Freund ist mehr als ein Millionär, aber er ist damit nicht zufrieden. In einer Anwandlung von Verrücktheit gab Joe Fing-Sus Vater einige Gründeraktien und obendrein übereignete er später die meisten der ihm persönlich verbleibenden Fing-Su selbst! Joe Bray in allen Ehren – aber ich glaube nicht, daß er jemals bei Verstand war. Aber das Verrückteste, was er jemals angestellt hat –« Hier unterbrach er sich selbst. »Mag sein, daß er es nicht getan hat, aber ich habe meinen Argwohn ... heute abend werde ich es sicher erfahren.«

Sie fragte ihn nicht, was er für einen Argwohn habe, und er fuhr fort:

»Es gab früher keine organisierte Yünnan-Gesellschaft, bis ich mein Vermögen mit Joe zusammenwarf. Er hatte gerade ein wenig Kohle aus dem Land gegraben, für das Fing-Sus verstorbener Vater eine Konzession erworben hatte. Aber dieser törichte alte Herr hatte einen Vertrag geschlossen, wonach der Chinese ein Zehntel des Reingewinns erhalten sollte. Mir war das alles unbekannt, bis ich einen Landstrich mit ergiebigen Kohlenlagern zu dem Unternehmen hinzubrachte. Infolgedessen entstanden so viele juristische Schwierigkeiten, um Fing-Sus Vater auszuschließen, daß die ganze Sache während der Prozesse nichts wert war. Nachher habe ich die Gesellschaft mit größerem Kapital neu gegründet. Verstehen Sie das?«

Sie schüttelte den Kopf.

»Es ist mir nur ganz undeutlich klar geworden«, sagte sie. »Aber ich möchte es gern verstehen.«

Wieder sah er sie prüfend von der Seite an.

»Damals setzte ich die Bestimmung betreffend der Gründeraktien durch, um den guten alten Joe daran zu hindern, noch weiterhin gegen sein eigenes Interesse zu handeln. Ihr verehrter Verwandter war nicht gerade sehr intelligent, aber er hatte das beste Herz, das jemals schlug. Gründeraktien waren ihm nichts wert, als er entdeckte, daß sie keine Zinsen brachten. Von den neunundvierzig ausgegebenen Aktien erhielt Fing-Sus Vater neun. Joe war sogar noch stolz darauf, und Joe und ich erhielten jeder zwanzig.«

»Was bedeutet denn eigentlich der Reservefonds?« fragte sie.

Einen Augenblick sah er sie argwöhnisch an. Schließlich sagte er: »Wir haben große Reserven, doch gehört ein erheblicher Teil davon nicht uns. Sehen Sie, wir hatten ein umfangreiches Geschäft in der Mandschurei, unter anderem betrieben wir dort auch Bankgeschäfte. Als die Revolution kam, wurden große Vermögen bei uns deponiert, und wir brachten sie nach Schanghai in Sicherheit. Viele von unseren armen Kunden kamen ums Leben und zwar gerade die Besitzer der größten Depots. Bei dem jetzigen Chaos ist es unmöglich, ihre Verwandten und Erben ausfindig zu machen. Ihr Geld bezeichnen wir als den Reservefonds B. Und diese ungeheuren Summen möchte sich Fing-Su gerne aneignen!«

Als er ihr Erstaunen sah, fuhr er fort:

»Vor einigen Monaten erfuhr ich, daß Joe mehr als die Hälfte seiner Gründeraktien diesem aalglatten Chinesenschuft gegeben hatte. Er hätte ihm auch alle ausgeliefert, nur fünf Aktien hatte er verlegt. Gott sei Dank entdeckte ich sie und brachte sie in meinen Besitz. Weil ich die Majorität habe, kann Fing-Su nicht an den Reservefonds heran. Wenn er aber einmal im Besitz einer weiteren Gründeraktie ist, dann können alle Gerichtshöfe in China ihn nicht davon abhalten, anderer Leute Geld zum Teufel zu jagen. O Joe, du hast eine schwere Verantwortung für alle diese Dummheiten!«

Aber jetzt tadelte sie ihn.

»Mr. Lynne – Clifford, ich muß Ihnen etwas sagen – wie können Sie von Ihrem verstorbenen Freund so schlechte Dinge sagen?«

Er antwortete hierauf nicht direkt. Als er wieder sprach, tat er so, als ob er ihre Frage nicht gehört hätte.

»Diese Welt ist wunderschön, es ist ein Genuß, in ihr zu leben«, sagte er. »Ich hasse auch nur den Gedanken, von hier zu scheiden.

Aber an einem der nächsten Tage werde ich Fing-Su das Genick umdrehen!«

16

Joan Bray bewohnte ein großes Oberzimmer, das nach und nach der gemütlichste Raum im ganzen Haus geworden war. Als man es ihr überließ, war es ganz einfach möbliert. Aber die Angestellten in Sunni Lodge verehrten Joan, und auf geheimnisvolle Weise waren seltene und hübsche Möbelstücke in den geräumigen Dachraum mit seinen großen Fenstern gekommen, von denen man einen guten Fernblick hatte. Dieses Zimmer war ihr jetzt besonders wertvoll, da sie von hier aus den viereckigen Schornstein von Slaters Cottage sehen konnte. Dies gab ihr ein undefinierbares Gefühl von Zusammengehörigkeit mit dem seltsamen Mann, der ihren Weg gekreuzt hatte.

Die beiden Mädchen waren nicht zu Hause, als sie ankam. Sie ging die Treppe zu ihrem Zimmer hinauf, verschloß die Tür und setzte sich auf ein altertümliches Sofa nieder. Dann stützte sie ihren Kopf in die Hand und versuchte ihrer Aufregung Herr zu werden. Von Anfang an hatte sie vermutet, daß Clifford Lynne kein Angestellter ihres Verwandten war. Jetzt wußte sie, daß er ein riesiges Vermögen besaß und viel reicher war als Joe selbst. Was für einen Eindruck würde das auf Stephen Narths Verhalten machen, wenn er es wüßte? Wenn Clifford Lynne nun nicht als wilder Mann mit großem Bart und schlechtsitzenden Kleidern nach Sunni Lodge gekommen wäre, sondern als vornehmer, gutaussehender Gentleman und außerdem nicht in der Rolle eines Geschäftsführers, sondern als Teilhaber Joe Brays, zweifelte sie keinen Augenblick daran, was sich dann ereignet hätte. Trotzdem bedrückte sie die Tatsache, daß Clifford so reich war. Sie konnte nicht sagen, warum. Damals hatte sie ihre Gefühle bezwungen und in diese schreckliche Heirat mit einem unbekannten Mann gewilligt, und was damals ein großes Opfer schien, hatte sich jetzt als ein großes Glück entpuppt. Sie schüttelte den Kopf. Selbst betrügen wollte sie sich nicht. Von Anfang an war es für sie eigentlich kein Opfer, der Fremde hatte sie vom ersten Augenblick an gefesselt. Er war eine Persönlichkeit, die so außerhalb alles gewöhnlichen Erlebens stand, daß schon dadurch gleich alle ihre Zweifel beseitigt waren.

Joan begann das Leben von einem ganz anderen Gesichtswinkel aus zu betrachten. Sie war sich klar, welchen großen Umschwung diese Heirat hervorrufen würde, und Letty (oder war es Mabel?) hatte ganz recht: was wußte ein Mädchen über ihren Liebsten, in dessen Hände sie ihre Zukunft legte? Aber sie hatte schon vieles erfahren und wußte mehr von dem Wesen Clifford Lynnes, als viele andere Bräute in ihrer Bekanntschaft von dem Charakter der Männer wußten, die sie später heiraten sollten.

Sie ging zum Fenster und war in dem Anblick von Slaters Cottage versunken, das heißt, man konnte davon nicht viel mehr als den viereckigen Schornstein sehen, der jetzt rauchte. Sie erinnerte sich daran, daß Clifford eine Menge Lebensmittel in seinem Wagen hatte, und sie war gespannt, ob er als Koch sich ebenso auszeichnen würde wie sonst im Leben.

Holzfäller waren bei der Arbeit, die Bäume um das Haus niederzulegen. Gerade sah sie, wie eine hohe Fichte sich langsam neigte, sie hörte das Brechen der Äste, als sie auf den Boden aufschlug. Morgen würde das Haus ganz zu sehen sein, dachte sie. Sie drehte sich um, da sie Schritte vor der Türe hörte.

»Hier ist Letty«, sagte eine schrille Stimme. Als sie schnell aufgeschlossen hatte, fragte Letty:

»Warum schließt du dich denn ein, Joan?«

Letty war lange Zeit nicht mehr hier oben gewesen und sah sich nun ganz erstaunt um.

»Du bist hier oben sehr gut eingerichtet«, sagte sie. Wäre Joan lieblos genug gewesen, so hätte sie in dieser überraschten Äußerung einen Unterton von Mißbilligung hören können. »Vater war eben am Telephon. Er wird heute abend nicht nach Hause kommen. Er möchte, daß wir mit ihm in der Stadt zu Abend essen. Macht es dir etwas aus, allein zu bleiben?«

Die Frage war deplaciert. Wie oft hatte sie die Abende allein zugebracht und war froh, daß man sie nicht störte.

»Es ist möglich, daß wir sehr spät nach Hause kommen, weil wir nach dem Theater noch ins Savoy-Hotel zum Tanz gehen.«

Letty stand schon wieder in der Tür, als ihr noch etwas einfiel.

»Ich habe diesen Mr. Lynne gesehen, Joan. Er sieht sehr gut aus. Warum kam er denn zuerst in solch einem lächerlichen Aufzug hierher?«

Jetzt kam die unvermeidliche Auseinandersetzung, die Joan ja vorausgesehen hatte. Gedankengänge entwickelten sich scheinbar parallel in Sunni Lodge.

»Nicht daß das irgendwelchen Unterschied in meiner Haltung gegen ihn machte!« sagte Letty, indem sie ihren Kopf nach hinten warf. »Ein Mädchen kann eben nicht auf gut Glück heiraten.«

Joan konnte auch ein Kobold sein und Schabernack spielen, obendrein war sie auch neugierig, was Letty sagen würde, wenn sie ihr auch noch das andere mitteilte.

»Clifford Lynne ist keineswegs ein armer Mann – er ist unendlich reich«, sagte sie. »Mr. Bray hat nur ein Zehntel der gesamten Aktien der Gesellschaft, Clifford Lynne dagegen acht Zehntel.«

Letty sperrte Mund und Nase auf.

»Wer hat dir das gesagt?« fragte sie scharf.

»Clifford Lynne – und ich weiß, daß er mich nicht belogen hat.«

Letty wollte etwas sagen, änderte aber ihre Absicht und schlug die Türe hinter sich zu. Sie stürmte die Treppe hinunter. Fünf Minuten später hörte Joan Stimmen vor der Tür, und, ohne anzuklopfen, eilte Mabel herein, gefolgt von ihrer Schwester.

»Stimmt das, was Letty mir über Lynne gesagt hat?« fragte sie mürrisch. »Es ist doch seltsam, daß wir vorher nichts davon gehört haben.«

Joan amüsierte sich. Sie hätte laut auflachen mögen, aber sie beherrschte sich.

»Du meinst Mr. Lynnes großes Vermögen? Er ist ein sehr reicher Mann, das ist alles, was ich weiß.«

»Weiß Vater darum«, fragte Mabel, indem sie sich bemühte, ihren unberechtigten Ärger zu verbergen.

Joan schüttelte den Kopf.

»Ich glaube nicht, daß er es weiß.«

Die beiden Schwestern sahen einander an.

»Diese Tatsache ändert die ganze Situation«, sagte Mabel mit Nachdruck. »Erstens will doch niemand eine Vogelscheuche heiraten, und zweitens wäre es doch lächerlich gewesen, wenn man von einer von uns gefordert hätte, daß wir uns lebenslänglich an einen armen Angestellten unseres Onkels binden sollten.«

»Ganz abgeschmackt«, stimmte Letty bei.

»Offensichtlich war es Mr. Brays Absicht, daß Lynne eine von uns heiraten sollte«, sagte Mabel. »Ich glaube nicht, daß er jemals etwas von deiner Existenz gehört hatte, Joan.«

»Ich bin sicher, daß das nicht der Fall war«, antwortete Joan. Und Mabel lächelte, als sie sich in den bequemsten Sessel des Zimmers warf.

»Dann müssen wir möglichst vernünftig in dieser Angelegenheit handeln«, sagte sie so liebenswürdig wie möglich. »Wenn das, was du sagst, wahr ist, und in der Tat zweifle ich keinen Augenblick daran, dann muß der Wunsch von Onkel Joe –«

»Erfüllt werden!« fügte Letty hinzu, als Mabel nach einem Wort suchte.

»Ja, das ist es, erfüllt. Das mag für dich ein wenig peinlich sein, aber du kennst den Mann ja gar nicht, und ich bin sicher, daß dich der Gedanke an diese Heirat sehr bedrückt hat. Ich habe damals auch gleich zu Letty gesagt, wenn ein Opfer gebracht werden muß, dann ist es an uns. Wir wollen dich nicht, um bildlich zu sprechen, als unser Werkzeug gebrauchen. Aber zugleich fühle ich, daß wir dir gegenüber nicht ganz korrekt waren, Joan. Noch heute morgen habe ich Vater gesagt, daß ich meine großen Zweifel über diese Hochzeit habe, und daß wir die Sache doch noch sehr überlegen müssen, bevor wir zugeben können, daß du einer womöglich schrecklichen Zukunft entgegengehst mit einem Mann, den du gar nicht kennst.«

»Und du kennst ihn doch ebensowenig«, fühlte sich Joan verpflichtet zu sagen.

»Aber wir haben größere Erfahrungen mit Männern«, sagte Mabel vorwurfsvoll. »Und denke nur nicht, Joan, daß sein Reichtum den geringsten Eindruck auf uns macht. Vater ist reich genug, mich gut zu versorgen, ob ich nun Clifford Lynne heirate oder nicht.«

»Ob eine von uns beiden Clifford Lynne heiratet oder nicht«, verbesserte Letty mit einer gewissen Schroffheit.

»Und –«

Es klopfte an der Türe. Letty, die am nächsten stand, öffnete. Der Diener kam herein.

»Drunten wartet ein Herr, der Miß Joan sprechen möchte«, begann er.

Letty nahm ihm die Karte aus der Hand.

»Clifford Lynne«, sagte sie atemlos.

Joan lachte.

»Das ist eine günstige Gelegenheit, die Sache in Ordnung zu bringen«, sagte Joan ironisch. »Unter allen Umständen muß er nach seiner Meinung gefragt werden!«

Letty verfärbte sich.

»Untersteh dich ja nicht«, rief sie atemlos, »ich würde es dir niemals verzeihen, Joan, wenn du ihm auch nur ein Wort davon sagtest!«

Aber Joan war schon halbwegs den ersten Treppenlauf heruntergeeilt.

Sie trat allein in das Wohnzimmer und bekümmerte sich nicht um die Ermahnungen, die man ihr noch mit auf den Weg geben wollte. Am liebsten hätte sie laut aufgelacht. Denn plötzlich kam ihr eine hübsche Parallele in den Sinn: wenn sie Aschenbrödel war, dann konnte man Letty und die dicke Mabel mit den beiden häßlichen Schwestern identifizieren.

Als sie ins Zimmer trat, fand sie Clifford am Fenster stehen. Er schaute über den Rasenplatz. Schnell drehte er sich um, als er das Öffnen der Tür hörte. In seiner etwas abrupten Art, und ohne irgendwelche Einleitung fragte er:

»Kann ich Sie heute abend sehen?«

»Ja«, sagte sie erstaunt. Dann fügte sie hinzu: »Ich werde allein sein, die Mädchen gehen zur Stadt.«

Er faßte an sein Kinn, als sie dies sagte.

»So, sie gehen zur Stadt?« Er zog die Augenbrauen hoch. »Aber das macht nichts aus. Ich möchte Sie in Slaters Cottage sehen. Würden Sie dahin kommen, wenn ich Sie rufe?«

Die Anstandsregeln machten Joan keine große Sorge. Sie war ihrer selbst so sicher und so überzeugt von der Richtigkeit ihrer Handlungsweise, daß sie sich wenig um die Meinung anderer Leute kümmerte. Aber sein Wunsch stimmte nicht mit ihren Anschauungen von Anstand überein.

»Muß das sein?« fragte sie. »Ich will kommen, wenn Sie es wünschen, denn ich weiß, Sie würden mich nicht einladen, wenn es nicht ganz besonders wichtig wäre.«

»Ich habe einen sehr triftigen Grund dazu«, sagte er. »Ich möchte, daß Sie jemand bei mir treffen, ich hoffe wenigstens so.«

Er fuhr sich nervös durch das Haar.

»Meinen Freund – ich möchte sagen, unseren Freund.«

Sie war erstaunt über seine Erregung und war neugierig, die Ursache zu erfahren.

»Ich werde Sie um zehn Uhr aufsuchen«, sagte er. »Und Joan – ich habe alles überdacht, und ich bin sehr beunruhigt.«

Sie wußte gefühlsmäßig, daß sie selbst der Grund seiner Unruhe war.

»Haben Sie es sich anders überlegt?«

Er schüttelte den Kopf.

»Sie meinen, daß wir uns heiraten wollen? Nein. Ich durfte mir selbst niemals klarmachen, welches Ende dieses närrische Abenteuer nehmen würde. Wenn ich nicht immer durch übertriebenes Pflichtgefühl geleitet würde – aber das hat ja nichts mit dieser Sache zu tun. Wir müssen die ganze Lage heute abend von einem neuen Gesichtspunkt aus betrachten. Ich bin nun so weit gereist und habe so viel unternommen und so viel gelitten –«

»Gelitten?«

Er nickte heftig.

»Durch eine weise Vorsehung«, sagte er düster. »Ihnen ist es erspart geblieben, sich einen langen, kostbaren Bart wachsen zu lassen. Als ich noch viele Meilen entfernt in meinem kleinen Haus in Siangtan lebte, war das nicht so schlimm. Auch noch nicht auf der Heimreise. Erst als ich in nähere Berührung mit der Zivilisation kam – können Sie sich vorstellen, was das heißt, sich zum Diner anzuziehen und dabei zu fühlen, wie weh es tut, wenn man seinen Kragen schließt und einen großen Büschel Barthaare mit einklemmt?... Nun wohl, das ist alles vorüber, und jetzt« – er machte eine Verlegenheitspause – »bin ich nicht traurig.«

»Darüber, daß Sie sich den Bart haben wachsen lassen?« fragte sie unschuldig.

Er sah ihr gerade in die Augen.

»Sie wissen doch ganz genau, daß ich nicht über meinen Bart sprechen wollte, sondern nur von Ihnen. Ich wünschte, ich hätte Zeit genug, um Sie zu studieren. Möglicherweise haben Sie einen bösen Charakter – –«

»Einen ganz schlechten«, log sie ihn an.

»Und vielleicht sind Sie eitel und hohl«, fuhr er ruhig fort. »Alle hübschen Mädchen sind eitel und hohl. Das habe ich von meiner unverheirateten Tante gelernt, die mich aufzog. Aber trotz dieser Schattenseiten habe ich Sie ziemlich gern. Ist das nicht sonderbar?«

»Es würde sonderbar sein, wenn es nicht so wäre«, sagte sie und ging auf seinen Ton ein.

Er mußte lachen.

»Haben Sie Ihren Mord begangen?« fragte sie.

Er stutzte.

»Mord? Ach so, Sie meinen Fing-Su? Nein, ich fürchte, heute abend werde ich zuviel andere Dinge zu tun haben. Sicherlich werde ich ihn umbringen«, sagte er. Obwohl seine Worte nach derbem Witz klangen, zitterte sie, da sie überzeugt war, daß er im Ernst gesprochen hatte. »Ich muß ihn töten, aber gerade heute abend?« Er schüttelte den Kopf. »Da muß vorher noch viel anderes erledigt sein. – Wann können Sie mich heiraten?«

Seine Frage war ernst gemeint, und sie fühlte, wie sie rot wurde.

»Ist das notwendig?« fragte sie ein wenig verzweifelt. Jetzt, da sie sich der logischen Konsequenz ihres Abenteuers nicht mehr entziehen konnte, war sie einen Augenblick von panischem Schrecken gelähmt. In seiner Frage lag eine solche Bestimmtheit, daß sie ein banges Glücksgefühl überkam. Aber sie klang auch wieder so sachlich und kühl, und sie vermißte die zärtliche Atmosphäre, in der man gewöhnlich eine solche Werbung anbringt. Sie ärgerte sich über ihn. Das brachte die ganze Lage wieder zu ihrer ursprünglichen Geschäftsmäßigkeit zurück und tötete den feinen Schimmer von Romantik, der in den letzten Tagen über ihrem Leben gelegen hatte.

»Ich vermute, daß Sie damit Ihre eigene Bequemlichkeit befriedigen«, sagte sie kalt. »Sie wissen natürlich, Mr. Lynne, daß ich Sie nicht mehr liebe als Sie mich?«

»Darüber brauchen wir nicht zu sprechen«, sagte er schroff. »Aber ich will Ihnen etwas sagen: ich war niemals verliebt, ich hatte meine Träume und Ideale, wie sie jeder Mann und jede Frau hat, und Sie kommen der geheimnisvollen Frau meiner Träume, der ich jemals zu begegnen hoffte, am nächsten. Wenn ich Ihnen sage, daß ich Sie gern mag, so meine ich das so. Ich bin nicht in so verzückter Gemütsverfassung, daß ich bereit wäre, den Boden zu küssen, auf dem Sie gehen – aber vielleicht kommt diese Form des Deliriums später.«

Während er sprach, lag ein gütiges und freundliches Lächeln in seinen Augen, das es ihr unmöglich machte, ihren Unwillen auf die Spitze zu treiben. Sie war erzürnt über ihn und mußte doch seine Aufrichtigkeit bewundern. Sie spürte keinerlei Neigung, ihm klar zu entgegnen, daß schließlich ihr Herz ebenso frei sei wie das seine.

»Heute ist Montag«, sagte er. »Mit besonderer Genehmigung werden wir am Freitag heiraten. Freitag wird ein unglücklicher Tag sein – für irgend jemand.«

»Sie meinen wirklich Freitag?« fragte sie in angstvoller Bestürzung.

»Es ist etwas plötzlich, ich weiß – aber die Dinge entwickeln sich rascher, als ich dachte«, sagte er.

Er nahm seinen Hut vom Tisch.

»Ich werde Sie um zehn Uhr rufen. Haben Sie Bedenken?«

Sie schüttelte den Kopf.

»Und Sie fürchten sich auch nicht?« neckte er sie, aber schnell fügte er hinzu: »Es ist wirklich kein Grund zur Furcht vorhanden – jetzt noch nicht.«

»Sagen Sie mir bitte, wann ich anfangen muß mich zu fürchten«, sagte sie, als sie mit ihm zur Türe ging.

»Mich brauchen Sie niemals zu fürchten«, sagte er ruhig. »Ich dachte an jemand anders.«

»Fing-Su?«

Er sah sie schnell an.

»Sie sind auch Gedankenleserin?« Er legte seine Hand auf ihren Arm und drückte ihn leise. Er tat das so freundlich und brüderlich, daß sie nahe daran war, zu weinen.

Die beiden Mädchen, die sofort auftauchten, als sich die Tür hinter Clifford geschlossen hatte, folgten ihr zu der Bibliothek.

»Du hast ihm doch nichts gesagt?« fragte Mabel rasch. »So gemein und niederträchtig kannst du nicht sein, Joan!«

Joan sah sie überrascht an.

»Worüber sprachen wir denn?« fragte sie. Ihre Bestürzung war aufrichtig, denn sie hatte die Unterhaltung in ihrem Zimmer vergessen.

»Letty hatte das fürchterliche Gefühl, du würdest ihm erzählen, was wir besprachen, aber ich sagte: ›Letty, Joan tut das nicht, Joan handelt nicht so jämmerlich.‹«

»Über eure Heirat mit ihm?« fragte Joan und verstand plötzlich. »Ach nein – das hatte ich vergessen – wir waren so sehr damit beschäftigt, das Datum festzusetzen: Mr. Lynne und ich heiraten am Freitag.«

»Guter Gott!« rief Mabel.

Diese voreilige Äußerung mußte man verzeihen, denn in einem Augenblick großer Selbstaufopferung hatte Mabel beschlossen, Mrs. Clifford Lynne zu werden.

17

Die Schwestern gingen um sechs Uhr in die Stadt, und Joan war herzlich froh, als sie von ihrem Fenster aus die Limousine die Egham Road hinunterfahren sah. Sie aß allein zu Abend und wartete geduldig auf die Ankunft Clifford Lynnes. Sie war ein wenig enttäuscht über sein Verhalten. Die Heirat sah immer noch wie eine geschäftliche Vereinbarung aus; mit Ausnahme der kleinen Liebkosung hatte er weder Zärtlichkeit noch jene gefühlvolle Aufmerksamkeit für ihre Reize gezeigt, die man selbst von sehr beherrschten Männern erwartet. Und doch war kaum etwas Unfreundliches und Kaltes in seinem Wesen, dessen war sie sicher. Es war eine Schranke zwischen ihnen, die niedergerissen werden mußte, ein Abgrund, den nur gegenseitige Liebe überbrücken konnte. Für einen kurzen Augenblick erschrak sie vor der Aussicht auf diese kaltblütig eingegangene Heirat.

Sie stand vor der halbgeöffneten Tür des Hauses, als sie seinen schnellen Schritt auf dem Sand hörte. Nachdem sie sich vergewissert Halle, daß die Schlüssel in ihrer Handtasche waren, schloß sie leise die Tür hinter sich und ging ihm entgegen.

Plötzlich stand sie in einem hellen Lichtkegel.

»Schade!« hörte sie Clifford sagen. »Ich war ganz sicher, daß Sie es waren, aber ich mußte mich erst überzeugen.«

»Wer sollte es denn sein?« fragte sie, als sie mit ihm fortging.

»Ich weiß nicht«, war die unbefriedigende Antwort.

Sie legte wie selbstverständlich ihren Arm in den seinen.

»Von Natur aus bin ich vorsichtig, ja sogar argwöhnisch. Das Leben hier auf dem Lande in England ist für mich noch etwas gefährlicher als für einen Reisenden, der in dem verrufenen Honan eine Kamelladung mexikanischer Dollars mit sich führt! Drüben kennt man seine Lage ganz genau – entweder lebt man im Frieden oder im Krieg mit seinen Nachbarn. Aber in England kann man die ganze Zeit mit jemand im Krieg leben und weiß es selbst nicht einmal. Stört es Sie, wenn wir in der Mitte der Straße gehen?« fragte er schnell. Sie mußte lachen.

»Ich habe unerschütterliches Zutrauen zur Polizei«, sagte sie.

Sie hörte ihn kichern.

»Zur Polizei? Ja, die ist überall auf dem Posten, besonders, wenn es sich um bekannte Verbrecher und feststehende Verbrechen handelt. Aber Fing-Su ist als Verbrecher nicht bekannt – im Gegenteil, er gilt als eine höchst achtbare Persönlichkeit. Wir müssen jetzt rechts einbiegen.«

Das hätte er nicht zu sagen brauchen. Ihre Augen hatten sich an die Dunkelheit gewöhnt, und sie sah die große schwarze Öffnung, die den Eingang zu dem Fahrweg nach Slaters Cottage bildete. Der früher holperige Fahrweg war jetzt ein mit Kies bestreuter, feingewalzter Weg. Ein paar Meter den Fahrweg hinunter erhob sich ein großer Kandelaber für eine Laterne.

»Ja, wir sind modern eingerichtet«, sagte er, als sie seine Aufmerksamkeit auf diese Neuerung lenkte. »Nur der Böse liebt die Finsternis. Ich gebrauche diese Tausendkerzenbogenlampe als Beweis für meine Redlichkeit!«

Plötzlich stand er still, und sie mußte notgedrungen auch Halt machen.

»Ich sagte Ihnen neulich, daß Narth eine Auseinandersetzung mit Ihnen hatte, und Sie gaben es zu«, sagte er. »Vor einigen Tagen habe ich gefunden, warum er eine Differenz mit Ihnen hatte. Ihr Bruder wurde bei einem Unfall getötet, als er das Land mit einer Summe Geldes verlassen wollte, das er aus dem Bureau von Narth gestohlen hatte?«

»Das stimmt«, sagte sie mit leiser Stimme.

»Das war es also?«

Er seufzte erleichtert auf. Was anders konnte er denn vermutet haben, fragte sie sich verwundert.

»Jetzt wird mir der Zusammenhang klar«, begann er, als sie weitergingen. »Sicher sagte er zu Ihnen: ›nach allem, was ich für dich getan habe?‹ nicht wahr? Sonst wäre ich glatt von Ihnen abgewiesen worden. Ich bin froh darüber.«

Er sagte dies so schlicht und treuherzig, daß sie fühlte, wie ihr das Blut in die Wangen schoß.

»Ist Ihr Freund schon angekommen?« fragte sie.

»Ja«, sagte er kurz. »Vor einer Stunde kam dieser –« er murmelte einen Fluch.

»Man könnte denken –« begann sie, als er plötzlich ihren Arm umklammerte.

»Nicht sprechen!« flüsterte er.

Joan sah, wie er den Weg zurückspähte, den sie gekommen waren. Angestrengt lauschend beugte er den Kopf vor, und ihr Herz begann heftig zu schlagen. Dann führte er sie ohne ein Wort auf die Seite der Straße in den Schutz einer großen Fichte und schob sie hinter den Baumstamm.

»Bleiben Sie hier stehen«, sagte er in demselben leisen Ton.

Gleich darauf war er verschwunden. Geräuschlos schlich er über den Nadelteppich von Baum zu Baum. Sie blickte starr hinter ihm her, sie konnte nur den blassen Abendhimmel erkennen, der hinter einer Reihe schlanker Fichten hervorlugte. Der Reflex des Firmamentes in einer Wasserlache auf der Seite des Fahrweges sah aus wie ein matter Spiegel. Für gewöhnlich war sie nicht nervös, aber jetzt fühlte sie doch ihre Knie zittern, und ihr Atem ging schnell. Nach kurzer Zeit sah sie ihn ganz nahe wieder aus der Dunkelheit auftauchen.

»Es war nichts«, sagte er, aber er sprach immer noch ganz leise. »Ich dachte jemand zu hören, der uns folgt. Morgen werde ich diese Bäume abhauen lassen, sie geben zu gute Deckung –

Es schwirrte etwas an ihnen vorbei wie eine geworfene Waffe. Man hörte einen dumpfen Aufschlag, dann herrschte tiefe Stille. Er sagte etwas in einer fremden Sprache, dann ging er zurück und zog etwas aus dem Stamm einer Fichte.

»Ein Wurfmesser«, flüsterte er. »Ich sage Ihnen, diese Yünnanmörder sind wunderbare Schützen, und die Teufel können im Dunkeln sehen! Wo ist der nächste Polizeiposten?«

Trotz ihres Mutes zitterte sie.

»Die Patrouille wird erst nach einer Stunde wieder hier vorbeikommen«, stammelte sie. »Hat jemand mit einem Messer geworfen?«

»Erst nach einer Stunde?« sagte er fast fröhlich. »Das Geschick ist auf meiner Seite!«

Er nahm einen Gegenstand aus seiner Tasche – in dem Dämmerlicht sah es aus wie ein dicker silberner Zylinder; sie sah, wie er ihn auf den Lauf einer langen, schwarzen Pistole schob.

»Die Nachbarn sollen nicht beunruhigt werden«, sagte er. Wieder entfernte er sich von ihrer Seite und verschwand im Dunkel.

Sie wartete, ihr Herz schlug bis zum Halse herauf.

»Plob!«

Der Schall kam aus überraschender Nähe. Sie hörte auf dem Kieswege sich entfernende Schritte, die schwächer und schwächer wurden. Als man kein Geräusch mehr vernahm, kam Clifford wieder zu ihr und nahm die Silberröhre von der Pistole wieder ab.

»Ich habe ihn getroffen, aber nicht schwer«, sagte er. »Ich bin froh, daß ich ihn nicht getötet habe. Ich hätte ihn sonst im Wald begraben müssen und einen Skandal riskiert, oder ich hätte ihn zur Wache bringen müssen und damit den Zeitungen eine Sensation gegeben.«

»Haben Sie ihn verwundet?« fragte sie.

»Ja«, sagte er sorglos. »Ich glaube, er hatte keine Begleiter.«

Wieder nahm er sie am Arm und führte sie den Fahrweg entlang. Sie gingen nun schnell nach Slaters Cottage. In dem Haus zeigte sich kein Leben: hinter den mit Läden geschlossenen Fenstern war kein Licht zu sehen, und selbst der Schall der gedämpften Explosion schien den Gast Clifford Lynnes weder interessiert noch neugierig gemacht zu haben.

Er stand fast eine Minute lauschend auf der Treppe.

»Ich denke, es war nur einer,« sagte er dann mit einem Seufzer der Erleichterung, »wahrscheinlich war es ein Spion, der die Dämmerstunde zu einem kleinen Scheibenschießen benützen wollte. Sie fürchten sich doch nicht?«

»Doch«, sagte sie. »Ich bin sehr erschrocken.«

»So bin ich!« sagte er. »Ich bin mir selbst böse, daß ich diesen Gang mit Ihnen gewagt habe, aber ich wußte nicht, daß jetzt schon Gefahr drohte.«

Er schloß die Türe auf, und sie traten in einen engen Gang. Als er das Licht einschaltete, sah sie, daß zwei Türen von hier ausgingen, eine zur Rechten und eine zur Linken.

»Hier sind wir.« Er ging voran, drückte die Klinke der linken Tür nieder und öffnete.

Das Zimmer war vollständig neu und gut möbliert. Zwei in die Decke eingelassene große Lampen warfen zerstreutes Licht durch opalfarbene Gläser in den Raum.

Vor dem Holzfeuer, das im Kamin brannte, saß ein großer Mann. Sie schätzte sein Alter auf etwa sechzig Jahre. Er war merkwürdig gekleidet. Über einem Paar schön gebügelter Beinkleider trug er einen weiten, roten Schlafrock, unter dem ein weißes, steifes Oberhemd vorschaute. Er hatte weder Kragen noch Schlips an. Ein tadelloser Gehrock hing über der Sessellehne. Als sich die Tür öffnete, drehte er sich um, nahm seine kurze Tonpfeife aus dem Mund und schaute ernst auf den Besuch.

»Begrüße Miß Joan Bray«, sagte Lynne kurz.

Der große fremde Mann erhob sich schwerfällig. Er wandte sein dickes Gesicht mit dem Doppelkinn Joan zu und sah sie an wie ein Schuljunge, der bei irgendeinem dummen Streich erwischt wurde.

»Nun, Joan«, sagte Lynne finster, »sollen Sie einen Ihrer Verwandten kennenlernen. Darf ich Ihnen den verstorbenen Joe Bray vorstellen, der in China tot war und in England wieder lebendig wurde!«

18

Joan konnte nur sprachlos auf ihn starren. Joe Bray! Wenn sie einen Geist gesehen hätte, wäre sie nicht entsetzter gewesen.

Joe sah Clifford hilflos an.

»Hab' doch ein Herz, Cliff!« bat er schwach.

»Das habe ich – aber außerdem habe ich auch noch einen Verstand, und deshalb habe ich den Vorteil, du alter Verschwörer!«

Joe blinzelte von Clifford zu Joan.

»Ich muß dir erklären –« begann er laut.

»Nimm Platz«, sagte Clifford und wies auf einen Stuhl. »Ich habe deine Geschichte nun schon sechsmal anhören müssen, und ich glaube nicht, daß ich es noch einmal aushalten kann. Joan,« sagte er dann, »das ist der leibhaftige Joe Bray von der Yünnan-Gesellschaft. Sollten Sie an irgendwelche Trauerfeierlichkeiten gedacht haben, so können Sie diese getrost wieder absagen.«

»Ich muß dir erklären –« begann Joe wieder.

»Du mußt gar nichts erklären«, unterbrach ihn Lynne. Dabei blitzten seine Augen auf, wie Joan es schon einmal gesehen hatte.

»Dieser Joe Bray ist romantisch.« Er zeigte anklagend auf den zusammengesunkenen Mann. »Er hat gerade Verstand genug, um zu träumen. Eine seiner verrückten Ideen war, daß ich jemand aus seiner Familie heiraten sollte. Und um mich zu diesem verzweifelten Schritt zu bringen, erfand er eine schwindelhafte Geschichte von seinem baldigen Tode. Um die Sache glaubwürdig zu machen, verschaffte er sich – wie er mir eben gestanden hat – den Beistand eines dem Trunk ergebenen Arztes in Kanton, der jemand für verrückt erklärt, wenn man ihm zwei Gläser Whisky spendiert!«

»Ich muß dir erklären –« versuchte Joe noch lauter zu sprechen.

»In dem Augenblick, wo er mich auf dem Weg wußte,« fuhr der andere fort, ohne sich im mindesten beirren zu lassen, »schlich er sich mit seinem Spießgesellen, dem Doktor, nach Kanton und folgte mir mit dem nächsten Schiff nach England. Er hatte aber Anweisung gegeben, daß das Telegramm mit der Nachricht seines Todes abgesandt werden sollte, sobald er England erreicht hätte.«

Hier verteidigte sich Joe leidenschaftlich.

»Du hättest niemals geheiratet, wenn ich es nicht so gemacht hätte!« brüllte er dazwischen. »Du hast ein Herz von Stein, Cliff! Die Wünsche eines Sterbenden bedeuten dir nicht mehr als ein Bierfleck auf dem Stiefel eines Polizisten. Ich mußte sterben! Und dann dachte ich mir – ich würde zur Hochzeit kommen und euch alle überraschen!«

»So etwas tut man nicht, Joe!« sagte Clifford ernst. »Du bist ein Mann, der sich nicht benehmen kann!«

Als er sich zu Joan wandte, mußte er sich auf die Lippen beißen, um nicht zu lachen.

»Ich schöpfte schon Verdacht, als ich keine Todesnachricht in den englischen Zeitungen las«, sagte er. »Abgesehen davon, daß Joe in der Welt große Bedeutung hat, ist sein Name in China einer der klangvollsten. Das Wenigste, was ich erwartet hakte, war ein Nachruf für ihn von unserem Spezialkorrespondenten in Kanton. Und als ich dann im Nord China Herald eine Anmerkung fand, daß Mr. Joe Bray eine Reihe von Kabinen auf der Kara Maru belegt hatte –«

»Auf den Namen Müller«, murmelte Joe.

»Das ist mir gleich, unter welchem Namen du fuhrst, aber einer der Zeitungsreporter sah, wie dein Gepäck an Bord gebracht wurde, und erkannte dich auf der Straße. Deine Verkleidung war nicht so gut, wie du dachtest.«

Joe seufzte. Von Zeit zu Zeit sah er das Mädchen verstohlen von der Seite an und schämte sich, aber plötzlich faßte er den Entschluß, ihr geradewegs in die Augen zu sehen.

»Ich muß sagen« – er zitterte vor Begeisterung – »ich muß sagen, Cliff, daß du dir das Beste vom Besten ausgesucht hast. Sie gleicht meiner Schwester Elisabeth, die jetzt seit achtundzwanzig Jahren tot ist. Außerdem hat sie die Nase meines Bruders Georg –«

»Du kannst mich durch deine Personalbeschreibungen nicht ablenken«, sagte Clifford. »Du bist ein böser alter Bursche!«

»Schlau,« murmelte Joe, »nicht böse. Ich muß dir erklären –«

Er wartete scheinbar auf eine Unterbrechung, als diese aber nicht kam, hatte er den Faden verloren.

»Ich habe eine Menge Enttäuschungen erlebt, mein Fräulein«, begann er zu orakeln. »Nehmen Sie zum Beispiel Fing-Su! Was habe ich nicht alles für diesen Jungen getan, niemand weiß das außer mir und ihm. Und als Cliff mir erzählte, was für ein Schlingel er ist, hätten Sie mich mit einer Feder umwerfen können! Ich bin gütig und großzügig zu ihm gewesen, ich gebe es zu ...«

Als er abschweifte, arbeiteten Joans Gedanken unaufhörlich. Wenn Joe Bray am Leben war, so bedeutete dies das Ende aller Pläne, die Stephen Narth geschmiedet hatte. Sie überlegte sich, welche Konsequenzen das für sie haben würde. Die Gründe für ihre Verheiratung zerflossen dadurch in nichts. Diese Erkenntnis schmerzte sie, und sie fühlte sich unglücklich. Sie sah zu Clifford hinüber und senkte den Blick wieder. Trotzdem hatte er ihre Gedanken erraten.

»... Als ich ihm nun erklärte, was ich getan hatte, sagte ich zu ihm: ›Cliff, ich bin traurig.‹ Habe ich das getan, Cliff, oder habe ich es nicht getan?« fragte er. »Ich sagte: ›hätte ich gewußt, was ich jetzt weiß, hätte ich niemals Gründeraktien mit ihm geteilt!‹ Habe ich das getan, Cliff, oder nicht? Zu denken, daß dieser Hund – ich würde ihn noch ganz anders nennen, wenn Sie nicht hier wären, liebes Fräulein – so verrückte und wahnsinnige Ideen in seinem Kopfe hat!«

Joan begann nun zu verstehen.

»Einen romantischen Phantasten« hatte Clifford den alten Mann genannt, und sie sah nun die ungeschickte Diplomatie, die die gegenwärtige verwickelte Lage geschaffen hatte. Joe hatte seinen eigenen Tod simuliert, um einen Mann, den er liebte, zu einer Heirat mit einer seiner Verwandten zu bringen.

»Weiß Mr. North, daß Sie« – sie zögerte zu sagen »am Leben sind« und fuhr deshalb fort – »wieder nach England zurückgekehrt sind?«

Joe schüttele den Kopf, und Clifford antwortete für ihn.

»Nein, Narth darf es nicht wissen. Ich halte Joe einen oder zwei Tage hier bei mir, bis die Dinge sich entwickelt haben. Und vor allem, Joan – Fing-Su darf es nicht erfahren. Dieser leichtgläubige Chinese hat sicher die Nachricht von Joes Tod erhalten. Im Augenblick konzentriert er sich mit aller Kraft darauf, die eine Gründeraktie in die Hand zu bekommen, die ihm die Kontrolle über die Gesellschaft gibt.«

»Würde er tatsächlich dadurch die Gesellschaft in die Hand bekommen?« fragte sie.

Er nickte.

»Es klingt absurd, aber es ist so«, sagte er ernst. »Wenn Fing-Su diese eine Aktie bekäme, könnte er mich als Direktor ausschalten. Er würde die Leitung der ganzen Gesellschaft an sich reißen – und obwohl er dem Gesetz nach natürlich verpflichtet wäre, den Gewinn ehrlich mit den gewöhnlichen Aktionären zu teilen, könnte er in Wirklichkeit eine Summe von zehn Millionen Pfund für seine eigenen Zwecke verwenden.«

Sie schüttelte hilflos den Kopf.

»Aber es ist ihm doch sicher unmöglich, Clifford, diese eine Aktie zu kaufen?«

Er nickte.

»Es gibt nur einen Weg für Fing-Su, die Kontrolle zu bekommen,« sagte er langsam, »und ich hoffe zuversichtlich, daß er damit keinen Erfolg hat.«

Er gab keine weiteren Erklärungen. Gleich darauf verschwand er in der Küche, um Kaffee zu kochen, und das Mädchen blieb allein mit Joe zurück, woraus leicht hätte Verwirrung entstehen können, denn der große Mann schloß sofort die Tür sorgfältig hinter seinem Teilhaber.

»Wie gefällt er Ihnen?« fragte er in aufgeregtem Flüsterton, als er ihr gegenüber wieder Platz genommen hakte.

Es war eine unangenehme Frage für sie.

»Er ist sehr nett«, sagte sie möglichst harmlos.

»Ja, das ist er.« Joe Bray kratzte sich am Kinn. »Cliff ist ein guter Kerl. Ein wenig hart zu anderen Leuten, aber wirklich ein guter Junge.« Er sah sie strahlend an. »Dann gehören Sie ja jetzt zu uns – das ist fein! Sie sind so, wie ich es mir für Cliff gewünscht habe. Wie sind denn die anderen?«

Sie wurde der peinlichen Antwort enthoben, da er sogleich weitersprach.

»Ja, Cliff ist zu hart! Ein kleiner Tropfen Gin hat noch keinem geschadet, nehmen Sie ruhig diesen Rat von mir an. Es ist gut für die Nieren, um bloß eins zu erwähnen. Aber Cliff ist enthaltsam, na ja, nicht ganz enthaltsam, aber Sie verstehen, er liebt nicht, wenn Flaschen auf dem Tisch herumstehen.«

Sie folgerte daraus mit Recht, daß Joe Bray nichts gegen volle Flaschen einzuwenden hatte.

»Ja, ich bin sehr froh, daß er Sie gewählt hat –«

»Aber um die Wahrheit zu sagen, Mr. Bray, ich habe ihn gewählt«, sagte sie lachend. Joe sperrte seine wässerigen Augen weit auf.

»Das haben Sie getan? Haben Sie das wirklich getan? Nun ja, er ist kein schlechter Kerl. Viel zu schnell mit seinem Schießeisen, aber das muß man seiner Jugend zugute halten. Immer muß er etwas totschießen. – Sie werden viele Kinder haben, daran zweifle ich nicht im mindesten.«

In diesem Augenblick kam glücklicherweise Clifford Lynne zurück. Er trug ein funkelnagelneues Silbertablett mit einer silbernen Kaffeekanne und silbernen Tassen. Er hatte eben alles auf den Tisch niedergestellt, als man ein schwaches Knacken hörte. Der Laut folgte so dicht auf das Geräusch, das Clifford durch das Aufsetzen des Tabletts verursacht hatte, daß Joan es nicht bemerkte. Sie sah nur, wie er nach den Fenstern blickte, die durch die Läden fest geschlossen waren. Er hob seinen Finger zum Zeichen, daß sie schweigen sollten.

»Was ist los, Cliff?« Der alte Mann blickte plötzlich verstört auf.

Clifford zog den Vorhang zurück, und zum erstenmal sah Joan die mit eisernen Läden dicht verschlossenen Fenster. Jedes Fenster hatte in der Mitte einen langen, ovalen Buckel als Verzierung.

»Sprecht nicht!« flüsterte er. Er streckte seine Hand aus und drehte das Licht aus.

Der Raum war jetzt vollständig finster, aber plötzlich bemerkte sie eine kleine Öffnung an der Stelle, wo die Eisenornamente an dem Fenster waren, als Clifford die Klappe von den Schießscharten hochschob.

Der Mond war aufgegangen, und durch den Schlitz konnte er den leeren Platz vor dem Hause überschauen. Es war niemand zu sehen. Er beobachtete scharf durch das Schießloch. Gleich darauf wurde seine Ausdauer belohnt. Eine dunkle Gestalt bewegte sich im Schatten der Bäume und kam in einem Bogen auf das Haus zu. Dann sah er eine andere – noch eine dritte – und plötzlich tauchte in Reichweite ein Kopf vor ihm auf. Offensichtlich war der Mann an das Fenster herangekrochen. Im Mondlicht konnte er den runden, glattrasierten Kopf eines chinesischen Kulis bemerken. In der einen Hand trug er ein kleines Paket, das mit einem Bindfaden an seinem Handgelenk befestigt war, in der anderen hielt er einen sichelförmigen Haken.

Mit diesem langte er in die Höhe, faßte damit die eiserne Dachrinne und zog sich mit außerordentlicher Kraftanstrengung, die bei anderer Gelegenheit Lynnes größte Bewunderung hervorgerufen hätte, auf das Dach. Clifford wartete, bis die hin und her pendelnden Füße nach oben verschwunden waren, ging dann geräuschlos nach der Hinterseite des Hauses und trat von dort ins Freie. Im Mondlicht, das sich breit über den Kranz der Fichten ergoß, sah er blitzenden Stahl. An dieser Seite waren die Holzfäller die ganzen Tage tätig gewesen. Man konnte in dem weißen Schein die Baumstümpfe deutlich erkennen. Aber in einer Entfernung von fünfzig Metern standen die Bäume noch sehr dicht.

Das Hans war umzingelt, trotzdem ging er weiter und erreichte, gedeckt durch den Schatten des Nebenhauses, einen Punkt, von dem aus er den First des Daches in seiner ganzen Länge sehen konnte. Kaum hatte er seinen Posten erreicht, als sich ein Kopf über dem Giebel erhob. Gleich darauf sah er deutlich, wie ein Chinese schnell nach dem viereckigen Schornstein kroch.

Er hatte wieder seinen Schalldämpfer auf der Pistole befestigt.

Plob!

Der Mann auf dem Dache hielt an, taumelte ein wenig und rollte und schlitterte dann über das dichte Schieferdach herunter. Mit einem Stöhnen fiel er dicht vor Cliffords Füßen auf den Boden. Lynne hörte die aufgeregten, unterdrückten Rufe der unsichtbaren Spione im Schatten der Bäume. Er sah, wie einer aus der Deckung hervorkam und feuerte schnell auf ihn. Sofort lief der Chinese davon, um sich in Sicherheit zu bringen. Clifford Lynnes Kaltblütigkeit und Treffsicherheit war diesen Kulis nur zu gut bekannt.

Er wartete. Wahrscheinlich würden sie jetzt zum Angriff vorgehen. Da hörte er von dem anderen Ende der Zufahrtsstraße das Anspringen eines Motors, das Knirschen eines Hebels und das Geräusch eines fortfahrenden Autos. Dann noch den Ruf eines Menschen, der auf den fahrenden Wagen sprang. Clifford war froh, daß die Angreifer sich entfernten. So konnte er seine Aufmerksamkeit der bewegungslosen Gestalt zuwenden, die vor ihm auf dem Boden lag.

Er ging ins Haus, rief Joe herbei, und die beiden Männer trugen den Verwundeten in die Küche.

»Fing-Su hat sie in einem Lastauto hierhergebracht«, sagte er. (Später konnte er sich davon überzeugen, daß dieses Fahrzeug ein Autobus war, der in der Fabrik von Peckham benützt wurde, um Arbeiter an ihre Arbeitsstellen aufs Land zu bringen.)

Ist er tot?« fragte Joe.

Clifford verneinte.

»Nein, die Kugel ist gerade über dem Knie eingedrungen. Das ist seine einzige Verletzung«, sagte er, als er die Wunde mit einem Handtuch verband. »Der Fall vom Dach hat ihm das Bewußtsein genommen.« Der Kuli öffnete bald die Augen und starrte von einem zum andern.

»Ich bin tödlich getroffen!« keuchte er. Sein Gesicht verzog sich angstvoll, als er Lynne erkannte.

»Wer hat dich hierhergebracht?«

»Niemand – ich kam aus eigenem Antriebe«, sagte der Chinese.

Clifford grinste unheimlich.

»Schnell!« sagte er. »Ich nehme dich sonst sofort mit ins Gebüsch und wärme dir das Gesicht ein wenig mit Feuer an, dann wirst du schon das Sprechen lernen, mein Freund. Zunächst bleibst du hier bei Shi-suling.«

Das war der Name, den die Chinesen dem alten Joe Bray gaben, und die Übersetzung war gerade nicht schmeichelhaft für den Träger des Namens.

Als Clifford zu Joan zurückkam, erwartete er, sie in Aufregung zu finden, und war angenehm von ihr enttäuscht. Aber sie hatte doch begriffen, daß etwas nicht in Ordnung war und vermutete richtig, daß es in Zusammenhang mit dem heimtückischen Messerwurf stand.

»Ja, es war ein Chinese,« bejahte Cliff ihre Frage, »der mit mir abrechnen wollte. Ich glaube, es ist besser, wir trinken keinen Kaffee, und ich bringe Sie nach Hause. Die Kerle haben sich jetzt zurückgezogen«, fügte er unvorsichtig hinzu.

»Die Kerle? Wieviel waren es denn?« fragte sie.

Er sah, daß er nichts gewonnen hatte, wenn er ihr die Sache verheimlichte. Es war viel besser, ihr den vollen Umfang der Gefahr zu sagen.

»Wahrscheinlich war etwas mehr wie ein Dutzend an dem Angriff beteiligt, aber ich weiß nicht, was sie erreichen wollten.«

»Sie!« sagte sie mit Nachdruck. Er nickte.

»Ich nehme an, daß sie mich holen wollten,« sagte er. »Die Hauptsache ist aber, daß sie sich nun davon gemacht haben und jetzt nichts mehr zu fürchten ist.«

Er sah ihr aufmerksam ins Gesicht, und sie hatte das Gefühl, daß er ihre Charakterstärke prüfen wollte, bevor er weitersprach.

»Zunächst muß ich Ihnen noch etwas sagen, das Sie beunruhigen wird«, fuhr er fort. »Wenn ich auch die Bäume in der Umgebung abschlagen lasse, so komme ich damit nicht viel weiter. Soweit ich Fing-Su kenne, wird er sich durch nichts abschrecken lassen. Wenn sich einmal der Gedanke in seinem Dickkopf festgesetzt hat, daß ich Sie liebe – wie ich es ja auch tatsächlich tue – so ist es wahrscheinlich, daß er seine Aufmerksamkeit auch Ihnen zuwenden wird. Fürchten Sie sich deshalb?«

Sie schüttelte den Kopf.

»Wahrscheinlich habe ich nicht genug Phantasie, mir auszumalen, was geschehen könnte«, sagte sie. »Aber ich habe keine Furcht.«

Er öffnete einen Stahlschrank in einer Ecke des Wohnzimmers und nahm einen runden, schwarzen Gegenstand heraus, der die Gestalt einer großen Pflaume hatte.

»Ich bitte Sie, zu Hause zu bleiben und nicht auszugehen, wenn es dunkel geworden ist«, sagte er. »Nehmen Sie bitte auch diese Kugel mit, und verwahren Sie sie so in Ihrem Schlafzimmer, daß Sie sie leicht erreichen können. Wenn Gefahr irgendwelcher Art droht, werfen Sie sie aus dem Fenster – sie ist nicht zu schwer.«

Sie lächelte.

»Ist es eine Bombe?«

»Nein, nicht im gewöhnlichen Sinn. Sie würde Ihnen zwar einigen Schaden zufügen, wenn sie dicht bei Ihnen explodierte. Ich rate Ihnen auch nicht, sie unter Ihr Kissen zu legen. Tagsüber schließen Sie das Ding am besten in einer Schublade ein. Aber nachts legen Sie es so, daß Sie sofort mit der Hand danach greifen können. Sie sind doch erschrocken«, sagte er vorwurfsvoll.

»Nein, das bin ich nicht«, protestierte sie unwillig. »Aber Sie müssen doch zugeben, daß Sie alles tun, um mir Furcht einzujagen!«

Er klopfte ihr auf die Schulter.

»Wird in der Nacht noch etwas passieren?« fragte sie, als sie den schwarzen Ball in die Hand nahm und ihn äußerst sorgfältig in ihre Handtasche legte.

Er zögerte.

»Ich glaube nicht. Fing-Su macht weder schnelle noch gründliche Arbeit.«

Sie sah sich nach Joe Bray um, als er sie zur Türe brachte.

»Ich möchte noch Gute Nacht sagen –«

»Joe ist beschäftigt«, sagte er. »Sie werden noch genug von dem alten Esel zu sehen bekommen, noch viel zu viel. Vergessen Sie das nicht. Trotzdem: Joe kennt keine Furcht. Er ist moralisch ein Feigling, und er ist verrückt, aber ich habe mit eigenen Augen gesehen, wie er fünfhundert fanatisch heulende Kulis mit einem zerbrochenen Gewehr und einem Dolchmesser in Schach hielt.«

Sie gingen schnell den Fahrweg hinunter. Clifford leuchtete den Kies mit seiner Taschenlampe ab und sah sofort die tiefen Radspuren des Lastautos, die zur Hauptstraße führten und in der Richtung nach London abbogen. Als sie Sunni Lodge sahen, blieb er stehen.

»Bitte zeigen Sie mir den Raum, wo Sie schlafen. Kann man ihn von hier aus sehen?«

Sie deutete mit der Hand.

»Also im Obergeschoß?« sagte er erleichtert. »Was für ein Raum ist das anstoßende Zimmer – das mit den beiden weißen Gardinen am Fenster?«

»Das ist das Zimmer des Küchenmädchens«, erklärte sie. »Das heißt, es ist der Raum, wo das Küchenmädchen schläft, wenn wir eins haben. Augenblicklich haben wir zwei Dienstboten zu wenig.«

Er orientierte sich kurz über die Lage des Hauses und war wenig damit zufrieden. Es war leicht, das Obergeschoß zu erreichen, denn Sunni Lodge war eine der sonderbaren Villen, wie sie nach künstlerischem Effekt haschende Architekten zu bauen pflegen. Hier ragte ein schmaler Steinbalken aus der Fassade hervor, dort erhob sich ein Turm, und hier führte eine lange eiserne Regenröhre nahe an ihrem Fenster vom Dach bis auf die Erde. Dadurch erhöhte sich die Gefahr bedeutend.

Er wartete, bis sie das Tor geschlossen hatte, und ging eilig nach seinem Hause zurück. Joe saß in der Küche, rauchte seine Pfeife und schimpfte in Chinesisch mit dem verwundeten Kuli.

»Auch du wirst diesen Vogel nicht zum Singen bringen«, sagte er verärgert zu Clifford. »Aber ich weiß wenigstens, wer es ist. Er heißt Ku-t'chan. Früher war er im Fu-Weng-Store angestellt. Ich habe ihn sofort erkannt. Es ist doch sonderbar mit mir, Cliff,« sagte er selbstzufrieden, »daß ich niemals ein Gesicht vergesse. In der Beziehung habe ich ein Gedächtnis wie eine Geschäftskartothek. In dem Augenblick, als ich ihn sah, sagte ich zu ihm: ›Ich kenne dich, mein Bursche, du bist Ku-t'chan‹, und er leugnete es nicht. Man kann ihn nicht ausfragen, Cliff, er bleibt stumm wie ein Fisch.«

»Joe, du kannst zu deiner Lektüre zurückkehren«, sagte Cliff kurz und schloß die Tür hinter seinem Freund. Dann setzte er sich nieder.

»Nun, Ku-t'chan, oder wie du sonst heißen magst, berichte! Und zwar schnell! Denn in vier Stunden ist es heller Tag, und es wird nicht gut sein, wenn mich jemand dabei sieht, wie ich einen Chinesen im Walde begrabe. Und begraben wirst du ganz sicher.«

»Master,« sagte der erschrockene Kuli, »warum willst du mich töten?«

»Ich will dir sagen, warum«, antwortete Clifford, indem er jedes Wort betonte. »Wenn ich dich Chinesenhund leben ließe, und du nachher der Polizei erzähltest, daß ich dir das Gesicht ein wenig mit Feuer angesengt habe, würde das eine Schande für mich sein.«

In einer Viertelstunde hatte Cliff alles aus Ku-t'chan herausgeholt, was dieser wußte. Es war zwar nicht viel, doch genügte es vollkommen, um selbst Clifford Lynne zu beunruhigen.

Er gab dem Kuli einen Sack, auf dem er schlafen konnte, vergewisserte sich, daß er nicht entwischen konnte und ging zu Joe ins Vorderzimmer. Als er eintrat, schaute der große Mann ihn an.

»Willst du ausgehen?« fragte er betrübt. »Was hast du vor, Cliff? Ich müßte noch soviel mit dir besprechen!«

»Bewache du nur den Kuli hinten in der Küche. Ich glaube nicht, daß du irgendwelche Unannehmlichkeiten mit ihm hast«, sagte Clifford schnell. »Ich weiß nicht, wann ich zurückkomme, aber wahrscheinlich vor Tagesanbruch. Du weißt, wie du diesen Armsessel in ein Bett verwandeln kannst, wenn du dich schlafen legen willst?«

»Aber die Hauptsache ist –« begann der aufgeregte Joe.

Aber bevor er erklären konnte, was er für die Hauptsache hielt, war Clifford Lynne längst gegangen.

19

Stephen Narth und die Mädchen würden nicht vor drei Uhr morgens zurückkommen können. Joan hatte zuerst die Absicht, auf ihre Rückkehr zu warten, bevor sie sich zum Schlafen niederlegte. Aber dann machte sie sich klar, daß sie für die glatte Abwicklung des Narthschen Haushaltes verantwortlich war, was für romantische Dinge sich auch im Schoße dieser Nacht zutragen mochten oder welche seltsamen Abenteuer sie zwischen Sunni Lodge und Slaters Cottage erleben würde. Obgleich sie nicht damit rechnete, einzuschlafen, ging sie doch nach oben in ihr Schlafzimmer.

Drei von den Dienstboten schliefen in den hinteren Gelassen des Hauses. Der Diener bewohnte einen Teil der Räume über der Garage, die eigentlich zur Chauffeurwohnung gehörten. Dadurch war er praktisch von dem Haupthause abgeschnitten. Obgleich er schon etwas älter und etwas faul war, beruhigte es sie doch, daß er zur Hand war. Denn wenn sie es auch Clifford Lynne gegenüber abgestritten hatte, war sie doch furchtsam.

Sie ließ das Licht in der Eingangshalle brennen und löschte auch die Lampen auf den beiden Treppenpodesten nicht. Die Gardinen im Schlafzimmer waren zugezogen, und ihr Bett war fertiggemacht. Sie war schrecklich müde, aber sie saß noch eine Zeitlang auf dem Rand ihres Bettes, ohne sich auszukleiden. Dann aber stand sie auf, unzufrieden mit sich selbst, legte langsam ihre Kleider ab und drehte das Licht aus. Eine halbe Stunde lag sie und bemühte sich vergeblich, Herr ihrer wildstürmenden Gedanken zu werden, um einschlafen zu können. Das ganze Haus war voll von eigenartigen Geräuschen. In ihrer Einbildung glaubte sie, ein aufgeregtes Flüstern auf dem oberen Treppenabsatz zu hören. Plötzlich krachte eine Diele, und sie fuhr erschrocken in die Höhe.

Sie erinnerte sich an die schwarze Kugel, die ihr Clifford gegeben hatte, stand wieder auf, drehte das Licht an, nahm sie aus ihrer Handtasche und legte sie vorsichtig auf ihren Nachttisch. Die Überzeugung, daß dieser starke, ruhige Mann irgendwie über sie wachte, brachte Ruhe in ihr aufgeregtes Gemüt, und sie fiel in einen dumpfen Schlaf ...

Irgend jemand mußte im anliegenden Raum sein. Wie sie zu sich kam, saß sie aufrecht im Bett. Angstschweiß trat auf ihre Stirn. Da war es wieder – dieses leise Anstreifen eines menschlichen Körpers an die dünne Wand und ein leises Scharren, als ob der Eindringling einen Tisch fortgeschoben hätte. Sie kannte ihn, er stand in der Nähe des Bettes. Das etwas beschädigte Möbel mit der Bambusplatte bildete neben einem ärmlichen Bettgestell die ganze Einrichtung des Mädchenzimmers.

Sie schlich aus dem Bett, machte Licht, ging auf Fußspitzen zur Tür und lauschte. Man hörte nichts – ihre überreizte Phantasie mußte sie getäuscht haben.

In dieser Lage konnte sie nur eins tun. Sie mußte sich selbst überzeugen, daß niemand im anstoßenden Raum war. Vorsichtig drehte sie den Schlüssel um. Als sie aber die Tür öffnete, fuhr sie mit einem gellenden Schrei zurück.

Mitten in der Türöffnung stand eine große, ungeschlachte Gestalt mit langen herabhängenden Armen, nackt bis zum Gürtel. Einen Augenblick starrte sie in dunkle, geschlitzte Augen, dann wich sie schreiend zurück. Bevor sie wußte, was vorging, sprang der Chinese auf sie zu, ein brauner Arm umfaßte sie, der andere schloß ihr den Mund. Als sie sich rasend wehrte, sah sie über seiner Schulter einen anderen, hinter ihm tauchte noch ein dritter auf. Plötzlich erinnerte sie sich – zu spät – an die Bombe. Unmöglich konnte sie sich aus diesem eisernen Griff befreien. Einer der Leute zog ein Laken aus dem Bett und legte es auf dem Boden aus. Der Mann, der sie festhielt, murmelte etwas, und der dritte Chinese band ihr mit einem dicken seidenen Taschentuch den Mund zu. Dann lösten sich plötzlich die Arme, die sie umklammert hielten.

Sie schaute in die Teufelsfratze und sah, wie sich der Mund zu einer fürchterlichen Grimasse verzog. Große Hände bewegten sich, als ob sie eine schreckliche Vision abwehren wollten. Sie drehte ihren Kopf nach der Richtung, in die der Chinese entsetzt starrte.

Clifford Lynne stand in der Türöffnung, in jeder Hand hielt er eine todbringende Waffe.

20

Joan Bray schien es, als ob sie in großer Not und Furcht aus dieser Welt geflohen sei und nun langsam zurückkehre. Aber ein böses Schreckbild stand noch drohend vor ihr. Allmählich wurde sie sich darüber klar, daß sie in ihrem Bett lag ... Dann war ja alles nur ein häßlicher Traum gewesen. Aber das Licht brannte doch noch, und ein Mann stand am Fußende ihres Lagers, der sie ernst betrachtete. Sie hob sich ein wenig auf und stützte sich auf ihre Ellenbogen. Ihre Gedanken konnte sie noch nicht sammeln, und stirnrunzelnd sah sie ihn an.

»Guten Morgen!« sagte Clifford Lynne heiter. »Ihre tanzfreudigen Cousinen kommen aber sehr spät zurück.«

Als sie sich zum Fenster wandte, sah sie, daß schon das blasse Morgengrauen den Himmel erhellte. Ihr Gesicht war feucht, ein halbgefülltes Wasserglas stand auf ihrem Nachttisch.

»Mr. Lynne!« Sie versuchte zu denken. »Wo - wo -« Sie sah sich im Zimmer um.

»Ich fürchte, ich habe Sie aufgeweckt?« sagte er, indem er ihre Frage ignorierte. »Ich bin ein etwas unbeholfener Einbrecher, obwohl es das leichteste Ding in der Welt war, in den Raum zu kommen, der neben der Tür liegt. Haben Sie mich gehört?«

Sie nickte langsam.

»Ach, das waren Sie?« fragte sie sprunghaft.

Er biß sich in Gedanken auf die Unterlippe und sah sie noch immer an.

»Ich bin furchtbar kompromittiert. Ich glaube, daß Sie das auch begreifen«, sagte er. »Ich bin in der dunklen Nacht in Ihr Haus geklettert, habe Sie zu Bett gebracht, und hier sind wir nun beide - Sie und ich - zusammen im fahlen Morgengrauen! Ich schaudere bei dem Gedanken, was Stephen Narth sagen wird, oder was sich die alberne Mabel einbildet. Was Letty betrifft« - er zuckte die Achseln - »kann ich wirklich nicht hoffen, daß sie ihr bekanntes Mitleid auch auf mich ausdehnt.«

Mühsam setzte sie sich aufrecht. Ihre Schläfen hämmerten.

»Machen Sie über alles einen Witz?« fragte sie und schauderte, als die Erinnerung an diese Nacht in ihr auftauchte. »Wo sind jene schrecklichen Kerle geblieben?«

»Sie sind lange nicht so schrecklich, wie sie aussehen. Immerhin sind sie fort. Sie entwischten durch das Fenster, und keiner von ihnen ist besonders schwer verletzt, ich bin froh, daß ich Ihnen das berichten kann. Ich habe schon einen angeschossenen blöden Kuli bei mir, und ich habe nicht den Wunsch, aus Slaters Cottage ein Krankenhaus für verbrecherische Chinesen zu machen.«

Er beugte den Kopf nach vorn und horchte. Seine scharfen Ohren hatten in weiter Entfernung das Geräusch eines Autos gehört.

»Es klingt so, als ob Stephen mit seinen beiden Grazien nach Hause käme«, sagte er.

Sie sah ihn an.

»Was werden Sie tun?« fragte sie bestürzt. »Sie können nicht hier bleiben.«

Er kicherte leise.

»Wie weiblich gedacht, sich in einer solchen Krise um Anstand zu kümmern!«

Dann ging er ganz unerwartet zu ihr, legte seine Hand auf ihren schmerzenden Kopf und streichelte ihr Haar.

»Verlassen Sie sich auf mich«, sagte er, und einen Augenblick später war er gegangen.

Man konnte hören, wie das Auto näherkam. Sie stand auf, ging zum Fenster und bemerkte, daß die Gardine beiseite geschoben war. Zwei große Scheinwerfer wurden sichtbar und bogen in die Fahrstraße ein. Sie hörte, wie die Gartentür geschlossen wurde und sah Clifford Lynne quer über den Weg auf ein Rhododendrongebüsch zueilen. Noch bevor er verschwunden war, hielt der Wagen vor der Tür, und Stephen Narth drehte das elektrische Licht an.

Von ihrem Standpunkt aus konnte sie die kleine Gruppe gut unterscheiden. Stephen sah in seinem weißen Frackhemd sehr bleich aus. Neben ihm standen die beiden Mädchen in ihren überreichen

Abendkleidern. Sie konnte Stephens Gesicht nicht sehen, aber seine ganze Haltung berührte sie seltsam, in seinen Bewegungen lag etwas nervös Zögerndes. Er hatte es nicht eilig, ins Haus zu kommen. Zweimal ging er um das Auto herum, dann sprach er zu dem Chauffeur und erst, als sie schon die Schritte der Mädchen auf der Treppe hörte, trat er zögernd in die Halle.

Letty und Mabel hatten ihre Schlafzimmer im Erdgeschoß. Sie hörte Lettys hohe Stimme und die tiefere ihrer älteren Schwester. Dann mischte sich auch Mr. Narth in das Gespräch.

Es ist doch gar keine Frage, daß es ihr gut geht!« sagte Letty ärgerlich. »Benimm dich doch nicht so lächerlich, Vater.«

Joan ging quer durch das Zimmer und öffnete die Tür.

»Warum sollte ihr denn etwas fehlen?« fragte Mabel. »Das ist doch vollendeter Blödsinn, Papa. Du wirst sie nur aufwecken. Das ist doch wirklich lächerlich!«

Sie vernahm Stephens schwere Tritte auf der Treppe und schloß verwundert die Tür. Gleich darauf klopfte es, und sie öffnete.

»Hallo!« sagte Narth heiser. »Geht's gut?«

Sein Gesicht war unheimlich bleich, seine Unterlippe bebte. Die Hände hatte er in die Taschen gesteckt, damit sie nicht sehen sollte, wie sie zitterten.

»Ist alles in Ordnung?« krächzte er wieder.

»Ja, Mr. Narth.«

»Ist nichts passiert?« Er schob seinen Kopf nach vorn und schaute sie an. Wie er so dastand, glich er einem Vogel.

»Ist wirklich alles in Ordnung, Joan?«

Seine Stimme war so belegt und sein Benehmen so sonderbar, daß sie es sich nur dadurch erklären konnte, daß er betrunken war.

»Hat dich niemand gestört? Na, das ist gut ... Die Mädchen haben dich wohl aufgeweckt. Gute Nacht, Joan.«

Er stolperte unsicheren Schrittes die Treppe hinunter, und sie schloß verwundert die Tür.

Sie sollte sich noch mehr wundern, als sie später am Morgen zum Frühstück herunterkam und zum erstenmal hörte, daß der Diener gestern abend ausgegangen war. Mr. Narth hatte antelephoniert und ihn gebeten, ihm ein Buch in die Stadt zu bringen. Zu welchem Zweck brauchte denn Mr. Narth ein Buch? Der Abend war doch vollständig damit ausgefüllt, daß er sich seinen Töchtern widmen mußte. Nur Narth hätte es erklären können, und wenn er es getan hätte, wäre wohl niemand mit seiner Erklärung zufrieden gewesen.

Erst um elf Uhr kam er zum Frühstück herunter. Sein Gesicht war gelb, er sah nervös und gereizt aus, als ob er keinen Schlaf hätte finden können.

»Sind die Mädchen noch nicht aufgestanden?« Bei solchen Gelegenheiten sprach er hastig, abgerissen und gewöhnlich war die Folge einer durchwachten Nacht, daß er sich am nächsten Morgen recht unleidlich aufführte. Aber obgleich sie einen Ausbruch seiner bösen Laune fürchtete, war er ausnehmend friedlich.

»Wir müssen nun an deine Hochzeit denken, Joan«, sagte er, als er mit einem ärgerlichen Gesicht Platz nahm. Er hatte wenig Appetit.

»Dieser Clifford ist scheinbar ein guter Mensch. Es ist allerdings peinlich, daß er der Seniorpartner ist, und ich bin froh, daß ich ihm nicht alles gesagt habe, was ich ihm eigentlich damals sagen wollte, als wir –«

»Ich werde am nächsten Freitag heiraten«, sagte Joan ruhig.

Er sah sie mit einem beunruhigten Ausdruck an.

»Am Freitag? Unmöglich, das ist unmöglich – das ist – das ist unfein! Warum denn so bald? Du kennst doch den Mann noch gar nicht!«

Er sprang in ohnmächtiger Wut von seinem Stuhl auf.

»Ich dulde das nicht! Die Sache muß so gemacht werden, wie ich es wünsche. Weiß Mabel davon?«

Es ist merkwürdig, dachte Joan, daß Mabel ihm nichts davon erzählt hat. Später allerdings erfuhr sie, daß die älteste Tochter von Mr. Narth diese Sensation für einen privaten Familienrat aufgehoben hakte.

»Wo bleibt denn da der Anstand?« sagte Narth theatralisch. Sein Benehmen war so ungewöhnlich, daß Joan ihn unwillkürlich ansehen mußte. »Da muß doch erst noch eine Menge Dinge vorher erledigt sein, bevor du heiratest. Du bist mir doch verpflichtet, Joan. Hast du denn deinen Bruder ganz vergessen?« –

»Sie haben mir das Vergessen unmöglich gemacht, Mr. Narth«, sagte sie mit steigendem Unwillen. »Für alles das, was Sie für meinen Bruder getan haben, gab ich ja als Entgelt meine Einwilligung, Mr. Lynne zu heiraten. Clifford Lynne wünscht, daß die Hochzeit am Freitag stattfindet, und ich habe meine Zustimmung dazu gegeben.«

»Habe ich denn gar nichts mit der Angelegenheit zu tun?« brach er stürmisch los. »Man muß mich doch dabei zu Rate ziehen!«

»Das beste ist, Sie ziehen Clifford Lynne zu Rate«, sagte Joan kühl.

»Warte doch einen Augenblick«, rief er hinter ihr her, als sie den Raum verlassen wollte. »Wir wollen uns doch nicht aufregen, Joan. Ich habe einen ganz besonderen Grund, weswegen ich dich bitten möchte, diese Heirat auf ein späteres Datum zu verschieben – was ist los?« fragte er nervös den eben zurückgekehrten Diener, der noch im Straßenanzug im Vorraum erschien.

»Wollen Sie Mr. Lynne empfangen?« fragte er.

»Will er denn mich sprechen? Sind Sie sicher, daß er nicht Miß Joan meint?«

»Er fragte ausdrücklich nach Ihnen.«

Narths Hand zitterte, als er seine Tasse hinsetzte.

»Führen Sie ihn in die Bibliothek«, sagte er unwirsch. Er mußte sich für diese Unterredung wappnen, denn sein Instinkt sagte ihm, daß sie recht unangenehm werden würde, und sein Instinkt hatte ihn auch nicht belogen, denn Clifford Lynne war gekommen, um einige recht peinliche Fragen an ihn zu stellen.

21

Clifford Lynne ging in der Bibliothek auf und ab, als Mr. Narth eintrat (als ob es seine eigene gewesen wäre, beklagte sich Stephen später seiner Tochter gegenüber), und wandte sich unvermittelt um, damit er dem Seniorchef von Narth Brothers ins Gesicht sehen konnte.

»Schließen Sie die Türe! Wollen Sie nicht?« Es war mehr ein Befehl als eine Bitte. Und es war erstaunlich, wie schnell Stephen gehorchte.

»Sie kamen heute morgen um vier Uhr nach Hause«, begann Clifford. »Sie haben bei Cyro zu Abend gespeist. Das Lokal schließt um ein Uhr. Was haben Sie und Ihre Töchter zwischen ein und vier Uhr getan?«

Narth wollte seinen Ohren nicht krauen.

»Darf ich fragen –« begann er.

»Fragen Sie nichts! Wenn Sie mich fragen wollen, wer mir das Recht dazu gibt, diese Frage an Sie zu stellen, können Sie sich diese Mühe sparen«, sagte Clifford kurz. »Ich will wissen, was Sie zwischen eins und vier gemacht haben.«

»Und ich lehne es strikt ab, Ihre Neugierde zu befriedigen«, sagte der andere ärgerlich. »Die Angelegenheit hat sich ja schon weit entwickelt, wenn –«

»Heute morgen um drei Uhr«, unterbrach ihn Clifford schroff, »wurde der Versuch gemacht, Joan Bray aus diesem Hause zu entführen. Das ist Ihnen doch neu?«

North nickte stumm.

»Sie denken wahrscheinlich, der Versuch sei nicht gemacht worden, aber Sie haben ihn erwartet. Ich stand hinter den Sträuchern, als Sie zu dem Chauffeur sprachen. Sie forderten ihn auf, in das Haus zu kommen, nachdem er den Wagen in die Garage gebracht hatte. Sie sagten ihm, daß Sie nervös seien und daß neulich in der Nachbarschaft eingebrochen wurde. Sie waren erstaunt, als Sie Joan Bray unversehrt in ihrem Zimmer fanden.«

Blaß bis in die Lippen war Stephen Narth unfähig zu antworten.

»Sie sind mir Rechenschaft schuldig – wie haben Sie die Stunden zwischen eins und vier verbracht?« Diese durchbohrenden Blicke drangen in Narths Seele. »Sie wollten nicht zu Fing-Su gehen und das mit Recht, denn Sie wünschten nicht ihre Töchter mit diesem Manne in Berührung zu bringen. Soll ich Ihnen sagen, was Sie getan haben?«

Narth antwortete nicht.

»Während des Tanzes sind Sie herausgegangen und haben den Führerstand Ihres Autos abgeschlossen. Das benützten Sie als Vorwand, um mit den Mädchen zu einem dieser sonderbaren Klubs in Fitzroy Square zu gehen, die die ganze Nacht offen sind. Und dann haben Sie vorsorglich im rechten Moment den Schlüssel in Ihrer Tasche wiedergefunden.«

Jetzt gewann Mr. Narth seine Stimme wieder.

»Sie sind fast ein Detektiv, Lynne«, antwortete er. »Und, sonderbar genug, Sie haben recht, mit Ausnahme des Umstandes, daß nicht ich den Stand abschloß, sondern mein Chauffeur es tat und den Schlüssel verlor. Glücklicherweise entdeckte ich einen zweiten in meiner Tasche.«

»Sie wollten nicht eher zurückkehren, als bis die schmutzige Arbeit getan war?« Cliffords Augen glühten wie lebendiges Feuer. »Sie Schwein! Ich will Ihnen einmal etwas sagen, Narth. Wenn Joan Bray irgend etwas zuleide getan wird, während sie in Ihrem Hause wohnt und sich unter Ihrer Obhut befindet, dann werden Sie nicht länger unter der Sonne leben, um sich an der Erbschaft zu erfreuen, die Ihnen Joe Bray hinterlassen hat, wie Sie denken! Ich werde Ihren Freund töten – er ist doch davon überzeugt, nicht wahr? Wenn er es noch nicht sein sollte, gehen Sie jetzt hin und sagen Sie es ihm. Ein altes Sprichwort sagt, daß man gehangen werden kann, gleichgültig, ob man ein Schaf oder eine Ziege ist. Ich weiß nicht, als welches von beiden man Sie ansprechen soll. Hören Sie genau zu, Narth – Todesdrohungen kommen leicht in den Mund solcher Menschen, die nicht einmal sehen können, wie man einem Hahn das Genick umdreht, ohne ohnmächtig zu werden. Aber ich habe Männer umgebracht, gelbe und weiße, und ich werde mit keiner Wimper zucken, wenn ich Sie zur Hölle schicken muß. Nehmen Sie sich das zu Herzen, und denken Sie darüber nach! Joan wird nicht mehr lange bei Ihnen bleiben, aber während der Zeit haben Sie sie zu schützen!«

Jetzt war Stephen Narth die Zunge gelöst.

»Das ist eine Lüge, eine ganz infame Lüge!« schrie er. »Warum hat mir denn Joan nichts gesagt? Ich weiß nichts davon! Glauben Sie denn wirklich, ich würde Fing-Su erlauben, sie wegzuschleppen –«

»Ich sagte ja gar nicht, daß es Fing-Su war«, unterbrach ihn Clifford schnell. »Woher wissen Sie denn das plötzlich?«

»Nun wohl, Chinesen –«

»Ich habe nicht einmal Chinesen gesagt. Sie haben sich selbst überführt, Mr. Narth. Ich habe Sie vorhin gewarnt, und ich warne Sie jetzt noch einmal. Fing-Su hat Sie um fünfzigtausend Pfund gekauft, aber Sie hätten sich wieder herausdrehen können, da Sie ja von Natur aus ein Rechtsverdreher sind. Aber er wird Sie mit noch viel festeren Ketten an sich binden als mit Geldverpflichtungen. Beinahe hätte er es schon letzte Nacht getan. Er wird es noch vor Ende dieser Woche tun, wie oder wann oder wo – das weiß ich nicht.« Er machte eine Pause. »Das ist alles, was ich Ihnen mitzuteilen habe«, sagte er und schritt an dem erstarrten Narth vorbei in die Halle.

Als er den Fahrweg entlang ging, hörte er Stephen Narths Stimme, der ihm nachrief. Er drehte sich um und sah ihn mit blutleerem Gesicht wild gestikulieren. Er tobte vor Wut und stieß wilde, unzusammenhängende Schmähungen aus.

»... Sie werden Joan niemals heiraten ... hören Sie das? Meinetwegen soll die ganze Erbschaft von Joe Bray Ihnen gehören! Eher soll sie sterben ...«

Clifford ließ ihn ruhig wüten. Als Narth erschöpft von dem Gebrüll einen Augenblick anhielt, rief er ihm zu:

»Also haben Sie letzte Nacht Fing-Su doch gesehen? Was hat er Ihnen angeboten?«

Stephen starrte ihn entsetzt an. Dann rannte er ins Haus zurück wie ein Besessener, der fürchten mußte, daß seine geheimsten Gedanken von diesen unheimlich durchbohrenden Augen enträtselt werden könnten.

*

»Es wird noch viele Sorgen geben, Joe, und da du die ganze Geschichte eingerührt hast, hoffe ich, daß du auch deinen Teil davon abbekommst.«

Joe träumte halb schlafend vor einem unnötigen Feuer, denn der Tag war warm. Seine gefalteten Hände ruhten auf dem Magen. Bei den heftigen Worten Cliffords wachte er auf.

»Na ... Ich wollte, du würdest nicht immer heraus- und hereinschlüpfen wie ein – ein – wie nennst du das doch, Cliff? Was hast du eigentlich gesagt?«

»Sorgen – habe ich gesagt!« erwiderte er kurz. »Dein aufgepäppelter Chinesenliebling und dein schandbarer Verwandter haben zusammen einen Plan ausgeheckt.«

Joe brummte, nahm eine Zigarre aus seiner Tasche, die auf dem Tisch lag, und biß das Ende gemächlich ab.

»Ich wünschte, ich wäre nie in dieses blumige Land gekommen«, sagte er vorwurfsvoll, »und wäre niemals aus Siangtan herausgegangen. Du bist ein lieber Kerl, Cliff, aber viel zu heftig, viel zu heftig. Ich wollte, Fing-Su wäre ein vernünftiger Junge mit guter Erziehung und sonst noch allem gewesen – Cliff, ist das nicht ein Elend?« Er seufzte und schüttelte den Kopf. »Das Leben ist doch komisch«, sagte er unklar.

Clifford wechselte seine Schuhe und grollte:

»Wenn du der einzige Mann wärest, den ich je auf dieser Welt getroffen hätte, dann würde ich sagen, das Leben war komisch. Aber so wie es ist, ist es verflucht ernst. Hast du die Zeitungen gelesen?«

Joe nickte und langte lässig nach einem Stoß Zeitungen, die auf dem Tisch lagen.

»Ja, ich habe von der Ermordung der Missionare in Honan gelesen, aber da gibt es immer Scherereien. Zu viele hungernde Soldaten vagabundieren herum. Wenn keine Soldaten da wären, würde es auch keine Räuber geben.«

»Das ist der neunte Missionar, der in diesem Monat ermordet wurde,« sagte Clifford kurz, »und diese Soldaten sind die bestdisziplinierten in China. Ich gebe zwar zu, daß das nicht viel bedeutet. Aber die Soldaten waren daran beteiligt und hatten Fahnen mit der Inschrift: ›Wir grüßen den Sohn des Himmels‹ Das heißt, daß in China ein neuer Prätendent für den Kaiserthron aufgetreten ist.«

Joe schüttelte den Kopf.

»Ich habe es niemals mit Chinesen gehalten, die mit Gewehren schießen konnten«, sagte er. »Das demoralisiert sie, Cliff. Glaubst du, daß wir Unruhen in Siangtan haben werden?« fragte er ängstlich. »Wenn es so wäre, müßte ich zurückreisen.«

»Du wirst hier bleiben«, sagte Clifford anzüglich. »Ich glaube nicht, daß wir in diesem Teil Chinas Unruhen bekommen. Wir zahlen dem Gouverneur zu viel, es würde ein schlechtes Geschäft für ihn sein. Aber an siebzehn verschiedenen Stellen in China herrscht offene Revolution.« Er öffnete eine Schublade, suchte eine Karte heraus und entfaltete sie auf dem Tisch. Joe sah, daß an manchen Stellen rote Kreuze eingezeichnet waren. »In den Zeitungen nennen sie es ›Unruhen‹«, sagte Clifford ruhig. »Als Gründe geben sie den schlechten Ausfall der Reisernte und ein Erdbeben an, das allerdings Hunderte von Meilen vom Herd der Unruhen entfernt war.«

Der alte Joe erhob sich mühsam.

»Was hat das alles zu bedeuten?« fragte er, indem er Lynne mit zusammengekniffenen Augen ansah. »Zum erstenmal sehe ich, daß du Interesse an chinesischen Dingen hast.

Worum handelt es sich denn dabei? Uns können sie doch nichts anhaben?«

Lynne faltete die Karte zusammen.

»Eine durchgreifende Änderung in der Regierung würde natürlich alle Verhältnisse berühren«, sagte er. »Honan kümmert mich wenig, es ist von jeher eine Räuberprovinz gewesen. Aber in Yünnan waren Unruhen, und wenn Yünnan anfängt, dann muß alles schon sehr weit fortgeschritten sein. Von irgendeiner Seite aus wird stark für eine neue Dynastie gearbeitet – und die Flaggen der Aufrührer tragen alle das Symbol der ›Freudigen Hände‹!«

Der alte Joe saß mit offenem Munde da.

»Aber das ist doch bloß eine kleine verrückte Gesellschaft«

»Acht Provinzen stehen geschlossen hinter dem Bund der ›Freudigen Hände‹«, unterbrach ihn Clifford. »Und Fing-Su hat ein Hauptquartier in jeder Provinz. Er hat uns schamlos hinters Licht geführt. Das Geld, das er aus unserer Gesellschaft zog, hat er dazu benutzt, eine Handelsfirma zu finanzieren, die offene Konkurrenz für uns bedeutet.«

»Das hat er nie getan!« sagte Joe verwirrt mit dumpfer Stimme.

»Geh doch nur zum Tower, und sieh dir Peking House an – das ist das Londoner Bureau dieser Handelsgesellschaft – und das Hauptquartier des Kaisers Fing-Su!«

Der alte Joe Bray konnte nur den Kopf schütteln.

»Kaiser – hm! Dasselbe wie Napoleon – bei Gott!«

»In drei Monaten wird er Geld brauchen – viel Geld. Augenblicklich finanziert er mehrere Generäle, aber unmöglich kann das auf lange Zeit so weitergehen. Sein Plan ist, eine große Nationalarmee unter Spedwell zu bilden, der ja China zur Genüge kennt. Wenn er so weit ist, will er sich selbst auf den Thron setzen. Mit den drei Generälen, die jetzt in seinem Dienst stehen, kann er leicht verhandeln. Wie er aber zu diesen Kaiserplänen gekommen ist, mag der Himmel wissen!«

Mr. Bray stand peinlich berührt auf. Irgend etwas in seiner Haltung zog die Aufmerksamkeit seines Teilhabers auf sich.

»Jetzt weiß ich es – du warst es, du alter, böser Kerl!« schnaubte Clifford los.

»Allerdings habe ich ihm Pläne entwickelt«, gab Joe zu, der sich durchaus nicht wohl fühlte. »Ich habe gewissermaßen Geschichten erfunden, um seinen Ehrgeiz anzuspornen. Ich besitze eine wunderbare Phantasie, Cliff. Sicherlich hätte ich schon Novellen geschrieben, wenn ich orthographisch richtig schreiben könnte!«

»Und ich vermute,« sagte Clifford, »du hast ihm ein Bild entworfen, was China sein könnte, wenn es einen Führer hätte?«

»Ja, so etwas Ähnliches.« Joe Bray traute sich aber nicht, seinem Teilhaber in die Augen zu sehen. »Aber es war doch nur, um seinen Ehrgeiz anzuregen – wenn du doch nur verstehen wolltest, Cliff. Gerade um ihn anzuspornen.«

Clifford lachte ruhig, und er lachte selten.

»Meiner Meinung nach brauchte er keinen Ansporn mehr«, sagte er. »Fing-Su ist ein Charakter, wie er unter Millionen Menschen einmal vorkommt, und wie er in gewissen Zeitabschnitten in der Geschichte der Menschheit auftaucht. Napoleon war so einer, Rhodes war einer, auch Lincoln – aber es gibt nicht viele.«

»Und was ist mit George Washington?« fragte Mr. Bray, der ängstlich bemüht war, die Unterhaltung in historische Bahnen abzulenken.

»Wer auch dafür verantwortlich sein mag, das Unglück ist nun einmal geschehen.« Clifford sah auf seine Uhr. »Hast du jemals Nester ausgehoben, Joe?«

»Als Junge ja«, sagte Joe selbstzufrieden. »Es waren mir damals wenige darin über.«

»Nun gut, wir werden heute nacht ein schwimmendes Nest des zahmen Gelbvogels ausheben«, sagte Clifford.

22

Mr. Narth fuhr mit der Eisenbahn zur Stadt, da sein Wagen augenblicklich in Reparatur war. Auf dem Bahnsteig kaufte er eine Zeitung, obwohl ihn die Überschrift nicht fesselte. »Der Bund der ›Freudigen Hände‹ als Ursache der chinesischen Wirren.« Was unter »Freudigen Händen« zu verstehen war, darüber dachte Mr. Narth nicht erst lange nach. Der Name schien ihm wenig passend zu sein.

Alles, was China anging, war ihm nicht sehr geläufig. Er wußte nur, daß fabelhafte Summen in diesem Lande von jemand zusammengebracht waren, der so liebenswürdig war zu sterben und sein großes Vermögen Mr. Narth zu hinterlassen.

Er rühmte sich stolz, daß er ein Geschäftsmann war. Man hätte auch sagen können, daß er auf seine Unkenntnis stolz war. Denn er wußte tatsächlich nichts, was nicht direkt mit seinem Geschäft zusammenhing. Andere Interessen hatte er kaum, er spielte mittelmäßig Golf – aus diesem Grunde war er auch nach Sunningdale gezogen – er war ein gleichgültiger Bridgespieler, und in der romantischen Zeit seines Lebens hatte er heimlich außer seiner Villa eine möblierte Wohnung in Bloomsbury unterhalten.

Gerade heraus gesagt, er war nicht ganz ehrlich. Darüber war er sich auch selbst im klaren. Er verdiente gern auf leichte Weise Geld. Als er damals das Geschäft seines Vaters erbte, schien es, daß er auf anständige Art seine Lebensideale hätte verwirklichen können. Darauf entdeckte er, daß Geld nur dann hereinkam, selbst bei den ältesten und besten Geschäftsverbindungen, wenn man die Kanäle und Schleusen von Schmutz frei hielt. Man mußte entweder durch dauernde Reklame nachhelfen, oder das Geschäft durch eisernen Fleiß in die Höhe bringen. Wenn man sich aber damit begnügte, in einem bequemen Armstuhl zu sitzen und auf Geld zu warten, dann strömte das Kapital nicht mehr in die eigenen Geldschränke, sondern in diejenigen der Konkurrenz. Er hatte sich mit den Vorgängen des Geschäftslebens so weit vertraut gemacht, daß er selbst schon verschiedene Wege gefunden hatte, schnell zu Geld zu kommen. Die Entdeckung aber, daß die meisten dieser verführerischen Nebenwege in den Sumpf führten, kam leider zu spät. Trotzdem sich seine Firma häufig in Schwierigkeiten befand, stand er doch mit den Chefs der großen Finanzhäuser auf gutem Fuße, da seine Beurteilung der Geschäftslage, natürlich abgesehen von seinen eigenen Transaktionen, fast immer richtig war.

Von Waterloo fuhr er zu dem Hotel, wo er gewöhnlich abstieg, wenn er in der Stadt war. Der Hoteldiener nahm ihm den Anzug ab, den er zu der Zeremonie am Abend tragen wollte. Er hatte sich über Fing-Su lustig gemacht, als er auf dieser Kleidung bestand.

»Frack und weiße Binde, großer Anzug«, sagte er. »Die Aufnahmefeierlichkeit wird Sie interessieren – es ist eine Kombination moderner Zeremonien und uralter Gebräuche.«

Er bestellte Tee auf sein Zimmer, und kaum hatte der Diener ihn serviert, als Major Spedwell eintrat. Sein neuer Bundesgenosse begrüßte ihn mit der Frage:

»Was hat sich letzte Nacht ereignet?«

Stephen Narth schüttelte mit einer gewissen Nervosität den Kopf.

»Ich weiß es nicht. Das war ein ungeheuerlicher Plan von Fing-Su. Ich – ich hätte ihm beinahe die ganze Sache vor die Füße geworfen.«

»Was, das wollten Sie?« Der Major ließ sich in den einzigen großen Lehnsessel fallen, der in dem Raum stand. »Nun wohl, ich würde das nicht so ernst nehmen, wenn ich an Ihrer Stelle wäre. Dem Mädchen sollte doch nichts passieren. Fing-Su hatte alles aufs beste vorbereitet. Er wollte sie an einen Ort bringen lassen, wo sie von weißen Frauen bedient und betreut worden wäre, und wo ihr nichts fehlen sollte, was sie sich wünschen könnte.«

»Aber warum denn in aller Welt –« begann Narth.

Spedwell machte eine ungeduldige Bewegung.

»Er hat seinen Grund. Er will einen Hebel bei Mr. Clifford Lynne ansetzen.«

Er stand auf, ging zu dem Kamin und streifte die Asche seiner Zigarre ab.

»Bei der Sache können Sie Geld verdienen, Narth«, sagte er. »Und dabei wird von Ihnen nur eins verlangt – daß Sie treu ergeben bleiben. Fing-Su hält Sie für einen Mann, der ihm noch viel nützen kann.« Er sah den anderen sonderbar an. »Es ist möglich, daß Sie sogar Leggats Stelle einnehmen können«, sagte er.

Stephen Narth schaute plötzlich auf.

»Leggat? Ich dachte, das wäre ein großer Freund von Ihnen.«

»Er ist es, und er ist es auch nicht«, sagte Spedwell vorsichtig. »Fing-Su denkt – nun, es müssen in der letzten Zeit einige Vertrauensbrüche vorgekommen sein. Es sind Dinge herausgekommen und leider gleich an die falsche Adresse gelangt.« Dann sagte er plötzlich: »Lynne ist doch in der Stadt. Ich vermute, daß Sie das wissen?«

»Ich kümmere mich nicht darum, wo er sich aufhält«, sagte Mr. Narth mit einer gewissen Schärfe.

»Ich dachte, Sie würden sich darum kümmern«, sagte der andere leichthin.

Er hätte auch noch hinzufügen können, daß er sich selbst viel mehr für die Pläne Clifford Lynnes interessierte, als dieser aufgeregte Mann vermuten konnte. Und er interessierte sich deshalb so stark dafür, weil Fing-Su einen neuen Plan ausgeheckt hatte, der so geschickt angelegt war, daß nur einer Joan Bray retten konnte – und das war der Schnellschütze von Siangtan.

23

Clifford kam in seiner Wohnung in Mayfair gerade zu rechter Zeit an, um schnell zu Mittag zu essen. Er kam allein. Joe Bray hakte er streng auf die Seele gebunden, sich verborgen zu halten. Das war wirklich eine notwendige Vorsichtsmaßregel, da Joe gern in der frischen Luft war und sich ärgerte, wenn er sich nicht frei bewegen konnte. Lynne rief gleich nach seiner Ankunft eine Nummer in Mayfair an.

»Mr. Leggat ist nicht zugegen«, war die Antwort. Clifford war aufgebracht über diesen feilen Verräter. Er hatte ihm doch versprochen, von ein Uhr an zu seiner Verfügung zu stehen.

Er sollte noch mehr Grund zur Unzufriedenheit haben, als Mr. Leggat um zwei Uhr ohne jede Vorsichtsmaßregel ganz offen zu seinem Haus kam. Leggat lebte gern gut, aber gewöhnlich versparte er sich seine Schwelgereien für die Stunden nach dem Abendessen auf. Cliff sah ihn sich einen Augenblick an, als er in das Eßzimmer hereinkam. Er deutete sein rotes Gesicht und sein fatales Lächeln ganz richtig.

»Sie sind verrückt, Leggat!« sagte er ruhig, als er zur Tür ging und sie schloß. »Warum kommen Sie denn bei hellem Tage hierher?«

Leggat war so erheitert, daß er sich nicht mehr um diese gemeine Welt kümmerte.

»Weil ich eben das Tageslicht vorziehe«, sagte er mit belegter Stimme. »Warum sollte ein Mann von meiner Stellung im Dunkeln herumkriechen? Das paßt für Fing-Su und seine Helfershelfer!« Er schnappte verächtlich mit dem Finger und brach in ein schallendes Gelächter aus. Aber Clifford teilte seine Heiterkeit nicht.

»Sie sind ein Dummkopf«, sagte er wieder. »Ich bat Sie, in Ihrem Bureau zu bleiben, damit ich Sie antelephonieren könnte. Unterschätzen Sie Fing-Su ja nicht, mein Lieber!«

»Bah!« sagte Leggat und ging unaufgefordert zum Büfett, wo er einige gute Bissen nahm, um seinen Hunger zu stillen. »Ich habe mich noch nie von einem leichtfertigen Orientalen ins Bockshorn jagen lassen. Sie vergessen, Lynne, daß ich in China gelebt habe. Und was seine Geheimgesellschaft angeht –« er warf den Kopf zurück und lachte wieder.

»Mein lieber alter Freund,« sagte er, als er unsicher mit einem großen Glas bernsteinfarbenen Likörs in der Hand zum Tisch zurückging, »wenn hier jemand verrückt ist, dann sind Sie es! Ich habe Ihnen doch genug Informationen gegeben, um Fing-Su an den Galgen zu bringen. Sie sind doch ein reicher Mann, Sie können die ganze Sache der Polizei übergeben und ruhig zu Hause sitzen und abwarten, wie alles sich weiter entwickelt.«

Clifford erwähnte nichts davon, daß er sich schon mit dem Kolonial- und mit dem Auswärtigen Amt in Verbindung gesetzt hatte. Er war dort höflichem Zweifel begegnet, der ihn aufbrachte und schweigen ließ. Das Auswärtige Amt wußte, daß die Peckham-Fabrik Feldgeschütze lagerte. Sie waren im offenen Markt gekauft worden, erzählte man ihm freundlich. Man glaubte an keine geheimen Pläne, die damit in Verbindung stehen könnten. Ohne Erlaubnis durfte nichts exportiert werden, und es gab keinen Grund, warum eine chinesische Handelsgesellschaft nicht dieselben Rechte haben sollte wie eine europäische. All das hatte er mit wachsender Ungeduld angehört.

»Ich bin fertig mit Fing-Su«, sagte Leggat. »Er ist nicht nur ein Chinese, er ist ein ganz gemeiner Chinese! Und nach all dem, was ich für ihn getan habe! Haben Sie veranlaßt, daß die ›Umgeni‹ durchsucht wurde, wie ich Ihnen riet?«

Clifford nickte. Er hatte erreicht, daß das Hafenamt von London sich in dieser Richtung bemühte, und der Dampfer »Umgeni« war einer eingehenden Besichtigung unterzogen worden. Die ganze Ladung war ausgeladen und genau geprüft worden, aber man hatte außer den üblichen Handelsartikeln, wie Kisten voll Spaten, Sensen, Kochtöpfen und anderen gebräuchlichen Dingen, nichts gefunden.

»Na nu!« Leggat war überrascht. »Ich weiß, daß sie wochenlang mit anderen verbotenen Dingen geladen war –«

»Sie fährt heute nacht ab,« sagte Clifford, »und nicht einmal Fing-Su kann ihre Ladung löschen und durch andere ersetzen.«

Sein Gast schlürfte begierig den Inhalt seines Glases hinunter und tat einen tiefen Atemzug.

»Ich bin fertig mit ihm«, wiederholte er. »Ich dachte, er wäre die Wunderente, die goldene Eier ad infinitum legen würde.«

»Mit anderen Worten, Sie haben ihn so weit wie möglich ausgebeutet?« fragte Clifford mit einem leisen Lächeln. »Und nun wollen Sie den Rest verkaufen? Welche Rolle spielt denn eigentlich Spedwell?«

Leggat zuckte seine breiten Schultern.

»Ich habe Spedwell nie leiden mögen«, sagte er. »Diese Militärs fallen mir immer auf die Nerven. Er ist Fing-Sus Generalstabschef – verbringt all seine Zeit über Mappen und Plänen und Instruktionsbüchern. Er und Fing-Su haben gerade ein militärisches Instruktionsbuch in chinesischer Sprache verfaßt.«

»Eine Schießvorschrift für die Infanterie?« fragte Clifford schnell.

»So etwas Ähnliches ist es wohl«, sagte der andere mit einem Achselzucken.

Clifford hob warnend seine Hand, als es leise an der Tür klopfte und sein Diener eintrat.

»Ich habe vergessen, Ihnen zu sagen,« berichtete er, »daß die Beamten vom Postamt diesen Morgen hier waren, um Ihren neuen Telephonapparat anzubringen.«

»Einen neuen Apparat anbringen – was meinen Sie damit?« fragte Lynne und zog seine Stirn bedenklich in Falten.

»Sie sagten, der Apparat hätte zu Klagen Veranlassung gegeben – die Zentrale konnte Sie nicht mehr deutlich verstehen.«

Lynne schwieg ein paar Sekunden in Gedanken.

»Waren Sie dabei, als die Reparatur ausgeführt wurde?« fragte er.

»Jawohl«, antwortete der Mann lächelnd. »Sie hatten einen Ausweis vom Postamt, aber ich bin schon zu lange im Dienst, um mich auf dergleichen Dinge einzulassen. Ich habe die ganze Zeit aufgepaßt, als sie den Lautverstärker anbrachten.«

»Oh!« sagte Clifford bestürzt. Dann fragte er: »Wo haben sie denn den Lautverstärker angebracht?«

Eine Wand des Speisezimmers war durch einen großen Bücherschrank teilweise verdeckt, und hinter diesen führte das Telephonkabel. Der Diener bückte sich und zeigte auf den flachen Raum unter dem letzten Fach. Dort sahen sie einen schwarzen, hölzernen Kasten, etwa fünfundzwanzig Zentimeter lang und zehn Zentimeter hoch. Auf der Oberfläche hakte er zwei runde Öffnungen. Ein dünner Draht lief von hier bis zum Ende der Wand und führte dann durch ein neugebohrtes Loch in dem Fensterrahmen ins Freie.

»Was ist das?« fragte Leggat, plötzlich nüchtern geworden.

»Ein Mikrophon«, antwortete Clifford kurz. »Jemand hat unsere ganze Unterhaltung belauscht!«

24

Clifford Lynne öffnete das Fenster und schaute hinaus. Der Draht war oberflächlich an der Wand entlang geführt, die sein Anwesen von dem Nachbargrundstück trennte, und verschwand über dem Dach der Garage nach der Hintergasse zu.

»Es ist gut, Simmons«, sagte er. Ohne ein Wort zu verlieren, ging er aus dem Zimmer über den Hof auf die Garage. Zuerst konnte er den dünnen Draht nicht sehen, aber nachdem er einige Zeit danach gesucht hatte, entdeckte er ihn, wie er entlang der Hinterwand lief, und konnte seine Spur bis zum Ende der Hintergasse verfolgen, wo er in einem offenen Fenster verschwand, das offensichtlich zu einer Chauffeurwohnung gehörte.

Ein Blick auf das Äußere des Hauses sagte ihm, daß die Räume nicht bewohnt waren. Die Fensterscheiben waren nicht geputzt, eine war zerbrochen, und er erinnerte sich, daß weiter unten in der Straße, in der er wohnte, ein leeres Haus stand. Diese Garage gehörte anscheinend dazu.

Ein großes Tor führte zu dem Wagenraum und eine schmale Tür zu der oberen Wohnung. Sie war nur angelehnt, und ohne Zögern öffnete er sie und stieg die enge Treppe hinauf. Oben befanden sich zwei leere Räume. Nur die Überbleibsel, die der letzte Bewohner zurückgelassen hatte, lagen umher. Der hintere Raum hatte als Schlafkammer gedient. Eine alte eiserne Bettstelle ohne Bettzeug war darin zurückgeblieben. Er ging in das vordere Zimmer, und hier fand er, was er erwartet hatte: einen zweiten kleinen schwarzen Kasten, genau wie der unter seinem Bücherschrank, und außerdem noch ein Telephon, das in guter Ordnung war, denn das Amt meldete sich auf seinen Anruf.

Niemand war in dem Raum, das hatte auch seinen guten Grund, denn der Horcher, der die ganze Unterhaltung durch das Mikrophon abgehört und sie an Fing-Su weitergegeben hatte, war ja durch seine Unterhaltung mit dem Diener genügend gewarnt. Er hatte natürlich die Hintergasse in demselben Augenblick verlassen, als Clifford sie betreten hakte.

Ein Chauffeur, der ihn gesehen hatte, beschrieb ihn als einen dunklen, militärisch aussehenden Mann mit einem bösen Gesichtsausdruck, und diese Beschreibung identifizierte ihn mit Major Spedwell.

Clifford Lynne ging zu seinem Eßzimmer zurück und fand Leggat in gedrückter Stimmung. Er goß sich gerade ein Glas Whisky mit unsicherer Hand ein.

»Was ist los? Was hat das alles zu bedeuten?« fragte der starke Mann voll Furcht.

Obgleich es Zeitvergeudung war, diesem betrunkenen Prahlhans die Gefahr klarzumachen, in der er schwebte, erzählte ihm Lynne doch, was er entdeckt hatte.

»Sie müssen sehr vorsichtig sein, Leggat«, sagte er. »Wenn Fing-Su weiß, daß Sie ihn betrogen haben, dann würde ich kein Kügelchen eines chinesischen Rosenkranzes für Ihr Leben geben. Für Sie wäre es nur gut, wenn der Lauscher Ihre Stimme nicht erkannt hätte.«

Aber gleich darauf erfuhr Leggat doch, wer der Horcher war, und dann war es ja klar, daß die Möglichkeit, daß Major Spedwell Leggats Stimme nicht erkannt hätte, kaum in Betracht kam.

»Fing-Su – bah!«

Trotzdem war ein unbehaglicher Unterton in Leggats schallendem Gelächter. Er hatte schon öfter recht unerfreuliche Situationen durchgemacht und war schon früher von wütenden Aktionären bedroht worden, die ihr sauer erspartes Geld von ihm zurückverlangten. Aber – der Chinese war doch anders einzuschätzen.

»Mein lieber guter Freund«, sagte er pathetisch. »Lassen Sie doch Fing-Su etwas gegen mich unternehmen! Das ist aber auch alles!«

»Wann werden Sie ihn wiedersehen?« fragte Lynne.

»Morgen abend. Dann ist wieder Logensitzung. Ein verdammter Blödsinn! So nenne ich so etwas! Aber man muß den Unfug mitmachen, wenn es auch nur dazu dient, den verrückten Teufel zu belustigen!«

Lynne sah ihn mit ungewöhnlichem Ernst an. Er allem von allen begriff die Mentalität dieses Chinesen und überschaute alle verbrecherischen Möglichkeiten, zu denen ihm ein ungeheurer Reichtum die Macht gab.

»Wenn Sie meinen Rat annehmen, Leggat, werden Sie morgen in der Loge fehlen«, sagte er. »Verlassen Sie England so lange, bis ich mit dieser Bande abgerechnet habe. Fahren Sie nach Kanada, morgen geht ein Dampfer dorthin ab. Wenn Sie sich beeilen, können Sie Ihren Fahrschein und Ihren Paß noch in Ordnung bringen.«

Leggat setzte sein Glas geräuschvoll auf den Tisch.

»Hier bin ich, und hier bleibe ich«, sagte er kühn. »Kein Chinesenkuli kann mich aus England vertreiben. Vergessen Sie nicht, Lynne, ich kann mit dem Vogel umgehen ...!«

Clifford Lynne hörte ihm nicht zu. Sein Geist beschäftigte sich zu sehr mit all den möglichen Folgen, welche die Entdeckung der Geheimleitung haben konnte, als daß er auf das Geschwätz des anderen geachtet hätte. Er warnte Leggat noch einmal, bevor dieser fortging, und ließ ihn in seinem eigenen Wagen durch die hintere Garage nach Hause bringen. Dann ging er nochmals in die Hintergasse und stellte noch einige Nachforschungen an. Als er wußte, daß der Horcher niemand anders als Major Spedwell gewesen sein konnte, gab er sich viel Mühe, mit Leggat telephonisch in Verbindung zu kommen. Aber der meldete sich nicht.

Der Mann schwebte wirklich in großer Gefahr. Wie weit würde Fing-Su gehen? Sicherlich konnte man auf alles gefaßt sein, nach dem zu urteilen, was bereits geschehen war. Er jedenfalls zog ganz andere Schlußfolgerungen aus der Tätigkeit der »Freudigen Hände« als Leggat. Diese Logenversammlungen mochten vom europäischen Standpunkt aus lächerlich erscheinen, aber sie konnten auch Verbrechen und Tod bedeuten.

An diesem Nachmittag hatte Clifford eine Unterredung mit einem hohen Beamten in Scotland Yard. Mit einem Empfehlungsbrief vom Auswärtigen Amt ging er zu dem strengsten aller öffentlichen Ämter. Die Unterredung hatte aber bedeutend länger gedauert als er vermutete. Das Ergebnis war, daß er einer seiner schwersten Sorgen enthoben wurde. Von Scotland Yard fuhr er direkt nach

Sunningdale. Wenn er sich jetzt noch beunruhigt fühlte, so war es die Sorge um das Ergehen Ferdinand Leggats.

Die Tür zu seinem Hans war verschlossen, und er fand Joe zusammengekauert auf dem Sofa schlafen. Mr. Bray erwachte in aufsässiger Stimmung. Er war böse, daß er wie ein Gefangener eingeschlossen war. Cliffords Scharfsinn entging es nicht, daß das wahrscheinlich im voraus eine Rechtfertigung dafür sein sollte, daß er sich nicht an seine Vorschriften gehalten hatte.

»Das schadet meiner Gesundheit und schlägt mir aufs Gemüt.« Aber er schaute dabei doch schuldbewußt seinen Partner an, vor dem er großen Respekt hatte.

»Du bist draußen gewesen!« sagte ihm Clifford auf den Kopf zu.

Es wäre auch wirklich nicht viel dabei gewesen, wenn er es getan hätte. Niemand in Sunningdale kenne Joe, und mit Ausnahme von Fing-Su war es noch zweifelhaft, ob jemand in England ihn erkannt hätte.

»Ich bin nur ausgegangen, um ein paar Blumen zu pflücken«, erklärte Joe. »Weißt du, Blumen haben so etwas Sonderbares, Cliff, das mich ganz weich macht. Du kannst spionieren gehen. Du bist natürlich hart gesotten! Aber wenn man so auf der Wiese alle diese Glockenblumen sieht –«

»Es ist zu spät für Glockenblumen, die blühen jetzt nicht mehr, wahrscheinlich meinst du Löwenzahn«, sagte Cliff kühl, »oder vielleicht Steckrüben?!«

»Nein, ganz bestimmt Glockenblumen!« sagte Bray mit einem heftigen Kopfnicken, »sie hatten sich gleichsam unter den Bäumen eingenistet – und Cliff« – er hustete – »ich habe das schönste Mädchen getroffen, das du jemals gesehen hast!«

Clifford sah ihn entgeistert an, und Mr. Bray errötete. War das der kühne Abenteurer mit dem eisernen Willen? Der Mann, der von Armut zu Reichtum gekommen war durch beispiellose Verachtung aller Gesetze, die in China Land und Gebräuche beherrschten? Er war vor Verwunderung sprachlos.

»Warum hätte ich sie auch nicht treffen sollen?« sagte Joe keck. »Ich bin noch kein alter Mann – nicht weit über fünfzig.« Er warf

Clifford diese Herausforderung an den Kopf, aber der kümmerte sich nicht darum. »Es gibt viele Leute, die nicht glauben, daß ich schon fünfzig Jahre alt bin!«

»Du bist ein hundertjähriger alter Sünder, und wenn man deinen Verstand ansieht, ein zehnjähriges Kind!« sagte Clifford lächelnd und in guter Laune. »Wer ist sie denn, Joe?«

»Das weiß ich nicht. Ein schönes Mädchen mit wundervoller Figur. Ein wenig rothaarig, aber das zeigt, daß sie Geist hat. Was für ein Mädchen!« Er warf den Kopf ekstatisch hin und her.

»Wundervolle Figur – meinst du vielleicht dick?« fragte Clifford brutal.

»Nein, wohlproportioniert!« wich Joe aus. »Und jung. Sie kann höchstens fünfundzwanzig sein. Und ein wundervoller Teint, Cliff – es blühen Rosen auf ihren Wangen!«

»Du meinst sie ist rot?« fragte sein wenig romantischer Freund und lachte. »Hast du sie denn nach ihrem Namen gefragt?«

»Nein, das tat ich nicht!« Joe ereiferte sich. »Das verrät doch keine gute Erziehung, wenn man Leute direkt nach ihrem Namen fragt –«

»Wenn du sie gefragt hättest, würde sie dir gesagt haben, daß sie Mabel Narth heißt!«

Das Gesicht des alten Mannes wurde bedenklich lang.

»Mabel Narth?« fragte er mit hohler Stimme. »Was, meine eigene Nichte!«

»Sie ist ebensowenig deine Nichte wie ich dein Onkel bin«, sagte Clifford. »Der Stammbaum stimmt nicht ganz. Sie ist deine Cousine Nummer dreiundzwanzig im neunzehnten Grad. Die Verwandtschaft ist so weit entfernt, daß man große Mühe hat, sie durch ein gewöhnliches Fernrohr festzustellen. Aber Joe, bei deinem Alter!«

»Fünfzig«, murmelte Joe. »Männer meines Alters sind beständiger als junge.«

»Ich darf wohl annehmen, daß du nicht gesagt hast, wer du bist?«

»Nein, ich habe ihr nur angedeutet, daß mein Einkommen zum Lebensunterhalt reicht.«

»Du hast ihr also gesagt, daß du reich bist? Haben ihre Augen nicht aufgeleuchtet?«

»Was willst du damit sagen?« fragte Joe mit einem Ton, als ob er sich verteidigen müßte. »Du bist ein verrückter Kerl«, sagte Clifford. »Was macht der Kuli?«

»Dem geht es gut. Er hat die ganze Zeit gebeten, ihn fortzulassen, aber ich habe es nicht getan, bevor du kamst.«

»Er kann heute abend weggehen – wenn ich an ihn denke, bekomme ich direkt Heimweh nach einem ordentlichen Bambusstock und nach dem Fußboden des Yamen! Ich vermute, daß du weißt, daß er uns ersticken wollte? Diesen Morgen fand ich den Beutel mit Schwefel, den er in den Schornstein zu werfen versuchte.«

Clifford ging hinaus zu dem verschlossenen Abwaschraum, um seinen Gefangenen aufzusuchen. Er sah nicht mehr sehr kampfesmutig aus, als er dort saß, ein altes Betttuch um die Schultern geschlungen. Lynne untersuchte seine Wunde. Zu seiner Überraschung hatte sich sein Zustand bedeutend gebessert.

»Lassen Sie mich vor Sonnenuntergang frei,« bat er, »denn ich bin in diesem Land fremd, und für einen Mann wie mich ist es schwer, den Weg nach der großen Stadt zu finden.«

Irgend etwas in dem Betragen des Mannes erregte Cliffords Argwohn, und er erinnerte sich an Joes Mitteilung.

»Du sorgst dich sehr darum, mein Haus zu verlassen«, sagte er. »Gib mir den Grund dafür an!«

Der Kuli senkte mürrisch den Blick.

»Du hast Angst!«

Die Augen des Chinesen blieben auf den Boden geheftet.

»Du hast Angst, daß du diese Nacht sterben sollst!«

Diesmal saß der Hieb. Der Chinese fuhr zusammen und hob den Kopf, indem er Lynne furchtsam ansah.

»Man sagt von dir, daß du ein Teufel bist und in den Herzen der Menschen lesen kannst. Was du jetzt sagst« – man konnte die Verzweiflung aus seinen Worten hören – »ist wirklich wahr. Ich fürchte zu sterben, wenn ich diese Nacht in deinem Hause zubringen muß.«

Clifford pfiff leise vor sich hin.

»Um welche Stunde würdest du sterben?«

»Zwei Stunden nach Mondaufgang«, antwortete der Kuli, ohne zu zögern. Clifford nickte.

»Du kannst jetzt gehen«, sagte er und zeigte ihm den Weg nach London.

Als er zu Joe kam, wiederholte er ihm den Hauptinhalt der Unterredung.

»Der große Angriff kommt heute abend. Was sollen wir nun tun? Wir könnten nach Aldershot telephonieren, daß man uns ein halbes Bataillon zu Hilfe schickt, wir könnten uns blamieren und die Ortspolizei benachrichtigen, dann wären wir für den Tod dieser ehrbaren, nicht mehr ganz jungen Leute verantwortlich – oder wir können dem Angriff selbst standhalten und einen netten, ruhigen Kampf ausfechten.«

Er gewann der Sache die humorvolle Seite ab. Er setzte sich nieder und lachte leise in sich hinein. Sein Gesicht rötete sich, und Tränen traten ihm in die Augen. Und wenn Clifford Lynne so lachte, konnte sich irgendein anderer in acht nehmen.

Slaters Cottage und Sunni Lodge waren eine Meile von Sunningdale entfernt. Sehr isoliert, obgleich sie nur einige hundert Meter von der Straße nach Portsmouth ab lagen, wo immer Verkehr herrschte. Der nächste Nachbar von Mr. Narth war der Earl von Knowesley. Er war aber immer nur etwa einen Monat anwesend, denn er stammte aus dem Norden, liebte Lancashire und fühlte sich nur unter seinen Landsleuten wohl.

Auf der anderen Seite, hinter Slaters Cottage, dehnte sich das unerschlossene Gelände einer Terraingesellschaft aus. »Ich bin der Meinung, daß sie darauf aus sind, ein Dokument aus meiner Brieftasche zu stehlen, Joe. Es wird ein Feuergefecht mit Schalldämpfern werden, wenn Spedwell die Sache leitet. Ich habe nämlich erfahren, daß er der Chef des Militärstabes ist.«

Gegen Abend bedeckte sich der Himmel, und es herrschte eine drückende Schwüle. Die Sonne war hinter großen Wolkenburgen verschwunden. Clifford Lynne nützte die letzten hellen Stunden aus, um Sunni Lodge einen Besuch abzustatten. Aber er ging nicht ins Haus, da er sich wohl denken konnte, daß Stephen Narth keinen großen Wert darauf legte, ihn zu sehen. Statt dessen machte er ohne Erlaubnis einen Rundgang durch den Park und sah in der Ferne Joan über den Tennisplatz gehen.

Er erzählte ihr kurz von allen Vorsichtsmaßregeln, die er für ihren Schutz getroffen hatte.

»Ich denke, die Gefahr wird in einer Woche vorüber sein. Ich habe das Auswärtige Amt bis zu einem gewissen Grade interessieren können, auch ist es mir gelungen, Scotland Yard zu alarmieren.«

»Ich kann nicht begreifen, was der Grund für all diese Unruhe und Aufregung ist«, sagte sie. »Soviel ich verstehe, handelt es sich um die Gründeraktie, die Fing-Su haben möchte?«

Er nickte.

»Warum ist das denn so wichtig? Mr. Narth versuchte, es mir zu erklären, aber ich bin genau so klug wie vorher.«

Sie gingen durch ein dünnes Föhrengehölz, das die westliche Grenze des Narthschen Landbesitzes umsäumte. Vom Hause aus konnte man sie nicht beobachten.

»Ich rechnete schon immer mit der Möglichkeit, daß Joe irgend etwas außergewöhnlich Überspanntes mit seinem Geld anfangen würde. Die Gründeraktien, wie wir sie nennen – in Wirklichkeit würden sie besser Verwaltungsteile heißen – wurden ausgegeben, um die Kontrolle über die Gesellschaft fest in der Hand zu behalten, was sich auch ereignen möge. Ursprünglich sollte ich fünfundzwanzig und Joe vierundzwanzig Stück erhalten. In Ergänzung dazu wurde eine gegenseitige Vereinbarung getroffen, daß für den Fall des Todes der überlebende Teil die Anteile des anderen erben sollte. Als ich nun auf einer Geschäftsreise nach Peking war, erhielt ich ein Telegramm von Joe, in dem er anfragte, ob ich etwas dagegen hätte, daß der Vater Fing-Sus auch einige Aktien erhielte. Unglücklicherweise hatte ich Joe, bevor ich Siangtan verließ, gerichtliche Generalvollmacht gegeben. Als ich zurückkam, mußte ich entdecken, daß der verrückte alte Kerl diesem Chinesen nicht nur neun Anteile ausgeliefert, sondern die übrigen vierzig zwischen mir und sich gleichmäßig geteilt hatte.«

Jetzt verstand sie alles.

»Aber Mr. Clifford, darüber kann es doch keine Aufregung mehr geben! Sie haben die Majorität in der Hand, und Sie brauchen doch keinen der Anteile wegzugeben oder zu verkaufen.«

Clifford lächelte bitter.

»Joe bestand mit dem größten Starrsinn auf der Bestimmung, daß im Fall des Todes der Überlebende die Anteile des andern erben sollte«, sagte er mit Nachdruck. »Fing-Su hat nun eine doppelte Möglichkeit, zu seinem Ziel zu kommen. Entweder will er mich durch irgendwelche Intrigen, die ich schon voraussahe, dazu bestimmen, ihm die eine Gründeraktie zu übergeben, oder –« Er vollendete den Satz nicht.

»Oder er will Sie töten«, sagte sie einfach. Er nickte.

»Er ist jetzt an dem Punkt angekommen,« fuhr er fort, »wo ihm der Erfolg auf alle Fälle versagt ist. Denn wenn ich in dieser Nacht getötet werden sollte, würde Fing-Su ganz automatisch verhaftet werden. Aber so schlau wie er ist, er bleibt ein Chinese und denkt wie ein Chinese. Das wird ihn auch zu Fall bringen. Er wälzt große Pläne in seinem Kopf und hält sich für unfehlbar. Er kann sich nicht denken, daß er einen Mißerfolg haben könnte.«

Schweigend gingen sie eine Minute lang nebeneinander.

Dann fragte sie:

»Wenn er mich in seine Gewalt brächte – das klingt übertrieben pathetisch? – was würde das nun an den Tatsachen ändern?«

»Dann müßte ich zahlen«, sagte er ruhig. »Und er weiß, daß ich zahlen würde.«

Sie fühlte, daß ihr das Blut in die Wangen schoß, und versuchte, gleichgültig zu erscheinen.

»Sie sind mir gegenüber durchaus nicht verpflichtet, Mr. Lynne«, sagte sie mit leiser Stimme. »Ich wollte es Ihnen schon immer sagen... jetzt, da Mr. Bray am Leben ist ... daß ich Sie nicht heiraten möchte. Ich versprach es Mr. Narth, weil – nun gut, es war notwendig für ihn, daß ich heiratete.«

Sie hatte ihre ganze Energie aufbieten müssen, um ihm dies zu sagen. Es war doch viel schwieriger, als sie sich jemals hatte träumen lassen. Diese Entdeckung versetzte sie in nicht geringe Bestürzung. In der Ruhe ihres Zimmers war es sehr einfach gewesen, dies herzusagen, aber als sie es nun in Wirklichkeit aussprach, war es ihr, als ob mit jedem Wort ein Teil ihres neuen Lebensglücks dahinschwand. Sie sah zu ihm auf, und auch er suchte ihren Blick.

»Und aus anderen Gründen wollten Sie ja nicht heiraten«, sagte sie. Dabei schüttelte sie den Kopf, als wollte sie seine Antwort vorausnehmen.

»Um die Linie der berühmten Familie fortzusetzen – nein«, sagte er. Ihr Mut sank. »Um die kuriosen Ideen Joe Brays zu erfüllen – nein. Es bleibt keiner von all den Gründen bestehen, die mich zu der verrückten Reise nach England brachten und mich veranlaßten, mich aus einem anständigen Mitglied der Gesellschaft in einen langbärtigen Strolch zu verwandeln. Da haben Sie vollkommen recht. Aber immerhin ist doch noch ein sehr triftiger Grund vorhanden, weswegen ich Sie heiraten möchte –«

Er legte seinen Arm liebreich um sie und zog sie an sich. Aber er küßte sie nicht. Seine ernsten Augen suchten die ihren, und sie konnte die Worte und Gedanken lesen, die er nicht aussprach. Sie zitterte am ganzen Körper. Ein tiefes Donnerrollen kam von ferne und zerriß die Stimmung. Erschreckt fuhren sie auf. Mit einem Seufzer trat er zurück und legte seine Hände auf ihre Schultern.

»Nächsten Freitag wird eine Hochzeit in dieser Familie gefeiert werden«, sagte er kurz. Dann neigte er sich zu ihr und küßte sie.

Die ersten Blitze leuchteten gespenstisch auf und ließen die Spitzen der Föhren in fahlem Licht aufflammen, als er pfeifend den Fahrweg nach Slaters Cottage zurückging.

»Es wird eine stürmische Nacht geben, Joe«, sagte er fröhlich, als er in das Wohnzimmer trat.

Joe verbarg hastig ein Schriftstück, an dem er eben gearbeitet hatte.

»Setzest du ein neues Testament auf?«

Mr. Bray hustete, und ein böser Verdacht stieg in Clifford auf, ja, dieser Verdacht wurde für ihn zur Wirklichkeit.

Vor vielen Jahren hatte Joe einst unter vielen Stockungen und Hemmungen eine kleine Schwäche eingestanden und ihm zur Begutachtung ein Schreibheft mit seinen poetischen Ergüssen überreicht.

»Du dichtest doch nicht etwa, Joe?« fragte Clifford mit leiser Stimme.

»Nein, das tue ich nicht«, sagte Joe laut. »Was du auch alles denkst!«

Ein Donnerschlag in unmittelbarer Nähe ließ das kleine Haus erzittern, und als Joe nun sprach, zeichnete das bläuliche Licht der Blitze die Bäume in grellem Licht.

»Der ganze Himmel steht in Flammen«, sagte Joe poetisch.

»Heute bist du an der Reihe, die Würste zu braten«, erwiderte sein mehr nüchtern veranlagter Freund. Sie gingen zusammen in die kleine Küche, um ihr Abendessen zu bereiten.

Der Sturm dauerte eine Stunde lang, aber er war nur das Vorspiel zu dem schweren Unwetter, das sich später entlud. Um neun Uhr wurde es so dunkel wie in einer Winternacht. Am ganzen Horizont sah man ununterbrochenes Wetterleuchten. Clifford hatte die eisernen Fensterläden geschlossen, und vier Gewehre lagen schußfertig auf dem Sofa.

»Das erinnert mich an einen der Stürme, die du oben auf dem großen See durchgemacht hast,« sagte Joe, »und an das schlimmste Unwetter, das ich je in Harbin erlebt habe – noch lange bevor einer von euch Grünschnäbeln ans den reservierten Gebieten herausgekommen war.«

Er sah nach dem Schreibtisch hinüber, wo er sich eben literarisch betätigt hatte und seufzte tief.

»Soweit ich es feststellen kann, ist sie eine Cousine dritten Grades von mir«, sagte Joe. »Die Schwester ihres Vaters hat den Sohn meiner Tante geheiratet.«

»Zum Teufel, wovon schwätzest du denn jetzt?« fragte Clifford erstaunt.

»Von ihr!« sagte Bray kurz.

Augenscheinlich hatte Mabel einen sehr tiefen Eindruck auf dieses empfängliche Herz gemacht.

»Ich hoffe, daß der Sturm sie nicht zu sehr erschrecken wird, denn Mädchen ängstigen sich immer bei Gewitter...« »Ich für meinen Teil würde die Entscheidung lieber heute nacht als morgen früh sehen«, sagte Clifford, als er zur Küche ging. »Wenn wir ersäuft werden sollen, so wäre es mir lieber bei Mondlicht.«

Joe trat dicht hinter ihm in die Küche.

»Was ist das wieder für ein Gerede von Ersäuftwerden?« fragte er nervös. »Wohin geraten wir denn?«

»Aufs Meer hinaus in einem Schiff«, sagte Clifford, als er eine Wurst aus der Speisekammer holte.

25

Miß Mabel gehörte nicht zu den Mädchen, die sich vor Gewitter fürchten. Während ihre empfindlichere Schwester sich im Kohlenkeller versteckt hatte, strickte sie eifrig im Wohnzimmer, wobei sie Joan ihr merkwürdiges Abenteuer von heute morgen erzählte.

»Mancher würde sagen, er sei alt – aber ich behaupte, daß er eine männlich markante Erscheinung ist. Auch ist er ungeheuer reich, liebe Joan.«

Mabel war jetzt fünfundzwanzig Jahre alt. Sie hatte eine gedrungene Gestalt und war gerade nicht sehr beliebt bei den hübschen jungen Leuten, die mit ihr tanzten, Tennis spielten und manchmal mit ihr zu Abend speisten. Alle vermieden ängstlich die eine für sie so wichtige Frage zu stellen. Zweimal hatte sie allerdings Heiratsanträge gehabt. Einmal war es ein unmöglicher junger Mann, dem sie auf einem Ball vorgestellt worden war, und von dem sich später herausstellte, daß er ein Schauspieler war, der ganz kleine Nebenrollen in einem Operettentheater im Westen spielte. Der andere war ein Geschäftsfreund ihres Vaters, der gerade noch tiefe Trauer um seine zweite Frau trug, als er schon schüchtern bei ihr anfragte, ob sie seine dritte werden wollte.

»Ich liebe die Männer, die sich ausgetobt und sich ihre Hörner abgestoßen haben, Joan«, sagte Mabel überzeugt. Sie schloß schnell die Augen, als ein greller Blitz sie blendete. »Willst du die Güte haben, die Vorhänge zuzuziehen?«

Joan hatte noch nie erfahren, daß sie so liebenswürdig sein konnte und war neugierig, wer der Fremde sein mochte, der einen so tiefen Eindruck auf sie gemacht hatte.

»Jungen Männern kann man niemals trauen, sie sind zu oberflächlich, aber reife Männer ... und außerdem ist er doch so unheimlich reich. Er erzählte mir, daß er versucht, das große Besitztum von Lord Knowesley zu kaufen. Auch steht er in Unterhandlung wegen eines Hauses in der Parc Lane. Er hat drei Rolls Roice-Wagen, meine Liebe – denke dir, gleich drei!«

»Aber wer ist es denn, Mabel?«

Darauf konnte sie nicht antworten, denn in ihrer mädchenhaften Bescheidenheit hatte sie nicht gewagt, so weit in seine Privatverhältnisse einzudringen und ihn nach seinem Namen zu fragen.

»Er muß hier irgendwo in der Nachbarschaft wohnen. Ich denke, daß er ein Haus in Sunningdale gemietet hat.«

»Wie alt ist er denn?«

Mabel dachte nach. »Ungefähr fünfzig«, sagte sie dann und strafte damit die Behauptung Mr. Brays Lügen. »Das ist aber ein böser Sturm. Gehe bitte in den Kohlenkeller, Joan, und sieh mal nach, wie es dem dummen Kind unten geht.«

Joan fand das »dumme Kind« in einem Korbstuhl sitzen. Letty hatte sich eine Zeitung über den Kopf gelegt. Sie lehnte es ab, vernünftig zu werden und nach oben zu kommen.

Als Joan in das Wohnzimmer zurückkehrte, empfing sie Mabel mit einer merkwürdigen Frage.

»Hat dein entsetzlicher junger Freund Besuch bekommen?«

Im ersten Augenblick verstand Joan nicht, was Mabel wollte. In ihren Gedanken hatte sie Clifford Lynne nie so genannt.

»Junger Freund? Du meinst Mr. Lynne?«

Dann begriff sie auf einmal. Mabel hatte von Joe Bray gesprochen! Sie war zu verwirrt, um zu lachen, und konnte nur ganz erstaunt die dicke Mabel betrachten. Zum Glück beachtete die älteste Tochter von Stephen Narth bei ihrer eifrigen Strickarbeit nicht, welche Sensation sie hervorgerufen hatte.

»Ich wunderte mich, daß er in der Richtung nach Slaters Cottage fortging. Nachher kam mir der Gedanke, daß er möglicherweise bei Mr. Lynne wohnte, der doch so reich ist. Ich vermute, daß er auch eine Menge reicher Freunde hat.«

Joan fand noch keine Antwort. Sie durfte dem Mädchen nicht sagen, wer es eigentlich war, der ihr Interesse erweckt hatte, ohne das Clifford gegebene Versprechen zu brechen. Aber sie war gespannt darauf, was Mabel für ein Gesicht machen würde, wenn sie es erführe.

Es war schon zehn Uhr, und Mr. Narth war noch nicht von der Stadt zurückgekommen, als die beiden einen leisen Schritt vor der Türe hörten. Der Sturm hatte nachgelassen, obgleich der Donner noch grollte. Joan ging hinaus und fand einen naßgeregneten Umschlag in dem Kasten für Telegramme. Die Aufschrift lautete: An Miß Mabel. Sie brachte ihren Fund zum Wohnzimmer. Mabel nahm den Brief in Empfang und riß das Kuvert auf. Sie zog ein großes Schreiben daraus hervor, in dem viel herumgestrichen war. Sie las es und ihre Augen glänzten.

»Es ist ein Gedicht, Joan!« sagte sie atemlos.

**»Wie seltsam das Leben! Wir kommen und gehen,
Die schönsten Frauen wir manchmal nicht sehen,
Bis sie strahlend wie Sonnenlicht vor uns stehen!
Diese Wahrheit muß jeder erfahren,
Sogar ein Mann von einundfünfzig Jahren.«**

Es war keine Unterschrift unter den Zeilen. Aber Mabel strahlte vor Begeisterung.

»Wie schön er das gesagt hat, wie schrecklich romantisch!« rief sie aus. »Er muß es persönlich in den Kasten geworfen haben!«

Plötzlich sprang sie von ihrem Stuhl auf, lief zur Halle und öffnete die Tür. Es war ganz dunkel auf der Fahrstraße. Der Regen hatte aufgehört. Sie überlegte einen Augenblick. Sollte sie ihm nachlaufen? Durfte eine junge Dame so etwas tun? Würde das nicht buchstäblich nach Männerjagd aussehen? Aber sie hatte schon eine Entschuldigung für einen kleinen Ausflug bei der Hand. Joan ging nämlich gewöhnlich um diese Zeit mit Briefen, die sie geschrieben hatte, zum Kasten, der draußen unweit vom Tore angebracht war. Ohne Zögern ging sie so schnell wie möglich den Weg entlang. Ihr Herz schlug vor Freude. Als sie zur Biegung des Weges kam, machte sie halt. Sie konnte niemand sehen und mußte sich doch wohl geirrt haben.

Ein unheimliches Gefühl von Furcht überkam sie und ließ sie zu Eis erstarren. Sie drehte sich um und lief zurück. Aber kaum hatte sie einige Schritte getan, als ihr plötzlich ein muffiges Bettuch über den Kopf geworfen wurde, eine große, dicke Hand legte sich schwer auf ihren Mund und erstickte ihre Schreie. Sie wurde ohnmächtig...

Joan wartete im Wohnzimmer. Als sie aber das Schließen der Tür hörte, ging sie in die Halle. Der Wind hatte das Haustor zugeschlagen. Sie öffnete es weit und sah in das Wetter hinaus. Zwei rasch aufeinanderfolgende Blitze zeigten ihr, daß niemand auf der Fahrstraße war.

»Mabel!«

Sie rief den Namen des Mädchens, so laut sie konnte. Aber es kam keine Antwort zurück.

Joan erschrak.

Sie ging ins Wohnzimmer zurück und klingelte nach dem Diener. Er war ein langsamer Mensch, und während sie ungeduldig auf ihn wartete, erinnerte sie sich an die schwarze Kugel, die Clifford ihr gegeben hatte. Da hatte sie wenigstens eine Waffe. Sie eilte die Treppe hinauf und war schon wieder zurück, als der Diener erschien.

»Miß Mabel ist ausgegangen? Sie wird bald wieder zurückkommen!«

Er blickte verstört durch die offene Tür in das Wetter. Es blitzte unaufhörlich.

»Ich bin so nervös, ich kann Blitze nicht vertragen.«

»Kommen Sie mit«, befahl Joan und lief aus dem Hause. Aber sie mußte allein gehen. Der Diener machte an der Türe wieder kehrt. Er glaubte, daß es nicht zu den Pflichten eines Dieners gehöre, in einem solchen Unwetter auszugehen.

26

Clifford Lynne saß im Gange seines Hauses, ein Gewehr quer über den Knien. Er sah, wie Joe zurückkam. Die Strahlen seiner Lampe kündigten ihn schon an, bevor man ihn selbst sehen konnte.

»Wo zum Teufel bist du gewesen?« fragte Clifford erstaunt. »Ich dachte, du schläfst.«

»Ich bin eben nur einmal kurz fort gewesen«, sagte Joe sorglos. »Ich ging zur Hinteren Türe hinaus ... weit und breit ist kein Mensch zu sehen.«

»Gut, du kannst zur Haupttür hereinkommen«, sagte Clifford streng. »Wie ich vermute, wimmelt der ganze Wald von chinesischen Halsabschneidern.«

»Lächerlich!« murmelte Joe, als er vorbeiging.

»Es mag lächerlich sein«, sagte Clifford über die Schulter. »Aber ich kann mir nichts Lächerlicheres vorstellen, als wenn du alter Kerl mit abgeschnittenem Hals im Wald von Sunningdale liegst!«

»Ich bin erst einundfünfzig!« rief Joe heftig vom Gang zurück. »Jeder weiß das!«

Clifford Lynne sah ein, daß es keinen Zweck hakte, die Frage nach dem Alter Mr. Brays zu diskutieren. Im Laufe des Abends war er mehrmals in den Wald gegangen und hatte nichts Verdächtiges gesehen. Man konnte das Haus von Süden her auf einer neuangelegten Straße erreichen, die durch das Besitztum der Terraingesellschaft führte. Um von dieser Seite her keine Überraschungen zu erleben, hatte er einen geschwärzten Faden quer über den Weg gespannt und daran eine Anzahl kleiner Glöckchen aufgehängt, die er diesen Nachmittag in London gekauft hatte. Aber das endlose Krachen und Rollen des Donners ließ es ihm sehr zweifelhaft erscheinen, ob er ihre Warnung auch hören würde. Die Blitze rasten immer noch über den Himmel, als er angespannt und erwartungsvoll auf den Treppenstufen saß. Einmal begann Joe zu singen, aber ärgerlich gebot er ihm zu schweigen.

Es schlug elf Uhr, als er feste Schritte auf dem Kies vernahm, die von der Straße her kamen. Er stand auf. Es lag nichts Heimliches in dem Näherkommen des Fremden. Er ging beherzt in der Mitte der Straße, und Clifford hörte das Tippen eines Stockes. Wer auch immer der Ankömmling sein mochte, er machte kein Licht an, um ihm den Weg zu zeigen. Nach einer Weile konnte er seine Gestalt genau sehen. Er bog von der Straße ab und kam geradenwegs auf das Haus zu. Jetzt rief ihn Lynne an.

»Haben Sie keine Angst. Ich bin allein!«

Es war Fing-Su.

»Bleiben Sie stehen, wo Sie sind!« sagte Clifford scharf. »Seit wann habe ich denn Angst vor chinesischen Hausierern?«

Der Ankömmling stand still, und Clifford hörte ihn lachen. Ein durchdringender, scharfer, aber nicht unangenehmer Duft stieg ihm in die Nase.

»Entschuldigen Sie«, sagte Fing-Su höflich. »Es tut mir leid, daß ich so ungeschickt war. Ich wollte nur ausdrücken, daß ich um eine freundliche Unterredung bitte. Ich weiß, daß einige meiner hitzigen jungen Leute, ganz ohne mein Wissen, Ihnen letzte Nacht ihre Aufmerksamkeit schenkten. Ich habe sie bestraft. Niemand weiß besser als Sie, Mr. Lynne, daß sie die reinen Kinder sind. Sie glaubten, ich sei beleidigt worden –«

»Wer ist das?« Es war Joes Stimme, die aus dem Wohnzimmer kam.

Clifford drehte sich wild um und gebot ihm Schweigen. Hatte Fing-Su ihn gehört? Und wenn er ihn gehört hatte, erkannte er die Stimme? Scheinbar nicht.

»Sie haben einen Freund bei sich? Das ist sehr klug«, sagte er in demselben höflichen Ton. »Wie ich bemerkte –«

»Hören Sie! Ich habe keine Lust, mir die Zeit mit Ihren Possen zu vertreiben. Sie sind am Ende Ihrer Kraft, Fing-Su!«

»Noch lange nicht!« sagte der Chinese. »Sie sind ein Narr, Lynne, daß Sie Ihr Geld nicht mit meinem zusammenwerfen. In fünf Jahren bin ich der mächtigste Mann Chinas.«

»Sie wollen China erobern, nicht wahr?« fragte Clifford sarkastisch. »Und Europa vielleicht auch noch dazu?«

»Vielleicht!« sagte Fing-Su. »Sie haben kein richtiges Urteil über die Zukunft, mein lieber Freund. Sehen Sie denn nicht, daß unsere Rasse durch ihre überwiegende Heeresstärke alle künftigen Kriege entscheiden wird? Eine ständige gelbe Armee wird das Schicksal Europas bestimmen. Eine große Söldnerarmee – denken Sie daran, Lynne – die an den Meistbietenden verkauft wird. Ein Heer, das dauernd an der Schwelle Europas steht!«

»Was wünschen Sie eigentlich?« fragte Clifford schroff.

Fing-Su gab sich den Anschein, als hätte ihn der angeschlagene Ton gekränkt, und er erwiderte verletzt:

»Ist es notwendig, daß wir Feinde sind, Mr. Lynne? Ich habe keine Antipathie gegen Sie, ich will nur zu angemessenem Preis eine Gründeraktie der Gesellschaft von Ihnen kaufen –«

Clifford Lynne verstummte einen Augenblick über die Kaltblütigkeit, mit der Fing-Su sein Anliegen vorbrachte. Ein Argwohn erwachte in ihm. Fing-Su würde es nicht wagen, eine so widerrechtliche Bitte zu stellen, wenn er nicht die Gegenmittel in der Hand hätte.

»Und was wollen Sie mir dafür geben?« fragte er langsam.

Er hörte, wie der andere schneller atmete.

»Etwas sehr Wertvolles für Sie, Mr. Lynne –« Er sprach mit Überlegung. »Sie haben einen Freund bei sich, der wahrscheinlich mithören kann. Ich bin nicht darauf vorbereitet, in Gegenwart eines Zeugen zu verhandeln. Wollen Sie nicht ein wenig mit mir auf die Straße kommen?«

»Gehen Sie voraus«, sagte Clifford kurz. Fing-Su wandte sich und ging vor ihm her.

»Es gibt eine Frau –« sagte er –

Lynnes Hand faßte ihn am Hals. Etwas Hartes preßte sich an den Rock des Chinesen.

»Sie haben Joan Bray gefangen!« stieß Cliff durch die Zähne hervor. »Sie haben sie gefangen! Ist es das, was Sie sagen wollten?«

»Es ist nicht notwendig, Umstände zu machen –« begann Fing-Su.

»Sagen Sie mir, wo sie ist.«

»Es tut mir leid, daß ich Ihnen den Anblick nicht gönnen kann«, sagte Fing-Su mit bedauernder Stimme. »Und wenn Sie mich bedrohen sollten, habe ich keine Ursache zu folgen, außer –«

Er nahm seinen Hut ab, als wollte er seine heiße Stirn kühlen und blickte hinein.

Plötzlich spritzte eine dicke Flüssigkeit mit heftigem Zischen in Cliffords Gesicht. Es war reine, scharfe Ammoniaklösung.

Gelähmt vor Schmerz ließ Clifford die Pistole klirrend auf den Boden fallen.

Fing-Su streckte ihn mit einem wohlgezielten Faustschlag zu Boden. Dann kniete er an seiner Seite nieder und griff in seine Rocktasche. Er fühlte ein Rascheln – ein Papier war hier eingenäht.

Aber er wurde unterbrochen. Von der Straße her hörte er Schritte und sah mit seinen scharfen Augen, die das schwärzeste Dunkel der Nacht durchdringen konnten, eine Frau näherkommen. Ein Instinkt rettete Joan Bray. Als sie in die Straße einbog, blieb sie plötzlich stehen und sah auf die merkwürdige Gruppe am Boden.

»Wer ist das?« fragte sie.

Bei dem Klang ihrer Stimme sprang Fing-Su in die Höhe und schrie vor Wut.

»Miß Bray!«

Sie erkannte ihn und war einen Augenblick starr vor Schrecken. Als er aber Miene machte, auf sie zuzuspringen, erhob sie mit der Kraft ihrer Verzweiflung die Hand und schleuderte die schwarze Kugel, die sie mitgenommen hatte. Der Ball fiel vor Fing-Sus Füßen nieder.

Es gab eine fürchterliche Explosion, und im Augenblick waren die Straße, der Wald, ganz Slaters Cottage, von dem Licht der Magnesiumbombe grell beleuchtet. In panischem Schrecken wandte sich der Chinese um, sprang in den Wald und war einen Augenblick später außer Sehweite. Obgleich er vom Magnesiumlicht vollständig geblendet war, gelang es ihm doch, bis zu der niedrigen Hecke zu kommen, die ihn von der Straße trennte. In der Nähe sprang irgendwo der Motor eines Autos an, das mit abgeblendeten Lichtern auf einer Seite der Straße hielt. Ein ohnmächtiges, junges Mädchen wurde aus dem Wagen gehoben und in den Straßengraben gerollt. Dann raste der Wagen mit höchster Geschwindigkeit in der Richtung auf Egham davon.

Eine Viertelstunde später suchte eine Streife die Umgebung nach Mabel Narth ab. Joe Bray hatte das Glück sie zu finden und zu trösten.

27

Fing-Su saß mit untergeschlagenen Beinen auf einem Diwan in seinem mit übertriebener Eleganz eingerichteten Bureau. Aufdringliche orientalische Düfte stiegen aus großen Räucherbecken auf. Die Uhren der Kirchtürme von London zeigten vier Uhr. Dächer und Türme der großen Stadt hoben sich als dunkler Schattenriß gegen die frühe Morgendämmerung ab.

Um diese Stunde gaben die Großen in China ihre Audienzen. Fing-Su saß da in einem mit reicher Stickerei überladenen Gewande, in seidenen Beinkleidern und Schuhen, deren Sohlen mit weichem Filz gepolstert waren. Aus seinem Kopfe trug er die Zeichen eines Ranges und Titels, die ihm nicht zustanden.

Zwischen den Lippen hielt er eine lange, starke Pfeife mit einem mikroskopisch kleinen Kopf. Aber er rauchte kein Opium, sondern Tabak. Ein kleines Chinesenmädchen mit dicken, schweren Augenlidern saß in einer Ecke des Raumes auf den Fersen. Sie bediente ihn, in jedem Augenblick gewärtig, seine Pfeife zu stopfen, oder seine Teetasse zu füllen, die neben ihm stand. Ein ungesund aussehender Chinese saß in kauernder Haltung zu seinen Füßen. Er trug europäische Kleider, und ein steifer Filzhut lag neben ihm auf dem Fußboden. Fing-Su hob die henkellose Tasse von dem niedrigen Tisch an seiner Seite und schlürfte geräuschvoll Tee.

»Von allen Leuten in diesem üblen Lande habe ich dich ausgesucht, Li Fu«, sagte er, indem er seine Tasse niedersetzte. »Ich will dich gut bezahlen, und wenn die Sache gelingt, bekommst du noch eine große Belohnung obendrein. Dein Name wurde mir genannt wegen deiner Kühnheit, und weil du diese Stadt soviel besser kennst als ich, der ich so viele Jahre auf der Universität zugebracht habe.«

Wenn Li Fu sich bei diesem Vorschlag nicht wohl fühlte, so war in seinem pockennarbigen Gesicht doch nichts davon zu entdecken.

»Es gibt ein Gesetz in diesem Lande, das sehr hart gegen Fremde ist«, sagte er. »Nach diesem Gesetz kann man mich gefangennehmen, auf ein Schiff setzen und nach China zurückbringen. Ich war schon drei Monate in einem Gefängnis, wo keiner den andern sprechen kann. Und bedenke, Fing-Su, in China bin ich ein toter Mann. Der Tuchun von Lanchow hat einen Eid geschworen, meinen Kopf in einem Korb über dem Stadttor aufzuhängen.«

Fing-Su rauchte mit großem Genuß und sandte dicke blaue Ringe zu der dunkelroten Decke.

»Lanchow ist nicht ganz China«, sagte er. »Auch wird sich in nächster Zeit vieles ändern. Und wer weiß, ob du nicht selbst eines Tages Tuchun sein wirst? Meine Freunde werden reich belohnt werden. Du wirst Geld bekommen, aber nicht Messing-Cash, Kupfermünzen oder mexikanische Dollars, sondern Gold. Ich weiß einen Ort, wo eine Statue aus purem Golde steht...«

Er sprach von Urga, dem mongolischen Mekka, wo Reliquienschreine und eine große goldene Buddhafigur aus purem Golde stehen, und wo in den Kellern des »Lebenden Buddha« ein Schatz aufbewahrt wird, der so groß ist, daß man ihn nicht in einer Geldsumme ausdrücken kann.

Li Fu hörte zu, ohne daß man merkte, daß die Worte Fing-Sus Eindruck auf ihn gemacht hätten. Der Entschluß wurde ihm schwer. Auf der einen Seite drohten die dunklen Tore des Pentonville-Gefängnisses, auf der anderen Seite lockte die reiche Belohnung, die ihm soeben angeboten worden war. Er war kein armer Mann, wie die Chinesen in London es gewöhnlich sind, aber sein Landsmann hatte ihm ein großes Vermögen in Aussicht gestellt, das er sofort erwerben konnte.

»Du hast den Vorteil, daß du eine weiße Frau hast«, fuhr Fing-Su in seiner dünnen Stimme fort. »Unter diesen Umständen würde es für dich doch eine einfache Sache sein. Niemand würde es herausbringe«.«

Li Fu blickte auf.

»Warum gibst du mir diesen Auftrag? Ich bin keiner von deiner Sippe. Du hast doch Hunderte von Leuten, die dir wie Sklaven gehorchen.«

Fing-Su klopfte die Asche seiner Pfeife ab. Durch eine Handbewegung gab er zu erkennen, daß er sie nicht wieder gefüllt haben wollte. Dann lehnte er sich in seine seidenen Kissen zurück.

»Der Weise hat gesagt:›Man muß dem Sklaven Befehle erteilen, und des Herrn Wille wird ausgeführt werden‹,« zitierte er. »Ich kann nicht hinter jedem meiner Leute stehen und sagen: ›Tue dies‹. Wenn ich sagen würde ›Li Fu hat mich beleidigt, laßt ihn sterben‹, dann würdest du sterben, weil es leicht ist, jemanden das Leben zu nehmen. Aber diesmal muß derjenige, der meine Befehle ausführen soll, klug und schlau sein, sonst verliere ich mein Gesicht.«

Li Fu überlegte sich die Sache, er drehte seine Daumen gleichmäßig umeinander. Sein flinker Geist war beschäftigt. Hier bot sich ihm ein Verdienst, der viel einträglicher war als sein Kokainschmuggel. Aus diesem Wege konnte er schneller zu Vermögen kommen als durch das Zusammenraffen von Kupfermünzen bei einem verbotenen Glücksspiel. Seine Frau, die nicht ganz weiß war, aber weiß genug, um die Rolle zu spielen, die Fing-Su ihr zudachte, hatte in der Tat schon die Räume gemietet, die ein schlimmeres Geschäft maskieren sollten als einen Putzladen.

Fing-Su wußte, daß Li Fu ein solches Ausstellungszimmer in Fitzroy Square einrichten wollte. Er kannte auch Li Fus Verbindungen, denn die Geheimnisse und das unterirdische Treiben der Chinesenkolonie wurden ihm durch den Klatsch zugetragen.

»Du wirst zuerst zahlen«, sagte Li Fu. Dann folgte wie stets ein höfliches Feilschen, denn zwei Chinesen schließen niemals ein Geschäft zu dem erstgenannten Preise ab.

Schließlich wurde Li Fu entlassen.

Der Mann, der nun aus dem kleinen Vorzimmer hereinkam, war gewöhnt, daß ihn sein Chef warten ließ. Aber die vorherige Unterredung hatte denn doch länger gedauert, als er erwartete. Major Spedwell war deshalb ermüdet und nicht in bester Stimmung.

»Nun wohl, haben Sie die Sache arrangiert?« fragte er kurz.

Fing-Su betrachtete ihn durch seine halbgeschlossenen Augenlider.

»Ja, es war unvermeidlich!« sagte er.

»Ich glaube nicht, daß Sie die junge Dame ohne großes Aufsehen in Ihre Gewalt bekommen. Wirklich nicht.« Spedwell ließ sich in einen Sessel sinken und zündete sich eine Zigarre an. »Sie spielen hier mit dem Feuer, und ich bin nicht sicher, daß wir nicht in den nächsten Stunden einen großen Skandal erleben werden«, sagte er. »Lynne war in Scotland Yard –«

»Scotland Yard –« murmelte der andere mit einem spöttischen Lächeln.

»Da gibt es nichts zu grinsen«, sagte Spedwell rasch. »Diese Hunde schnappen schnell zu, wenn sie erst einmal auf die Spur gesetzt sind! Und ich bin schon die ganzen Tage beobachtet worden.«

Fing-Su richtete sich plötzlich aus.

»Sie?«

Spedwell nickte.

»Ich dachte, daß Sie Interesse an dieser Mitteilung hätten. Und ich will Ihnen noch mehr erzählen. Miß Bray wird ebenso sicher bewacht. Leggat hat viel mehr geschadet, als wir wissen – was werden Sie mit ihm anfangen?« fragte er plötzlich.

Fing-Su zuckte seine seidenen Schultern.

»Lassen Sie ihn laufen«, sagte er gleichgültig.

Spedwell kaute an seiner Zigarre und blickte auf die weiß gestrichenen Fensterrahmen.

»Scotland Yard ist alarmiert und bereits in Tätigkeit«, sagte er mit Nachdruck. »Glauben Sie nicht, wenn wir Lynne gefangensetzen, daß er nachher alles ausplaudert?–«

»Das ist schon möglich.« Ungeduld und Ermüdung konnte man aus Fing-Sus Stimme heraushören. »Trotzdem habe ich bestimmt, daß man so mit ihm verfahren soll, wie Sie es ja wissen. Dieses Land hemmt mich in jeder Weise!« Er erhob sich und begann in dem Räume auf und ab zu gehen. »So viele Dinge würden in China viel einfacher sein! Lynne – – wo würde er sein? Man würde eines Tages einen kopflosen Körper in einer verlassenen Gegend finden – oder in eine Soldatenuniform gesteckt, würde er in irgendeinem Festungsgraben modern. – Diese Frau interessiert mich.«

Er stand still und nagte an seiner dünnen Lippe.

»Miß Bray?«

»Ja ... Sie ist, wie ich vermute, hübsch, ja, sehr hübsch.« Er nickte. »Ich würde sie gern einmal in der Kleidung unserer Frauen sehen. Das würde schrecklich für Lynne sein, wenn er wüßte, daß sie irgendwo in China – in einem unzugänglichen Platze sich aufhielte – meine Armeen zwischen ihm und ihr –«

Spedwell erhob sich langsam. Ein häßlicher Blick war in seinem Gesicht.

»Diesen hübschen, netten Traum, den Sie sich da ausgedacht haben, können Sie ein für allemal aus Ihrem Gedächtnis streichen«, sagte er kühl. »Der jungen Dame darf nichts geschehen – nichts Derartiges!«

Fing-Su lächelte.

»Mein lieber Spedwell, wie amüsant! Was für einen sonderbar übertriebenen Wert legt ihr Engländer euren Frauen bei, daß ihr deshalb große Vermögen aufs Spiel setzt – aber ich machte ja nur Scherz. Sie gilt mir nichts. Ich würde lieber alle Frauen der Welt im Stich lassen, als Ihre Hilfe und Freundschaft verlieren.«

Aber Spedwells Argwohn war nicht so leicht zerstreut. Er wußte genau, wann und warum seine Dienste überflüssig werden würden, denn der Augenblick war nahe, wo sich Fing-Su durch einen rücksichtslosen Schritt von all diesen hindernden Einflüssen, die ihn umklammerten und nicht vorwärtskommen ließen, befreien wollte. Und er wußte genau, daß alles dazu vorbereitet war.

»Wie entwickeln sich die Dinge in China?« fragte er, um abzulenken.

»Die Stunde der Entscheidung ist nahe«, sagte der Chinese mit leiser Stimme. »Die Befehlshaber der beiden Armeen haben sich verständigt. Wei-pa-fu will von Harbin abmarschieren, und Chi-sa-lo hat seine Kräfte in unmittelbarer Nähe von Peking konzentriert. Jetzt ist es nur noch eine Geldfrage. Die Geschütze sind gelandet worden, aber ich hätte sie nicht zu senden brauchen. Munition und Ausrüstung ist alles, was Wei-pa-fu notwendig hat. Wenn ich erst einmal die Verfügung über die Reservefonds der Yünnan-Gesellschaft habe, kann ich alles sehr leicht arrangieren. Aber natürlich wollen die Generäle ihre Belohnung haben – vier Millionen würden mich zum Kaiser von China machen.«

Spedwell drehte gedankenvoll an seinem kleinen Schnurrbart.

»Und wieviel würde es kosten, daß Sie Kaiser blieben?«

Aber Fing-Su ließ sich durch diese Frage nicht beirren.

»Wenn ich erst einmal zur Macht gekommen bin, würde es schwierig sein, mich beiseite zu stoßen«, sagte er. »Wenn ich den europäischen Mächten Konzessionen garantiere, läuft ihr Interesse mit dem meinigen parallel.«

Spedwell hörte mit Verwunderung, mit welch ruhigem Vertrauen dieser Kaufmannssohn einen Thron mit Gold bezahlen wollte, den die Mings und Mandschus nur durch ihre persönliche Tüchtigkeit erworben hatten. Und während Fing-Su immer weiter sprach, wurde draußen die Welt immer lichter, und die finsteren Umrißlinien des Towers, in dem soviel aufstrebender Ehrgeiz hatte sterben müssen, verloren ihre Schrecken in der sich ausbreitenden Helligkeit des Tages.

28

Mr. Stephen North war durch die Umstände gezwungen worden, die ganze Nacht in der Stadt zuzubringen, und in diesem einen Falle schwang sich seine Tochter zu einer Selbstlosigkeit auf.

»Es hat gar keinen Zweck, Vater zu beunruhigen«, sagte sie zu ihrer nervösen Schwester. »Außerdem hat Mr. Joseph gesagt, daß gegen mich nichts Böses beabsichtigt war – diese Kerle haben mich mit Joan verwechselt.«

»Joseph – ist er ein Jude?« fragte Letty. Die Neugierde überwand im Augenblick ihre Bestürzung.

»Er steht nicht so aus«, war die vorsichtige Antwort.

Clifford sah seine Braut weder an diesem ereignisreichen Abend noch am folgenden Morgen. Er wußte nur zu gut, daß Mabel mit ihrer entfernten Cousine verwechselt worden war. Eine immer größere Sorge bemächtigte sich seiner. Nach seiner Ankunft in der Stadt galt sein erster Besuch Scotland Yard. Hier erhielt er die befriedigende Nachricht, daß eine Anzahl von Beamten entsandt war, um Sunni Lodge zu bewachen.

»Sie brauchen nun aber auch jemand, der sich um Sie bekümmert«, sagte der Offizier lächelnd, als Clifford Lynne ihm von dem Ammoniakattentat erzählte. »Beiläufig bemerkt – diese Ammoniakspritze im Hut ist ein alter Trick!«

Clifford nickte.

»Ich bin mit mir selbst nicht sehr zufrieden, daß ich mich so übertölpeln ließ«, sagte er.

»Was nun Miß Bray angeht, so habe ich bereits einen Mann nach Sunningdale geschickt mit dem Auftrag, ihr auf Schritt und Tritt zu folgen«, bemerkte der Inspektor. »Gerade im Augenblick hat er die telephonische Meldung durchgegeben, daß das Auto von Mr. Narth nicht in Ordnung ist, so daß es ihm nicht allzu schwer sein wird, sie stets im Auge zu behalten.«

»Gott sei Dank«, sagte Clifford erleichtert.

Dann ging er zu seiner Wohnung zurück, um alle Einzelheiten für die Streife vorzubereiten, die er in der nächsten Nacht unternehmen wollte.

Um fünf Uhr nachmittags telephonierte er nach Slaters Cottage. Joe antwortete.

»Ich hatte gerade eine Unterredung mit Joan«, sagte Joe. »Denke dir, das Mädchen hat einen hellen Verstand! Ich fragte sie, für wie alt sie mich hielte, und was glaubst du, was sie gesagt hat –«

»Das will ich nicht wissen!« sagte Clifford. »Es wäre mir unerträglich, zu denken, daß sie aus Höflichkeit die Unwahrheit gesagt hätte. Nun höre aber zu: du mußt um elf Uhr hier bei mir sein. Ungefähr um neun Uhr kommen zwei oder drei Herren, sie sind Detektive von Scotland Yard und haben die Aufgabe, Sunni Lodge zu beobachten. Sobald sie angekommen sind, fährst du ab – hast du mich verstanden?«

»Also sie sagte mir,« fuhr Joe unbeirrt fort, und man hörte deutlich, wie seine Stimme vor Rührung zitterte, »Mabel scheint Sie gerne zu haben. Das waren genau ihre Worte: sie scheint Sie gerne zu haben.«

»Dabei wird sie keine Rivalin finden«, sagte Clifford rauh und unhöflich. »Hast du nun gehört, was ich dir gesagt habe, du verrücktes altes Huhn?«

»Ich habe es wohl gehört«, sagte Joe ganz ruhig. »Nun hör' mal zu, Cliff, sie sagte – ich meine Joan – ›ich habe noch niemals gesehen, daß Mabel sich so für jemand interessiert hat‹ –«

»Also um elf Uhr«, sagte Clifford hartnäckig.

»Zu jeder Zeit – sagte Joan –«

»Und rufe Joan nicht wieder an. Einer von den Dienstboten oder Narth oder, was das Schlimmste wäre, eine der beiden Töchter könnte entdecken, wer du bist«, sagte Clifford. »Das würde dann bedeuten, daß du Mabel nicht wieder zu sehen bekommst!«

»Ich kann sie ja gar nicht mehr anrufen: sie ist zur Stadt gegangen. Und höre zu, Clifford, sie sagte –«

»Zur Stadt gegangen?« Von dieser Nachricht war er sehr betroffen, aber bevor er eine Frage an Joe stellen konnte, fuhr dieser fort:

»Sie ist in die Stadt gegangen, um sich Kleider zu kaufen. Dieser Narth kann doch nicht so schlecht sein, Cliff. Er sagte ihr, sie brauche sich dabei nicht einzuschränken. Er ist kein so schlechter Bursche, der alte Stephen!«

Clifford hing den Hörer gedankenvoll an. Freigebigkeit und Stephen Narth waren zwei so verschiedene Dinge, daß sein Argwohn in hohem Grade geweckt wurde.

*

Als Joan Bray in das Privatbureau ihres Verwandten eintrat, war sie neugierig, unter welchen Bedingungen Stephen Narth so großzügig sein würde. Natürlich hatte sie den Wunsch, eine Ausstattung in die Ehe mitzubringen. Selbst das Bettelmädchen kam ja nicht mit leeren Händen zu Cophetua, sondern hatte ihre Tage dazu benützt, um sich ein paar einfache Kleidungsstücke zu erarbeiten, die sie gegen ihre Lumpen austauschte. Und Joan fehlte es ganz besonders an Kleidern. Mr. Narth war gerade nicht freigebig, und so hatte sie in den letzten drei Jahren zwei Abendkleider bekommen.

Mr. Stephen Narth saß an seinem Pult und stützte den Kopf in die Hände. Er fuhr auf und starrte sie an, als sie den Raum betrat. In dieser Woche war eine außerordentliche Wandlung mit ihm vorgegangen. Er sah verstört aus, war nervös und schrak bei dem geringsten Laut zusammen. Er war selbst in seiner besten Zeit leicht gereizt, aber als jetzt das Geräusch der Türklinke ihre Ankunft anzeigte, schien es Joan, als hätte er Mühe, einen Angstschrei zu unterdrücken.

»Ach du bist es, Joan«, sagte er atemlos. »Nimm bitte Platz.« Er versuchte zweimal, ein Fach seines Pultes aufzuziehen – seine Hände zitterten aber so, daß er das Schlüsselloch nicht finden konnte. Endlich gelang es ihm, und er brachte einen schwarzen Geldkasten zum Vorschein.

»Wir müssen alles in der richtigen Weise ordnen, Joan.« Seine Stimme klang schrill. Sie sah, daß er an der Grenze seiner Kraft war. »Wenn du dich verheiratest, muß es in einer Weise geschehen, wie der alte Joe es gern haben würde. Du hast doch den Mädchen nicht gesagt, weshalb du in die Stadt gefahren bist?«

Sie schüttelte den Kopf.

»Das ist recht so. Sonst wären sie mitgekommen und wollten auch Kleider kaufen. Und das kann ich jetzt im Moment nicht bezahlen.«

Er zog ein Paket Banknoten aus dem Kasten und legte sie vor sie hin, ohne sie zu zählen.«

»Kaufe dir alles, was du nötig hast, meine Liebe, aber nur das Beste. Ich möchte dich nur um eins bitten.« Er sah krampfhaft zum Fenster hinaus und konnte ihr nicht in die Augen blicken. »Du weißt, Joan, ich habe mich in verschiedene sonderbare Spekulationen eingelassen. Ich finanziere dieses und jenes und habe meine Hände in mehr Dingen, als die Leute ahnen.« Er fuhr nervös mit der Hand über sein Gesicht. Sein Blick war noch immer zum Fenster gerichtet, und sie war gespannt, was jetzt kommen würde. »Ich habe eine ziemlich große Summe in einem Modesalon angelegt – bei Madame Ferroni, 704 Fitzroy Square.« Seine Stimme wurde plötzlich heiser. »Es ist gerade kein vornehmer Platz, mehrere Räume im dritten Stock. Aber es wäre mir sehr angenehm, wenn du einige deiner Kleider von Madame Ferroni kaufen würdest.«

»Gerne, Mr. Narth«, sagte sie verwundert und belustigt.

»Am besten wäre es, wenn du zuerst dahin gingest«, sagte er, indem er noch immer an ihr vorbeischaute. »Wenn sie nicht das hat, was du haben willst, brauchst du nicht bei ihr zu kaufen. Ich habe es ihr halb versprochen, daß ich dich zu ihr schicke, und es würde auch für mich gut sein, obgleich das Geschäft flott geht.«

Er schrieb die Adresse auf eine Karte und reichte sie ihr über den Tisch.

»Denke nicht, weil der Platz einfach aussieht, daß sie nicht die Kleider hat, die du brauchst«, fuhr er fort. »Und noch eins, Joan – ich habe meine Eigenheiten in kleinen Dingen – ich möchte dir noch sagen, laß die Wagen nicht warten. Sie kosten eine Menge Geld, und in den Modesalons wirst du lange aufgehalten. Zahle den Chauffeur jedesmal, wenn du in ein Geschäft gehst, Joan. Du kannst immer leicht einen anderen Wagen bekommen. – Nein, zähle das Geld nicht, das macht nichts. Wenn du mehr brauchst, mußt du mich darum fragen. Ich will dir gerne mehr geben. Also auf Wiedersehen!«

Sein Gesicht war totenbleich, in seinen Augen sah sie einen Ausdruck von Furcht, so daß sie beinahe erschrak. Sie nahm seine kalte, feuchte Hand und drückte sie. Aber er lehnte den Dank schroff ab.

»Gehe zuerst zu Madame Ferroni. Ich versprach ihr, daß du kommst.«

Die Tür schloß sich hinter ihr. Er wartete, bis sie das Haus verlassen hatte, dann ging er zur Tür und schloß sie ab. Kaum war er zu seinem Sitz zurückgekehrt, da öffnete sich die zweite Tür, die in den Sitzungssaal führte, langsam, und Fing-Su trat ein. Stephen Narth drehte sich um und sah ihn haßerfüllt an.

»Ich habe es getan!« stieß er hervor. »Wenn aber dem Mädchen irgend etwas passiert, Fing-Su –«

Der Chinese lächelte und tat, als ob er etwas von seinem gutsitzenden Anzug abwischte.

»Es wird ihr nichts geschehen, mein Lieber«, sagte er in seiner sanften, begütigenden Art. »Es ist nur ein Schachzug in dem großen Spiel. Vom taktischen Gesichtspunkt aus mußte das geschehen, damit der ganze strategische Plan zu dem beabsichtigten Erfolg führt.«

North machte sich am Telephon zu tun.

»Ich hätte fast Lust, sie anzuhalten«, sagte er heiser. »Ich könnte Lynne anrufen, und er würde vor ihr dort sein –«

Fing-Su lächelte wieder, aber er ließ das Telephon und die nervösen Hände, die mit dem Hörer spielten, nicht außer acht.

»Das dürfte eine Katastrophe für Sie werden, Mr. Narth«, sagte er. »Sie schulden uns fünfzigtausend Pfund, die Sie uns nie zurückzahlen können –«

»Nie zurückzahlen können?« brummte der andere. »Sie scheinen zu vergessen, daß ich der Erbe von Joe Bray bin!«

Der Chinese zeigte seine weißen Zähne, als er vergnügt grinste.

»Eine Erbschaft hat erst Wert, wenn der Erblasser gestorben ist«, sagte er.

»Aber Joe Bray ist tot!« keuchte Narth.

»Joe Bray«, sagte Fing-Su kalt, als er eine Zigarette auf einer goldenen Dose ausklopfte, die er aus seiner Westentasche gezogen hatte, »ist sehr lebendig. Gestern abend habe ich mit meinen eigenen Ohren seine Stimme gehört!«

29

Joan dachte noch kurz über den Wechsel in Narths Aussehen und Benehmen nach. Bald aber hatte sie ihren Argwohn vergessen. Die Besorgungen, die sie vorhatte, würden jeder Frau Freude gemacht haben und waren ihr unter den gegebenen Verhältnissen besonders angenehm. Sie zählte das Geld, als sie im Auto saß: es waren dreihundertzwanzig Pfund – eine ungeheure Summe für sie, die nie mehr als zehn Pfund auf einmal in ihrem Leben besessen hatte.

Madame Ferronis Adresse hatte sie dem Chauffeur gegeben, und in den nächsten zehn Minuten beobachtete sie mit Interesse, mit welcher Gewandtheit er seinen Weg durch den dichtesten Verkehr nahm, wie er sich an jeder belebten Straßenkreuzung durch die Masse der Wagen hindurcharbeitete, bis er auf der Easton Road freie Bahn erreichte.

Fitzroy Square hat seinen besonderen Charakter. Da er in der Nähe der westlichen Handelszentren lag, war er dem traurigen Los entgangen, dem so mancher unbekannte Londoner Häuserblock verfallen war. Die schönen alten Häuser aus der Zeit der Queen Anne hatten sich fast überall in häßliche Mietswohnungen verwandelt. Die Gebäude am Fitzroy Square dagegen dienten anderen Zwecken, da lagen ein bekanntes, großes Restaurant, ein oder zwei Tanzklubs und zahlreiche Bureaus.

Die Türfüllung des Hauses Nr. 704 war ganz mit Messingschildern bedeckt, die die verschiedensten Gewerbe und Handelsfirmen anzeigten, die in diesem Hause betrieben wurden. Ganz oben waren die Worte aufgemalt: Madame Ferroni, Modistin, 3. Stock, Rückseite. Joan konnte sehen, daß die Farbe noch feucht war.

Den Chauffeur hatte sie entlassen, um Mr. Narths Wunsch zu erfüllen. Als sie die Treppe hinaufstieg, kam sie schließlich etwas außer Atem zu einer Tür, auf der ebenfalls der Name der Modistin angebracht war. Aber sie war in gehobener Stimmung, wie es die erfreuliche Art ihres Besuches mit sich brachte. Auch die Farbe der zweiten Aufschrift war noch frisch. Sie klopfte und wurde sofort eingelassen. Die Frau, die ihr die Tür öffnete, hatte ein dunkles Gesicht und ein ziemlich abstoßendes Äußere. Sie trug ein schwarzes

Kleid, das ihre gelbe Gesichtsfarbe nur noch mehr betonte, die von dem gewöhnlichen dunklen Teint der Europäer sehr verschieden war. Schwache blaue Schalten lagen unter ihren Augen, ihre Lippen waren dick und ihre Nase ein wenig breitgedrückt. Fraglos war sie eine Halbe. Die geschlitzten Augen, der gelbliche Ton ihrer Haut hätten sie jedem Ethnologen als Halbchinesin gekennzeichnet – aber Joan war keine Ethnologin.

Es hätte sie nichts beunruhigt, wenn nicht der Raum, in den sie eintrat, vollständig leer gewesen und wenn die Türe nicht sofort hinter ihr abgeschlossen worden wäre. Auch die innere dicke Portiere zog die Frau gleich zu.

Joan sah sich in dem Raum um, in dem außer einem großen Kleiderschrank nur noch ein Sessel und ein gedeckter Teetisch stand. Der Teekessel dampfte. Kleider waren nicht zu sehen, vielleicht hingen sie in dem großen Schrank, der an der Wand befestigt war.

»Erschrecken Sie bitte nicht, Miß Bray«, sagte die gelbe Frau und gab sich Mühe, liebenswürdig zu erscheinen. Das machte ihr glattes Gesicht nur noch unangenehmer. »Meine Kleider sind nicht hier. Ich empfange hier nur meine Kunden.«

»Warum haben Sie denn die Tür zugeschlossen?« fragte das Mädchen. Obwohl sie ihren ganzen Mut zusammennahm, fühlte sie doch, wie das Blut aus ihren Wangen wich.

Madame Ferroni verbeugte sich zweimal in dem ängstlichen Bemühen, das Vertrauen ihres Besuches nicht zu erschüttern.

»Ich liebe keine Störung, wenn ich eine wichtige Kundin hier habe, Miß Bray«, sagte sie. »Sie sehen, daß Ihr Onkel, Mr. Narth, all sein Geld in dieses Geschäft gesteckt hat, und ich möchte ihn zufriedenstellen. Es ist ja natürlich! Ich habe die Kleider in meinem Geschäft in der Savoy Street, und wir werden nachher gleich dahin gehen. Sie können sich dort alles aussuchen, was Sie wünschen. Wer erst möchte ich gern ein wenig mit Ihnen sprechen, um Ihre Wünsche zu erfahren.«

Es schien, als hätte sie die Sätze, die sie sprach, auswendig gelernt.

»Sie müssen eine Tasse Tee mit mir trinken«, fuhr sie fort. »Es ist eine Gewohnheit, die mir lieb geworden ist, seitdem ich in diesem Lande lebe.«

Joan kümmerte sich wenig um Gewohnheiten. Sie konnte sich nicht darüber beruhigen, daß die Tür abgeschlossen war und auch dauernd abgeschlossen blieb.

»Madame Ferroni, ich bedaure, jetzt nicht bleiben zu können. Ich werde später wiederkommen.«

Joan zog den grünen Vorhang auf, aber sie konnte nicht öffnen, denn der Schlüssel der äußeren Tür war abgezogen.

»Sicher, wenn Sie es so wünschen.« Madame Ferroni zuckte die Achseln. »Aber Sie müssen wissen, daß ich Gefahr laufe, meine Stelle zu verlieren, wenn ich Sie nicht bedienen kann.«

Mit der Geschicklichkeit einer Chinesin bereitete sie den Tee und goß dann die starke, goldgelbe Flüssigkeit in die Tasse ein, gab sehr viel Milch dazu und überreichte sie Joan. Sie brauchte eine Erfrischung, hätte aber lieber ein Glas Wasser genommen, denn ihr Mund war trocken, und das Sprechen fiel ihr schwer.

Joan beherrschte der Gedanke, daß sie der Frau nicht merken lassen dürfe, daß sie sich fürchtete, und daß sie argwöhnisch geworden war durch die ungewöhnliche Art, wie sie ihre Kunden empfing. Sie rührte den Tee um und trank ihn gierig, als die Frau den Schlüssel vom Tisch nahm, zur Türe ging, ihn in das Schlüsselloch steckte und umdrehte. Sie drehte ihn zweimal herum, einmal schloß sie auf und ein zweites Mal wieder zu. Aber das bemerkte Joan nicht.

»Jetzt werde ich meinen Hut aufsetzen, und wir gehen«, sagte Madame Ferroni. Bei diesen Worten nahm sie einen großen, schwarzen Hut von dem Haken an der Wand. »Fitzroy Square gefällt mir nicht, es ist hier so langweilig. Als ich Mr. Narth sagte, daß die Kundinnen nicht gern drei Treppen hoch steigen, um hübsche Kleider anzuprobieren ...«

Die Tasse fiel aus Joans Hand und brach in Scherben. Mit der Behendigkeit eines Tigers sprang Madame Ferroni quer durch das

Zimmer, fing das bewußtlose Mädchen auf, als es schwankte, und legte es dann sanft auf den Boden.

Kaum hatte sie das getan, als ein lautes Pochen an der äußeren Tür erscholl. Madame Ferronis Gesicht verfärbte sich.

»Ist jemand hier drinnen?«

Die Stimme klang befehlend, und die Frau zitterte. Ihre Hand faßte den Schlüssel.

Es wurde wieder geklopft.

»Öffnen Sie die Tür, ich kann den Schlüssel innen sehen!« sagte die Stimme.

Madame Ferroni eilte schnell zu dem Kleiderschrank an der Wand und hob den losen Boden heraus. Zwischen dem Flur und dem Schrankboden war ein Zwischenraum von mehr als einer Spanne. Sie nahm Joan auf, legte sie in den staubigen Hohlraum, deckte das Brett über sie, machte die Schranktür zu und schloß sie ab. Dann ergriff sie schnell die Scherben der Teetasse und den Teller, öffnete das Fenster und warf sie auf den kleinen Hinterhof. Sie schaute sich noch rasch im Zimmer um, ob alles in Ordnung sei, ging dann zur Türe, drehte den Schlüssel um und öffnete.

Ein Mann stand auf dem Podest. Madame Ferroni kannte die Polizei aus der Praxis. Sie wußte sofort, daß dies ein Mann von Scotland Yard war. Sie war mit einem Chinesen verheiratet, der einmal von solch einem Menschen verhaftet wurde. Sie erkannte ihn halb und halb wieder, als er mit ihr sprach, aber sie konnte sich nicht aus seinen Namen besinnen.

»Hallo,« fragte er, »wo ist Miß Bray?«

»Miß –« Madame Ferroni zog die Stirne kraus, als ob sie den Namen nicht richtig gehört hätte.

»Miß Bray. Sie kam vor fünf Minuten hierher.«

Madame Ferroni lächelte und schüttelte den Kopf.

»Sie irren sich,« sagte sie, »außer mir ist niemand hier.«

Der Detektiv ging in das Zimmer und sah sich um. Er betrachtete den Tisch und die einsam dastehende Teetasse.

»Was ist in dem Schrank?«

»Nichts. Wollen Sie einen Blick hineinwerfen?« fragte Madame Ferroni und fügte noch hinzu: »Darf ich wissen, wer Sie sind?«

»Ich bin Detektiv Sergeant Long von Scotland Yard«, sagte der andere. »Sie wissen ganz genau, wer ich bin. Vor zwei Jahren habe ich bei Ihnen Haussuchung gehalten und den Chinesen, der mit Ihnen verheiratet ist, ein wenig in Verlegenheit gebracht, weil er mit verbotenen Rauschgiften hausierte. Öffnen Sie den Schrank!«

Madame Ferroni zuckte die Achseln und machte die Schranktür weit auf. Das Bodenbrett lag wieder an seiner alten Stelle. Dem Detektiv kam nicht einen Augenblick lang der Gedanke, einmal nachzusehen, was zwischen dem Schrankboden und dem Zimmerflur sein könnte.

»War sie hier und ist später weggegangen?« fragte er. »Wollten Sie das eben sagen?«

»Ich weiß nicht, von wem Sie sprechen.«

Er zog eine kleine Karte aus seiner Tasche, auf die Mr. Narth die Adresse der Madame Ferroni geschrieben hatte. Er hatte das Auto nach Fitzroy Square verfolgt, den Chauffeur angehalten und sich die Karte von ihm geben lassen.

»Sie nennen sich jetzt Madame Ferroni?«

Sie nickte. Plötzlich kam ihr ein guter Gedanke.

»Hier wohnt noch eine andere Madame Ferroni im obersten Geschoß«, sagte sie. »Es ist sehr unangenehm, wenn zwei Leute gleichen Namens im selben Hause wohnen. Deswegen will ich auch wieder fortziehen.«

Der Detektiv sah sie scharf an und zögerte.

»Ich will das obere Stockwerk untersuchen«, sagte er. »Sie warten hier, und wenn ich oben nichts finde, dann werden Sie ein wenig mit mir gehen.«

Sie schloß die Türe hinter ihm. Ein kleiner Telephonapparat war in der Ecke des Raumes angebracht. Sie hob den Hörer ab, drückte auf den Knopf und begann in einem leisen, eindringlichen Ton zu sprechen.

In der Zwischenzeit hatte der Detektiv das obere Ende der Treppe erreicht. Er sah eine Tür, die gerade vor ihm lag. Er trat näher und klopfte.

Innen rief eine schrille Männerstimme: »Herein!«

Ohne Verdacht zu schöpfen, stieß er die Tür auf und ging in den Raum.

Der dicke Filzhut, den er trug, rettete ihm das Leben. Denn der schwere Knüppel, der auf seinen Kopf niedersauste, hätte ihn sonst getötet. Er taumelte unter dem Schlag. Jemand schlug ihm dann noch mit einer Flasche gegen die Schläfe, und er fiel auf den Boden wie ein Stück Holz.

30

Als Joan Bray wieder zu sich kam, fühlte sie ein schmerzhaftes Hämmern in ihrem Kopf. Bei jedem Schlag zuckte sie zusammen. Es dauerte lange, bevor es ihr klar wurde, daß sie allein war.

In der einen Ecke des Raumes befand sich ein irdener Abguß. An den Wänden gab es keine Fenster, nur in der Decke war eine verglaste Öffnung, durch die das trübe Licht eines unfreundlichen Regentages hereinfiel. Ihre Blicke schweiften umher und fielen auf den Abguß. Lange schaute sie auf den schmutzigen Messinghahn, von dem beständig das Wasser herabtropfte.

Sie stand auf, schwankte, und da sie sich nur schwer im Gleichgewicht halten konnte, stützte sie sich gegen die Wand. Mit größter Anstrengung ging sie vorwärts, bei jedem Schritt schmerzte ihr Kopf. Endlich erreichte sie den Wasserhahn, drehte ihn auf, fing das Wasser mit ihren Händen auf und löschte ihren brennenden Durst. Dann tat sie etwas, wozu die meisten Frauen sich wahrscheinlich schwer entschlossen hätten: sie hielt ihren Kopf unter den kalten Wasserstrahl und war froh, daß sie der Mode gefolgt war und die Haare kurz trug. Sie richtete sich auf, nachdem sie das Wasser aus ihrem Haar gepreßt hatte. Ihre Kopfschmerzen hatten sich gebessert. Joan sah sich nach einem Handtuch um und fand ein ganz neues, sauberes, das über einer Rollvorrichtung befestigt war. Sie hatte die dunkle Vorstellung, daß es besonders zu ihrem Gebrauch hingehängt war. Als sie sich oberflächlich abgetrocknet hatte, wurde sie in ihren Gedanken allmählich klarer. Jetzt war sie davon überzeugt, daß dieser Raum für sie hergerichtet worden war. Neben dem alten Feldbett, auf dem sie vorhin gelegen hatte, stand ein Stuhl, und auf diesen hatte man ein gedecktes Tablett mit Kaffee und Brötchen gesetzt.

Wieviel Uhr mochte es sein? Sie sah nach ihrer Armbanduhr: es war halb fünf. Als sie den verhängnisvollen Gang zu Madame Ferroni machte, war es drei gewesen. Eine und eine halbe Stunde waren also seitdem vergangen – und wohin hatte man sie in dieser Zeit gebracht?

Sie setzte sich auf die Bettkante und versuchte, ihre Gedanken zu ordnen und einen Überblick über ihre Lage zu gewinnen. Unter dem Bett schaute ein Stück schmutzige, grüne Sackleinwand hervor. Sie konnte drei Buchstaben lesen: »Maj«. Entschlossen zog sie den Sack hervor und las die verblaßte Inschrift: »Major Spedwell, S. & M. Puna.« Wer war Major Spedwell? Sie überlegte. Sie hatte ihn irgendwo getroffen... natürlich, er war der dritte Mann bei jenem Essen im Bureau von Mr. Narth, das Clifford Lynne so plötzlich unterbrochen hatte. War sie noch in Fitzroy Square? Und wenn sie nicht mehr da war, wo befand sie sich jetzt, und wie war sie hierhergekommen?... Das Deckenfenster war aus mattem Glas, aber sie konnte sehen, wie der Regen in kleinen Bächen daran niederfloß und konnte das Rauschen des Windes hören.

Sie machte sich keine Illusionen darüber, in wessen Gewalt sie gefallen war. Unwillkürlich brachte sie das dunkle Gesicht der Madame Ferroni mit den geschlitzten Augen und dem entsetzten Gesichtsausdruck des gelben Mannes in Verbindung, den sie in dem grellen Licht der aufblitzenden Magnesiumflamme gesehen hatte. Sie wurde von Fing-Su bewacht! Ein stechender Schmerz durchzuckte sie bei diesem Gedanken. Und Stephen Narth hatte sie zu diesem schrecklichen Ort geschickt ... Diese Erkenntnis tat ihr weh, denn obgleich sie ihn nicht liebte, hatte sie ihn doch niemals einer solchen Gemeinheit für fähig gehalten.

Sie stand schnell auf, als die Tür sich öffnete. Sie erkannte sofort den Mann wieder, hinter dem sich die Tür schloß.

»Sie sind Major Spedwell?« sagte sie und erschrak selbst über ihre heisere Stimme.

Er war einen Augenblick verblüfft.

»Jawohl, ich bin Major Spedwell – Sie haben ein sehr gutes Gedächtnis.«

»Wo bin ich?« fragte sie.

»An einem sicheren Ort. Sie brauchen sich nicht zu beunruhigen. Es wird Ihnen nichts geschehen. Ich habe zwar viel auf dem Gewissen« – er zögerte einen Augenblick – »vom Betrug bis zum Totschlag – aber ich bin doch noch nicht so heruntergekommen, daß ich es zulassen würde, daß Fing-Su Ihnen etwas zuleide täte. Sie sind hier nur als Gast.«

»Warum?« fragte sie.

»Das ist eben Sache des Schicksals.« Sein Lächeln war gerade nicht humorvoll. »Sie wissen doch alles – Fing-Su braucht eine bestimmte Aktie von Clifford Lynne – ich vermute, daß er bereits mit Ihnen darüber gesprochen hat. Sie wissen auch, daß dieses Papier eine äußerst wichtige Sache für uns ist.«

»Und glauben Sie denn, daß Mr. Lynne es geben wird als Lösegeld für mich?«

»Das ist doch der Sinn der ganzen Sache«, sagte Spedwell mit einem verwunderten Blick auf ihr nasses Haar. »Wir machen es ein wenig wie die Banditen: wir halten Sie hier fest, um ein Lösegeld herauszuschlagen.«

Ihre Lippen kräuselten sich.

»Ihr Freund hat scheinbar eine hohe Meinung von der Ritterlichkeit Lynnes.«

»Oder von seiner Liebe!« antwortete Spedwell mit großer Ruhe. »Fing-Su ist der Meinung, daß Clifford Lynne Sie über alles liebt und die Aktie herausgeben wird, ohne viel Schwierigkeiten zu machen.«

»Dann kann ich mich nur mit dem Gedanken trösten, daß Fing-Su eine schwere Enttäuschung erleben wird«, sagte sie. »Mr. Lynne und ich lieben einander nicht, und was nun gar die Heirat angeht, so ist sie nicht mehr nötig, denn –«

Aber bevor sie die Rückkehr Joe Brays verriet, hielt sie erschreckt inne.

»Die Hochzeit ist nicht mehr nötig, weil dieser alte Joe lebt, was? Ich kenne die Zusammenhänge ganz genau«, antwortete er und lächelte dabei sarkastisch. Sein Gesichtsausdruck wechselte manchmal mit unglaublicher Schnelligkeit. »Wir sind über alles genau informiert und gerade deshalb sage ich, daß Clifford Lynne stark in Sie verliebt ist. Da gebe ich Fing-Su vollkommen recht!«

Es war nutzlos, dieses Thema noch weiter zu verfolgen. Sie stellte noch einmal die Frage, wo sie jetzt sei.

»In Peckham. Ich wüßte nicht, warum Sie es nicht wissen sollten. Wenn es Ihnen gelingen wird, von hier fortzukommen, wird Ihnen das jeder Polizist ohne weiteres sagen. Dies hier ist einer der Umkleideräume von den Mädchen, die im Kriege die Granaten füllten. Er ist gerade nicht sehr behaglich eingerichtet, aber wir konnten im Augenblick nichts Besseres für Sie finden. Glauben Sie mir, Miß Bray, Sie haben nichts zu fürchten. Ich allein habe den Schlüssel zu diesem Gebäude, und Sie sind genau so sicher, als ob Sie in Ihrem Zimmer in Sunni Lodge wären.«

»Sie werden mich doch nicht hier lassen, Major?« Sie nannte ihn absichtlich bei seinem Titel, und er war nicht unangenehm berührt durch die Erinnerung an seine ehrenvolle Vergangenheit. Trotzdem erriet er ihre Absicht.

»Ich hoffe, Sie sind vernünftig«, sagte er. »Wenn Sie an meine Ritterlichkeit und all dergleichen appellieren und mich daran erinnern, daß ich in den Diensten des Königs stand, so können Sie sich diese Mühe sparen. Ich habe ein sehr dickes Fell. Früher wurde ich wegen Betrugs aus der Armee gestoßen, und ich bin jetzt so weit gekommen, daß ich mich nicht einmal mehr vor mir selber schäme.«

»Das ist ein langer Weg, Major!« sagte sie ruhig.

»Ja, ein langer Weg –« gab er zu. »Das einzige, was ich Ihnen versprechen kann, ist, daß Ihnen kein Leid zugefügt wird – solange ich lebe«, fügte er hinzu, und trotz allem glaubte sie ihm.

Er schloß die Türe zu und verließ das Gebäude auf der Rückseite, wo sein Wagen wartete.

Fing-Su war in seinem Bureau in Tower Hill, als Spedwell ankam. Unruhig ging er auf und ab, die Ungewißheit quälte ihn. Er hatte noch keine Nachricht bekommen, daß es geglückt war, Miß Bray ohne Zwischenfall nach Peckham zu bringen. Es war doch ein etwas waghalsiges Unternehmen am hellichten Tage.

»Jawohl,« sagte Spedwell verdrießlich, »sie ist dort gut untergebracht.« Er nahm eine Zigarre aus der offenen Kiste auf dem Tisch, biß das Ende ab und steckte sie in Brand.

»Wie lange wollen Sie sie gefangen halten?«

Fing-Su spreizte seine lange, dünne Hand aus.

»Wie lange wird Clifford Lynne mich warten lassen?« fragte er. »Und dann« – fügte er hinzu, »was macht der Detektiv?«

»Nahezu tot«, war die lakonische Antwort. »Aber es ist möglich, daß er sich wieder erholt. Allein wegen dieser Sache hing es an einem seidenen Faden, daß man uns beide hängte, Fing-Su.«

Das Gesicht des Chinesen wurde aschgrau.

»Tot?« sagte er heiser. »Ich habe ihnen doch gesagt, daß –«

»Sie haben ihnen den Auftrag gegeben, daß sie ihn niederschlagen sollten. Und das haben sie so gründlich besorgt, daß er um ein Haar gestorben wäre«, sagte der andere in seiner kurzen, direkten Art. »Ein Detektiv-Sergeant ist gerade keine besondere Persönlichkeit, aber wenn man ihn totschlägt, so ist das ein kleines Versehen, das ganz Scotland Yard auf die Beine bringt. Sobald gemeldet wird, daß man ihn vermißt, geht die Hölle los. Dann werden sie sowohl mich wie Sie um Aufklärung bitten.

»Welche Aufgabe hatte denn der Detektiv?« fragte der andere.

»Er wollte Miß Bray bewachen – ich habe Sie ja schon vorher gewarnt. Das einzige, was uns jetzt noch übrigbleibt, ist, daß wir ihn auf das Schiff bringen. Unglücklicherweise können wir ihn jetzt nicht transportieren, vielleicht ist es aber später möglich. Sie könnten ihn dann zu einem Ihrer sicheren Plätze bringen, bis die ganze Angelegenheit vorüber ist.«

Spedwell nahm einen Briefbeschwerer vom Tisch, und seine Aufmerksamkeit schien ganz durch das vielfältig geschliffene Kristall gefesselt zu sein.

»Werden Sie noch andere Passagiere haben?«

»Vielleicht fahre ich selbst mit«, sagte Fung-Su. »Und in diesem Fall machen Sie natürlich die Reise auch mit.«

»Müssen Sie denn nicht auf Clifford Lynnes Aktie warten?«

Der Chinese zuckte die Achseln.

»Die wird morgen schon in den Händen meines Agenten sein«, sagte er zuversichtlich. »Natürlich darf ich bei der Sache nicht in Erscheinung treten. Wenn ich erst auf hoher See bin, kann man mich nicht mehr damit in Zusammenhang bringen.«

Major Spedwell lachte rauh.

»Wird Sie Miß Bray oder Stephen Narth nicht belasten?«

Fing-Su schüttelte den Kopf.

»Nicht mehr nach heute abend«, sagte er mit leiser Stimme. Spedwell biß sich auf die Lippe, er hatte seine eigenen Gedanken.

»Nach heute abend nicht mehr?« Wie würde denn seine eigene Lage ›nach heute abend‹ sein? Er kannte den Mann, der ihm gegenübersaß, genau. Fing-Su zahlte gut, das war aber auch alles. In der letzten Zeit hatte er an gewissen Anzeichen bemerkt, daß er nicht mehr in Gunst bei seinem Chef stand – so gewisse Untertöne in der Stimme, ein zufälliger Blick zwischen Fing-Su und seinen gelben Assistenten, den er aufgefangen hatte – Major Spedwell war ein schlauer, scharfsichtiger Mann, der ein feines Gefühl für unausgesprochene Dinge hatte.

»Und was wird aus Leggat?« fragte er.

»Leggat mag zum Teufel gehen – ich bin mit ihm fertig. Ich habe immer gewußt, daß er unzuverlässig war. Nachher hatten wir ja noch viel Mühe, den Beweis dafür beizubringen.«

»Haben Sie ihn aufgefordert, heute abend zur Loge zu kommen?« fragte Spedwell.

»Nein«, antwortete Fing-Su kurz.

Dann aber, als ob er eingesehen hätte, daß seine brüske Antwort den Verdacht des anderen wachrufen könnte, fügte er freundlich hinzu:

»Wir können Leggat nicht länger brauchen – er ist ein Trinker und deshalb sehr gefährlich. Sie aber, lieber Major, sind mir unentbehrlich. Ich wüßte nicht, was ich ohne Sie anfangen sollte. Haben Sie die Konstruktion der Landmine schon beendet?«

Er hatte versucht, äußerst liebenswürdig zu sein, aber der Major ließ sich nicht täuschen.

»Was für eine geniale Erfindung!« sagte Fing-Su. Dabei sah er ihn mit seinen dunklen Augen bewundernd an. »Sie sind ein Genie! Ich kann Ihre Dienste unmöglich entbehren!«

Spedwell wußte nur zu genau, daß nichts Geniales an seiner Landmine war – es war eine einfache Zeitbombe in großem Maßstabe. Sie kam zur Explosion, wenn sich eine Säure zur Bleikammer durchfraß und sich dort mit einer anderen vermischte. Es war ein Kriegsmittel, wie es jeder Militäringenieur genau kannte. Aber Fing-Sus Schmeichelei ließ ihn nachdenklich werden.

Major Spedwell hatte ein kleines Anwesen in Bloomsbury. Seiner Erziehung und seinem Studium nach war er Ingenieur, später wurde er Artillerist. Aber seine größten Erfolge verdankte er seiner Klugheit und seiner instinktiv klaren Beurteilung jedweder Lage. Unstreitig war er ein großer Stratege. Jetzt fühlte er, daß Gefahr im Anzuge war. Er wußte, daß ein gewaltiger Umschwung in seinem Leben bevorstand, und er hatte sich damit abgefunden, daß es nicht zum Besseren sein würde.

In den paar Stunden, die ihm noch blieben, bevor er sich umkleiden mußte, um Stephen Narth zu treffen, nahm er Bleistift und Papier und schrieb systematisch alle Möglichkeiten auf, die sich aus dieser Lage entwickeln konnten. Dann suchte er eine Lösung. Allmählich sah er klarer und fand einen Ausweg, der zwar nicht alles wieder gutmachen konnte, aber doch die Möglichkeit bot, eine Person aus dieser Katastrophe zu retten, vielleicht auch zwei – dabei war er natürlich eingeschlossen.

Er verbrannte sofort das Papier an dem Kamin und ging in den keinen anstoßenden Raum, der ihm als Werkstatt diente. Dort arbeitete er eine Stunde lang fieberhaft. Um halb sieben trug er eine rechteckige Kiste auf die Straße und einen schweren Rucksack, setzte beides sehr vorsichtig in seinen Wagen und fuhr nach Ratcliff Highway. Indem er sich durch die engen Gassen wand, die zum Fluß führten, kam er zum Ufer. Glücklicherweise fand er sofort einen Bootsmann, der ihn gegen Entschädigung zu einem der schwarzen Dampfer ruderte, die im Pool vor Anker lagen. Ein Chinese mit undurchdringlichem Gesicht grüßte ihn vom Fallreep. Er bot sich an, die Pakete für ihn an Bord zu tragen, aber der Major lehnte ab.

Auf dem Schiff war ein schwarzer Kapitän und ein schwarzer Zahlmeister. Der letztere war ein gutmütiger Mann, dem Spedwell früher einmal das Leben gerettet hatte. Damals hinderte er Fing-Su daran, seinen Zorn an dem schwarzen Offizier auszulassen, und dadurch wurde viel Blutvergießen vermieden. Denn die Kru-Neger halten untereinander stark zusammen. Als Spedwell nun an Bord kam, ließ er den Zahlmeister rufen.

»Sie brauchen Fing-Su nicht zu sagen, daß ich an Deck gewesen bin«, sagte er. »Ich habe hier etwas, das ich zur Küste mitnehmen will.«

»Fahren Sie auch mit, Herr Major?« fragte der Zahlmeister.

»Es ist leicht möglich, daß ich auch mitkomme«, antwortete er. »Ich weiß es noch nicht genau. Die Hauptsache ist aber, daß niemand erfährt, daß ich diese Sachen an Bord gebracht habe.«

Der Zahlmeister nahm ihn mit sich zu einer großen Kabine auf dem vorderen Wellendeck.

»Wie lange ist denn dieser Raum schon für Passagiere benutzt worden?« fragte der Major mit einem Stirnrunzeln.

»Er ist noch nie benutzt worden«, antwortete der schwarze Offizier, »aber Fing-Su hat Auftrag gegeben, daß er für einen Passagier hergerichtet werden soll.«

»Nicht für ihn selbst – denn er hat die Kapitänskabine. Wer soll denn diese Fahrt mitmachen?«

Aber das wußte der Zahlmeister auch nicht. Er gab Spedwell einen Platz an, wo er die Gepäckstücke, die er mitgebracht hatte, unterbringen konnte. In der Kabine war eine verhältnismäßig kleine schwarze Truhe mit zwei Krampen für Vorhängeschlösser an der Wand befestigt. Spedwell setzte sein Gepäck vorsichtig auf dem Boden der Kabine nieder.

»Ich will die Vorhängeschlösser für Sie holen«, sagte der Offizier und verschwand.

Seine Abwesenheit war Spedwell sehr erwünscht, denn er mußte noch gewisse heikle Justierungen vornehmen, bei denen der Zahlmeister nicht zusehen sollte. Als das erledigt war, füllte er die Truhe mit quadratischen braunen Kuchen, die er aus seinem Rucksack nahm. Sie waren in dem zur Verfügung stehenden Raum kaum alle unterzubringen. Aber er hatte seine Arbeit gerade vollendet und die Truhe eben geschlossen, als der schwarze Offizier zurückkehrte.

Spedwell richtete sich auf und klopfte den Staub von seinen Knien.

»Nun hören Sie gut zu, Haki. Wer bedient Ihre drahtlose Station?«

»Entweder ich oder einer meiner Chinesenboys. Die Anlage befindet sich in meiner Kabine. Warum fragen Sie?«

Spedwell gab ihm den Schlüssel für die Truhe zurück.

»Stecken Sie ihn ein, und lassen Sie ihn niemals herumliegen. Wenn Sie ein Radiotelegramm von mir bekommen, das lautet: ›Alles in Ordnung‹, dann nehmen Sie den ganzen Inhalt aus der Kiste heraus und werfen ihn über Bord. Wahrscheinlich werden Sie meine Botschaft erhalten, bevor Sie den Kanal verlassen. Haben Sie alles richtig verstanden?«

Haki nickte und machte vor Verwunderung große Augen.

»Ich verstehe den Zusammenhang zwar nicht, aber ich werde das tun, was Sie mir gesagt haben, Herr Major. Wollen Sie etwas herausschmuggeln?«

Aber Spedwell gab keine weitere Auskunft. Er sagte Haki nicht, daß er unter gewissen Umständen ein anderes Radiotelegramm erhalten würde. Dazu war noch Zeit genug, wenn die Krisis wirklich kommen sollte.

»Aber angenommen, Sie reisen mit uns?« fragte der Neger hartnäckig.

»In dem Fall«, sagte Spedwell mit einem schlauen Lächeln, »würde ich Ihnen die Botschaft ins Ohr sagen können, wenn ich mitreise – und am Leben bin.«

31

Joe Bray kam kurz nach zehn in Clarges Street an. Die Regenwolken hatten es zeitig dunkel werden lassen, und so war es ihm möglich, früher von Sunningdale fortzukommen. Er war aufs äußerste gespannt und erregt, denn die Nacht versprach ein Abenteuer. Und Abenteuer liebte Joe über alles.

»Es war eine gute Idee von dir, Cliff, mich von der Rückseite in deine Wohnung kommen zu lassen. Niemand hat mich gesehen«, sagte er.

»Ich hätte dir diese Mühe sparen können«, meinte Clifford. »Fing-Su weiß, daß du lebst.«

Joe Brays Gesicht wurde lang. Diese Nachricht raubte ihm die halbe Freude an dem Abenteuer.

»Ich habe einen Mann in Narths Office für mich gewonnen«, erzählte Clifford. »Er heißt Perkins, es hat mich mehr Zeit als Geld gekostet, um ihn auf meine Seite zu bringen, denn er gehört noch zu den guten, ehrlichen Leuten. Sind die Detektive auf ihren Posten?«

Joe nickte.

»Ich war etwas enttäuscht, Cliff, als ich sie sah«, sagte er fast vorwurfsvoll. »Sie sehen genau so aus wie gewöhnliche Leute, wie du und ich. Keiner würde sie für Detektive halten.«

»Das scheint mir doch ein großer Vorteil zu sein«, lachte Clifford. Nachdem er einen Augenblick nachgedacht hatte, fragte er: »Hattest du noch einmal mit Joan Verbindung?«

»Nein. Du hast es mir doch verboten!« sagte er selbstzufrieden.

»Weißt du wenigstens, ob sie zurückgekommen ist?« Clifford seufzte. »Ihretwegen habe ich keine große Sorge, denn Scotland Yard hat einen Mann speziell damit beauftragt, sie zu bewachen. Er wird wahrscheinlich später seinen Bericht durchgeben.«

»Wie hast du es eigentlich fertiggebracht, Cliff, daß Scotland Yard mittut?« fragte Joe neugierig. »Und wenn sie uns helfen, warum wird denn Fing-Su nicht festgenommen?«

»Weil sie nicht genügend Beweismaterial in Händen haben, überhaupt jemand in dieser Angelegenheit festzusetzen«, entgegnete Cliff kurz.

Die ganze Schwierigkeit der Lage kam ihm zum Bewußtsein, und er fühlte, wie heftig der Kampf mit Fing-Sus unsichtbaren Streitkräften entbrannt war.

»Deine Neugierde wegen Scotland Yard kann bald gestillt werden. Im übrigen ist der Platz ganz und gar nicht romantisch. Inspektor Willing kommt heute abend zu mir und wird mit uns den Strom hinunterfahren. Kannst du auch schwimmen, Joe?«

»Natürlich! Ich kann alles, was von einem tüchtigen Mann verlangt wird«, sagte er pathetisch. »Du mußt dir ein für allemal den Gedanken aus dem Kopf schlagen, Cliff, daß ich zu nichts zu gebrauchen sei. Ein Mann im Alter von fünfzig Jahren steht auf der Höhe seines Lebens, wie ich dir ja schon immer gesagt habe.«

Gleich darauf kam Inspektor Willing – ein dünner, ausgemergelter Mann mit beißendem Humor und einer sehr geringen Meinung von den Menschen. In mancher Beziehung glich er mehr der Vorstellung, die sich Joe von einem Detektiv gemacht hatte, als die drei Leute, die er heute abend in Sunningdale kennengelernt hatte. Es imponierte ihm sehr, daß der Inspektor äußerst wenig sprach. Er machte auf ihn den Eindruck, daß er unfehlbar sei und sich in nichts irren könne.

»Sie wissen, daß wir die ›Umgeni‹ heute morgen durchsucht haben? Sie wird diese Nacht abfahren.«

Clifford nickte.

»Wir haben nichts gefunden, was nach Konterbande ausgesehen hätte. Vermutlich werden sie es später mit der ›Umveli‹ senden – das ist das Schwesterschiff. Sie liegen Seite an Seite im Pool verankert. Aber die ›Umveli‹ wird erst in einem Monat abfahren und läuft vorher Newcastle an. Haben Sie etwas von Long gehört? Das ist der Mann, den ich auf die Spur von Miß Bray geschickt habe.« Und als Clifford den Kopf schüttele, fuhr er fort: »Ich dachte, daß er direkt an Sie berichtet hätte. Wahrscheinlich ist er mit ihr nach Sunningdale zurückgekehrt. – Nun, Mr. Lynne, was ist Ihrer Meinung nach das Endziel der Pläne dieses Chinesen?«

»Sie meinen Fing-Su? Soviel ich vermute, hat er die Absicht, eine neue Dynastie in China zu gründen. Bevor er das aber zustande bringen kann, müßte er nach dem gewöhnlichen Lauf der Dinge erst die Söldnergeneräle niederkämpfen, die das ganze Land unter sich aufgeteilt haben. Aber ich glaube, er hat einen leichteren Weg gefunden. Jeder General in China hat seinen Preis – man muß sich immer vergegenwärtigen, daß die Chinesen nicht patriotisch sind. Sie kennen das Gefühl nicht, das wir Vaterlandsliebe nennen. Sie betreiben ihre Politik von einem egoistischen Standpunkt aus. Es fehlt ihnen der weite Horizont. Viele von ihnen merken überhaupt nicht, daß die Mongolei inzwischen eine russische Provinz geworden ist. Die Generäle sind Räuber in ganz großem Maßstab. Die Entscheidung der Schlachten hängt davon ab, wieviel Soldaten auf jeder Seite desertieren. Unter Strategie versteht man in China, den höchsten Preis für den eigenen Verrat herauszuschlagen und die eigenen Absichten bis zum letzten Augenblick zu verschleiern.«

»Und Narth – er ist mir ein Rätsel«, sagte Willing. »Ich kann nicht sehen, welchen Wert er für Fing-Su und seine Leute haben könnte. Der Mann ist nie ein Genie gewesen, und er ist auch kein Haudegen.«

»Narth ist für die Leute sehr brauchbar, irren Sie sich darin nicht. Obgleich er geschäftlich vor dem Bankerott steht, hat er doch die besten Beziehungen zur City – damit will ich sagen, daß es keinen besseren Mann in London gibt als Stephen Narth, wenn es sich darum handelt, Menschenleben gegen Dollars einzuhandeln. Er steht in persönlicher Fühlung mit den Chefs der großen Bankgruppen und hat gerade die Kenntnis, die Fing-Su bei der Durchführung größerer finanzieller Transaktionen fehlen. Sollte Fing-Su Erfolg haben, dann werden verschiedene wertvolle Konzessionen zu haben sein, und Narth wird Fing-Sus Agent sein! Augenblicklich ist er eine zweifelhafte Existenz, und Fing-Su weiß das auch sehr genau. Durch das Geld, das er ihm lieh, hat er ihn aber nicht so völlig in die Hand bekommen, wie er es sich einbildet. Trotzdem wird Stephen Narth bald an die Gesellschaft der ›Freudigen Hände‹ mit eisernen Ketten gebunden sein. Möglicherweise könnte das Brimborium der Aufnahmezeremonie ihn abstoßen – aber auch das bezweifle ich.«

Er sah nach seiner Uhr.

»Es wird Zeit, daß wir aufbrechen«, sagte er. »Ich habe ein elektrisches Motorboot bestellt, das uns in Wapping erwartet. Haben Sie eine Schußwaffe bei sich?«

»Die brauche ich nicht!« sagte der Inspektor heiter. »Ich habe einen Spazierstock, der hat es buchstäblich in sich – und er macht auch keinen Lärm. Aber soviel ich sehe, wird es ein verlorener Abend. Wir haben die ›Umgeni‹ doch durchsucht –«

»Ich fahre nicht aus, um die ›Umgeni‹ zu sehen«, sagte Cliff. »Ihr Schwesterschiff liegt Bord an Bord mit ihr –«

»Aber die fährt doch erst in einem Monat ab.«

»Im Gegenteil – sie fährt heute abend«, sagte Cliff.

Der Inspektor lachte.

»Sie scheinen sehr wenig mit Schiffen vertraut zu sein«, sagte er. »Sie wird an der Mündung des Flusses aufgehalten, und man wird ihre Papiere genau prüfen. Wenn sie nicht in Ordnung sind, kommt sie aus der Themse nicht heraus.«

»Und ich sage Ihnen, die Papiere werden in Ordnung sein«, bemerkte Clifford geheimnisvoll.

32

Für ein Künstlerauge hat der Pool von London seine ganz besonderen Schönheiten. Hier liegen die großen Ozeanriesen vor Anker, und der Handel der halben Welt geht über diesen Wasserweg. Man kann dort seine Farbenstimmungen beobachten, besonders an einem schönen Abend – ein Nocturno von grauen, blauen und rostroten Tönen. Es ist wirklich ein romantisches Wasserbecken, selbst an trüben Wintertagen, wenn die schmutzigen Schiffe mit ihren verrußten Schornsteinen langsam von der sonnigen See herkommen, um auf diesen lehmigen Wassern auszuruhen.

Der Sommerabend war düster und regnerisch. Ein ungleichmäßiger, scharfer Nordwind, der bis auf die Knochen durchging, fegte über das Wasser. So war es erklärlich, daß die Leute, die heute abend auf den Strom hinaus wollten, wenig Interesse für die Schönheit des Pools bekundeten. Clifford fand das große elektrische Motorboot, das am Fuße einer Steintreppe wartete. Schnell waren sie eingestiegen, das Boot stieß ab und schlüpfte unter dem weit überhängenden Hinterschiff eines norwegischen Holzdampfers auf die Mitte des Stromes. Ein Polizeiwachtboot löste sich aus der Finsternis, rief sie an, war mit der Antwort zufrieden und folgte ihrer Spur.

Es war günstig, daß die Flut vom Meer hereinkam, so konnten sie mit halber Kraft fahren.

Clifford hatte den Plan, an Bord des Schiffes ein Versteck zu suchen, und wenn sie dort unentdeckt blieben, mit dem Dampfer bis nach Gravesend herunterzufahren, wo der Lotse an Bord ging und die Papiere des Schiffes geprüft wurden, bevor es die Erlaubnis erhielt, seine Fahrt fortzusetzen. Wenn sie entdeckt würden, hatte Willing die notwendige Autorität, um ihre Gegenwart zu rechtfertigen und in der elften Stunde noch einmal eine Durchsuchung nach verbotenen Exportgütern durchzusetzen.

Rechts und links von ihnen lagen Schiffe, manche in Schweigen und Dunkel gehüllt, nur ihre Signallichter brannten; andere dagegen waren hellerleuchtet, betäubender Lärm, das Rattern der Winden und Krane tönte zu ihnen herüber. Große helle Lampen hingen an den Seiten der Schiffe und erleuchteten die schwarze Wasserfläche. Ein verspäteter Vergnügungsdampfer kam an ihnen vorbei, Tanzmelodien klangen herüber, er sah aus wie ein schwimmender Palast.

Die vier Männer, die an Bord des Motorbootes waren, trugen Ölkleider und Südwester. Diese Vorsichtsmaßregel war berechtigt, denn bevor sie die Mitte des Stromes erreicht hatten, verdichtete sich der Nebel zu Regen.

»Ich habe Sehnsucht nach China, wo das ganze Jahr die Sonne lacht!« murmelte Joe Bray, der zusammengekauert auf dem Boden des Bootes saß. Aber niemand antwortete ihm.

Nach einer Viertelstunde sagte Inspektor Willing mit gedämpfter Stimme:

»Rechts vor uns liegen die Schiffe an der Surrey-Side.«

Die »Umgeni« und die »Umveli« waren, wie er gesagt hatte, Schwesterschiffe. Man hätte sie eher Zwillinge, als Schwestern nennen können. Ihre schwarzen Schiffsrümpfe und Schornsteine kannte jeder, der in dieser Gegend zu tun hatte. Beide hakten dieselbe merkwürdige, überhängende Kommandobrücke, denselben langen Oberbau, der weit nach vorne lief. Auf beiden erhob sich nur je ein Mast, und beide hakten unnötigerweise vorne am Bug eine vergoldete Neptunsfigur. Man brauchte nicht lange zu fragen, welches von beiden Schiffen die »Umgeni« war, denn ihre Decks waren hell erleuchtet. Als sie in Sehweite kamen, zog ein kleiner Schleppdampfer drei leere Leichter von ihrer Seite fort. Etwas mehr wie eine Schiffslänge von ihr entfernt, lag die »Umveli« an Stahltrossen vertäut, eine dunkle leblose Masse.

»Haben Sie die ›Umveli‹ nicht durchsucht?«

»Nein, das schien kaum notwendig. Sie liegt erst seit acht bis neun Tagen im Strom und ist die ganze Zeit am Entladen.«

»Bei Nachtzeit«, bemerkte Clifford mit Nachdruck. »Das Schiff, das während der Nacht die Ladung zu löschen scheint, kann ebensogut bei Nacht Ladung nehmen.«

Die hellen Lichter der »Umgeni« beleuchteten auch die Steuerbordseite des Schwesterschiffs, und Lynne richtete den Kiel des

Motorboots nach dem Ufer zu. Er nahm einen Kurs, der ihn in den Schatten des Dampfers brachte.

»Für ein leeres Schiff liegt sie doch viel zu tief im Wasser?« fragte er, und der Inspektor gab ihm recht.

»Sie geht mit Ballast nach Newcastle und wird dort repariert«, sagte er. »So bin ich wenigstens informiert.«

Man konnte die beiden Schiffe nicht gut verwechseln. Das Work »Umgeni« stand in großen, meterbreiten Buchstaben am Rumpf. Als sie auf die dunkle Seite der »Umveli« kamen, schaute Lynne in die Höhe. Sie fuhren unter dem Hinterschiff durch, und er entdeckte etwas, das ihn außerordentlich interessierte.

»Sehen Sie einmal dorthin«, sagte er leise, während er mit seinem Finger in eine bestimmte Richtung wies.

»Die Buchstaben ›vel‹ sind vom Hinterschiff entfernt worden.«

»Zu welchem Zwecke?«

»Sie tauschen ihre Namen aus – das ist alles!« sagte Clifford lakonisch. »In zwei Stunden fährt die ›Umveli‹ mit den Schiffspapieren der ›Umgeni‹ die Themse hinunter, und morgen fährt ostentativ die umgetaufte ›Umgeni‹ hinaus nach Newcastle.«

Sie fuhren in tiefem Schweigen, und das dunkel gestrichene Motorboot war für ein unbewaffnetes Auge sucht sichtbar. Trotzdem wurden sie von einer kreischenden Stimme angerufen, als sie in der Höhe einer heruntergelassenen Strickleiter vorbeifuhren.

»Was ist das für ein Boot?«

»Wir fahren vorbei«, rief Lynne barsch.

Er stellte sein Nachtfernglas ein und inspizierte damit das Schiff. Plötzlich sah er noch einen zweiten Wachtposten auf dem Vorderdeck stehen. Und was noch wichtiger war – auf der Kommandobrücke bemerkte er drei schattenhafte Gestalten. Aus dem großen Schornstein stieg Rauch auf.

»Für ein leeres Schiff etwas viel Bewachung«, sagte er. Er erwartete, daß ihn der Posten auf dem Vorderdeck anrufen würde. Aber scheinbar war dieser Mann nicht so wachsam wie sein Kamerad. Clifford sah, wie er sich wegwandte und langsam nach der Treppe

213

ging, die zu dem Wellendeck führte. Er ließ das Motorboot so beidrehen, daß es unter das Bugspriet zu liegen kam.

Als es erreicht war, faßte er mit einem gummiüberzogenen Bootshaken die Ankerkette und brachte das Fahrzeug zum Stehen. Im nächsten Augenblick hatte er sich aus dem Boot geschwungen und klomm Hand über Hand in die Höhe, bis er den Arm um das Bugspriet legen konnte. Als er vorsichtig das Vorderdeck entlang spähte, hörte er eine entfernte Stimme einen Namen rufen. Der Wächter auf dem Vorderdeck ging fort und kam außer Sehweite. Sofort gab Clifford die Botschaft nach unten weiter. Zuerst kam Willing herauf, dann Joe Bray, der eine ganz besondere Behendigkeit an den Tag legte. Beide folgten ihm durch das verlassene Schiff. Als der Führer des Motorboots gesehen hatte, daß alle drei sicher an Bord waren, stieß das Fahrzeug wieder vom Schiff ab, wie es vorher verabredet worden war, und verschwand in der Dunkelheit.

»Wir wollen zum Wellendeck hinuntergehen«, flüsterte Lynne. Er eilte voraus und stieg die Leiter hinunter, jeden Augenblick gewärtig, daß man ihn anrufen würde.

Aber auch das Wellendeck lag ganz verlassen da. Aus einem offenen Gang hörte er den Ton einer Mundharmonika, während von oben das Klopfen eines Hammers gegen einen Eisenkeil ertönte. Man schloß noch verspätet eine Ladenluke. Ein enger Verbindungsgang führte von hier unter das Hauptdeck. Wenn die drei dieses erreichten, ohne die Aufmerksamkeit der Männer auf der Kommandobrücke zu erregen, dann war es nicht schwer, auf dem großen Dampfer ein Versteck zu finden.

Sie hielten sich im Schatten der Reling. Clifford kroch auf allen Vieren. Joe und Willing folgten ihm, und so kamen sie ohne Zwischenfall zu dem Verbindungsgang. Hier entdeckten sie einen Platz, wo sie sich verstecken konnten. Unmittelbar unter der Brücke und genau zwei Decks tiefer lag eine große Kabine. Nach den Schrammen und der Verfärbung der Wände zu schließen, hakte man früher Ladung darin verstaut. Zwei dunkel brennende Wandlichter ließen erkennen, daß dieser Raum als Passagierkabine eingerichtet war. Ein Tisch und zwei oder drei Stühle standen darin, ein großes Paket mit der Aufschrift einer bekannten Londoner Buchhandlung lag auf dem Tisch. Ein nagelneuer Teppich bedeckte den Fußboden. Er mußte erst vor kurzer Zeit dorthin gelegt worden sein, denn er zeigte noch die charakteristischen Knicke, die sich im rechten Winkel kreuzten.

Obwohl der Raum die ganze Breite des Schiffes einnahm, war er doch nicht mehr als drei Meter tief. In der Hinteren Eisenwand befanden sich zwei enge Türen. Die eine war mit einem Vorhängeschloß versehen und mit Bolzen befestigt, die andere war nur angelehnt. Clifford stieß sie auf und ging in den Raum, den er mit seiner Taschenlampe absuchte.

Es war nur eine kleine Kabine ohne Fenster. Frische Luft wurde, wie er sah, durch einen Deckenventilator zugeführt. Die Atmosphäre war rein, und es herrschte eine angenehme Zirkulation im Raum. In einer Ecke gewahrte er eine kleine Messingbettstelle, die durch Stangen an der Decke befestigt war. In der anderen Ecke weiter hinten war ein Platz zum Baden mit vertieftem Fußboden eingerichtet. An der Decke sah er eine erst kürzlich angebrachte Dusche. Darunter stand eine Badewanne aus feuerfestem Ton. Ein mit Schnitzereien überladener Kleiderschrank, der viel zu groß für einen so kleinen Raum war, vervollständigte die Einrichtung.

Als er Fußtritte draußen auf dem Deck hörte, winkte Clifford seine beiden Begleiter in den engen Raum hinein. Durch einen Spalt in der Tür sah er, wie ein chinesischer Matrose eintrat und Umschau hielt. Sogleich ging er zur Türe zurück und rief etwas. Ein anderer Matrose kam zu ihm, und sie sprachen miteinander in einer Mundart, die weder Joe Bray noch Clifford verstand. Anscheinend waren es Südchinesen. Der Inhalt ihres Gesprächs schien sie sehr zu belustigen, denn sie unterbrachen ihre Unterhaltung oft durch rauhes Gelächter.

Plötzlich streckte einer der Leute seine Hand aus, faßte die Tür der inneren Kabine und schlug sie zu Cliffords größtem Schrecken fest zu, bevor sie eigentlich recht wußten, was sich zutrug. Clifford hörte das Geräusch, wie der Riegel einschnappte, und dann vernahm er, wie auch die Tür des äußeren Raumes zugeworfen wurde. Sie waren gefangen!

33

Für Mr. Stephen Narth war es ein Unglückstag gewesen. Wenn sein Egoismus auch sein Gewissen in weitestem Maß beruhigt hatte, so fühlte er doch das größte Unbehagen, daß er einem unschuldigen Mädchen solches Leid angetan hatte. Immer wieder ließ er sich von Fing-Su wiederholen, daß ihr nichts Böses geschehen sollte. Aber seine Vernunft wies diese Entschuldigungen als grobe Selbsttäuschung zurück. Aber um das Maß voll zu machen, hatte er erfahren, daß Joe Bray am Leben war. Diese Nachricht traf ihn wie ein Blitz aus heiterem Himmel, und die goldenen Schätze, die schon greifbar vor ihm lagen, hakten sich in Schaumgold verwandelt.

Joe Bray lebte!

Er hatte sich einen fein ausgedachten Scherz mit seinem Erben erlaubt. Der Ausweg, der sich ihm aus seinen geschäftlichen Schwierigkeiten gezeigt hatte, war nun wieder verschlossen. Seine einzige Hoffnung gründete sich nun auf sein Verhältnis zu Fing-Su.

Stephen Narth war zu intelligent, um zu glauben, daß dieser Chinese alle Versprechungen halten würde, die er ihm gemacht hatte. Und doch standen fünfzigtausend Pfund auf dem Spiel. War es die Absicht des Chinesen, mit seinen phantastischen Plänen dieses Geld zu verlieren, wie es doch zweifellos der Fall sein würde, wenn Stephen Narth die Beziehungen zu ihm abbräche? – Bankerott? Was war denn Bankerott anders als ein unglückseliger Zufall, der jedem begegnen konnte und manchen Besseren und Höhergestellten getroffen hatte als Stephen Narth. Und wenn er nun seinen Bankerott erklärte, dann konnte der Chinese ja sehen, wie er zu seinem Gelde kam.

Das war der einzige tröstliche Gedanke, den er an diesem Nachmittag hatte. Die Aussicht seiner Aufnahme in die Gesellschaft der »Freudigen Hände« machte ihn jetzt schon halb seekrank. Er war wütend, daß er sich so weit herablassen sollte, sich mit diesen spitzbübischen Gelben auf eine Stufe zu stellen.

Er war Mitglied zweier Geheimgesellschaften, und seine Kenntnis in diesen Dingen war eingehend genug, so daß er mit den meisten Aufnahmeformalitäten vertraut war. Für ihn war der kommende

Abend ermüdend und mit einem unangenehmen Zeitverlust verbunden. Ein Ausflug nach Südlondon wäre schon zu einer anderen Tageszeit ein übles Unternehmen gewesen, aber die Gewißheit, daß er dort um Mitternacht seinen Besuch machen sollte, empörte ihn. Die Vorstellung, daß er sich dort zwei Stunden in der Gesellschaft von Chinesenkulis aufhalten sollte, machte ihn rasend.

Spedwell speiste mit ihm in seinem Hotel und bemühte sich, ihm die kommende Feier zu erläutern. Dieser Mann mit dem mageren Gesicht und den unbeständigen, stechenden, dunklen Augen konnte glänzend sprechen. Aber es gelang ihm nicht, Stephen Narth zu besänftigen. Narth war keineswegs wählerisch, aber die große Tradition seiner Vorfahren wirkte in ihm nach, und je mehr er über seine Lage nachdachte, desto mehr haßte er die Ereignisse dieses Tages und die kommende Nacht.

»Es ist nichts Ekelhaftes dabei«, sagte Spedwell schließlich und zündete sich eine große schwere Zigarre an. »Wenn sich jemand beklagen müßte, dann könnte ich es sein. Sie scheinen zu vergessen, Narth, daß ich eingeborene indische Infanterie befehligt habe. Das sind doch vornehme Leute mit europäischer Gesinnung. Bilden Sie sich etwa ein, daß es mir große Freude macht, mich mit diesen asiatischen Kulis auf eine Stufe zu stellen?«

»Bei Ihnen ist das etwas anderes«, fuhr ihn Stephen an. »Sie sind als Soldat ein Glücksritter und können sich allen Umständen anpassen. – Sagen Sie mir aber eins, was ist mit Joan geschehen?« fragte er gereizt.

»Es geht ihr gut, sie ist wohl aufgehoben. Ihretwegen brauchen Sie sich keine Sorge zu machen!« sagte Spedwell ruhig. »Ich würde nicht zugeben, daß dem Mädchen etwas geschieht, darauf können Sie sich verlassen!«

Für Stephen gingen die Stunden viel zu schnell vorüber. Es war nahe an Mitternacht, als sie zusammen nach Piccadilly gingen. Spedwells Wagen wartete dort, und widerwillig stieg Stephen ein. Den ganzen Weg über quälte er ihn mit Fragen über Fing-Sus Pläne. Warum war man so eifrig bemüht, Stephen Narth in den Geheimbund aufzunehmen? Welche Rolle war ihm zugedacht?...

Spedwell antwortete ihm geduldig, aber er war sichtlich erleichtert, als der Wagen durch eine Seitenstraße nahe der Kanalbrücke in die Old Kent Road einbog.

»Hier sind wir«, sagte er, und sie stiegen aus.

Fünf Minuten hatten sie zu gehen, bevor sie zu einer engen Gasse kamen, die an einer hohen Ziegelmauer entlang lief. Das einzige Licht, das ihnen schien, kam von einer Straßenlaterne, die genau am Eingang der Gasse stand. Sie diente scheinbar einem doppelten Zweck: einmal sollte sie den Wagenverkehr verhindern, und außerdem gab sie der langen, schmutzigen Straße eine höchst minderwertige Beleuchtung. Der Regen prasselte herunter, und Stephen Narth zog den Kragen seines Mantels stöhnend in die Höhe.

»Was ist das für ein Platz?« fragte er mürrisch.

»Unsere Fabrik – oder unser Warenhaus«, erwiderte Spedwell.

Er hielt vor einer Türe an, bückte sich, schloß auf und öffnete.

Narth hatte wieder alle möglichen Beschwerden vorzubringen.

»War es denn durchaus notwendig, daß ich im Frack kommen mußte?« fragte er.

»Selbstverständlich«, sagte Spedwell gelangweilt. »Ich werde Sie führen.«

Soweit er bei dem Licht sehen konnte, das die Taschenlampe seines Führers verbreitete, wurde er zu einem kleinen Schuppen gebracht, der an die Wand angebaut war. Der Raum war ganz leer, nur zwei starke Holzstühle standen darin.

»Auf jeden Fall ist es hier trocken«, bemerkte Spedwell, als er ringsherum leuchtete. »Sie bleiben solange hier. Ich muß Fing-Su erst Ihre Ankunft melden.«

Als Narth allein war, ging er in dem kleinen Raum auf und ab. Er war gespannt, ob Leggat anwesend sein würde, und ob ihm die Aufnahmefeier nicht zu grotesk sein würde, um sie bis zu Ende mitzumachen. Plötzlich wurde aufgeschlossen, und Spedwell kam wieder herein.

»Sie können Ihren Mantel hier lassen, wir haben nur ein kleines Stück zu gehen«, sagte er.

Mr. Narth hatte sich nach den Instruktionen, die ihm Spedwell früher erteilte, in Frack und weiße Binde gekleidet. Jetzt nahm er auf Aufforderung seines Führers ein Paar Glacéhandschuhe aus der Tasche und zog sie an.

»Jetzt werden wir gehen«, sagte Spedwell, drehte das Licht aus und führte ihn fort.

Sie gingen auf einem mit Kies bedeckten Weg, der an einer Treppe endete. Diese schien tief in die Erde hinabzuführen. Oben am Eingang zu den Stufen standen zwei statuengleiche, unheimliche Gestalten. Als die beiden näherkamen, rief die eine sie an. Narth verstand die Sprache nicht.

Spedwell senkte seine Stimme und zischte etwas. Dann faßte er Narth am Oberarm und stieg mit ihm die Treppe hinunter. Als sie an eine zweite Tür kamen, wurden sie wieder in derselben Sprache angerufen, und wieder antwortete Spedwell. Jemand klopfte an eine Tür. Vorsichtig wurde sie von innen geöffnet. Mit leiser Stimme wurde mehrmals Frage und Antwort gewechselt, dann faßte Spedwell den Arm des andern mit festem Griff und führte ihn in eine lange, phantastisch geschmückte Halle. Bildete Narth es sich nur ein, oder fühlte er tatsächlich, daß Spedwells Hand zitterte?

Er konnte einen langen Gang entlangsehen. Zuerst hätte er beinahe laut loslachen mögen. Auf jeder Seite des länglichen Raumes saßen viele Reihen Chinesen hintereinander, jeder in einen billigen, schlechtsitzenden Frack gekleidet. Statt der Hemden trugen sie nur Einsatzstücke. Bei einem sah er, wie das Ende des Chemisettes herausguckte und an der Seite den bloßen braunen Körper des Mannes freiließ. Jeder hatte zwei blitzende Steine als Hemdknöpfe. Man brauchte aber nichts von Theatergarderobe zu verstehen, um sie als Glasimitationen zu erkennen. Feierlich und ehrfurchtsvoll starrten ihn alle diese sonderbaren Erscheinungen in ihren schwarzen Fräcken an.

Er schaute mit halboffenem Munde von einer Seite zur anderen. Alle trugen weiße Halsbinden, die auf die sonderbarste Weise zusammengeschlungen waren. Jeder hatte weiße Baumwollhandschuhe an den Händen, die sie auf ihre Knie gelegt hatten. Sein erster Eindruck war, daß er schon früher etwas Ähnliches gesehen haben mußte... und mit einemmal erinnerte sich Narth... richtig, eine schwarze Sängertruppe, die feierlich in derselben Haltung dasaß... ebenfalls mit weißbehandschuhten Händen auf den Knien. Der einzige Unterschied war nur, daß diese Leute der gelben Rasse angehörten.

In vier großen blauen Vasen brannten chinesische Räucherstäbe. Der süßliche Rauch füllte den ganzen Raum.

Nun blickte er geradeaus durch das große Schiff zu dem weißen Altar. Hinter diesem saß auf einem Thron Fing-Su selbst. Über seinem Frack – zweifellos waren seine Diamanten echt – trug er ein rotseidenes Gewand. Auf seinem Haupte erhob sich eine große goldene Krone, die mit kostbaren, funkelnden Steinen besetzt war. Seine Rechte hielt einen goldenen Stab, die Linke eine glitzernde Kugel, die in dem Licht der mit opalfarbenen Glasglocken bedeckten Kandelaber aufleuchtete. Plötzlich hörte er, wie Fing-Sus Stimme das Schweigen brach.

»Wer ist es, der kam, um mit den ›Freudigen Händen‹ zu sprechen?«

Narth erblickte das vergoldete Bild der beiden Hände, die über Fing-Sus Haupt aufgehängt waren.

Aber bevor er dieses Bild noch ganz in sich aufnehmen konnte, antwortete Spedwell:

»O Sohn des Himmels, mögest du ewig leben! Dies ist einer deiner niedrigsten Sklaven, der kommt, um deinen Thron anzubeten.«

Nach diesen Worten begannen die Chinesen im Chor zu singen, als ob sie von einem unsichtbaren Kapellmeister dirigiert würden.

Ihr Gesang brach ebenso unvermittelt ab, wie er begonnen hatte.

»Laß ihn näherkommen«, sagte Fing-Su.

Spedwell war nicht mehr an seiner Seite. Narth vermutete, daß er hinter ihm stand. Er wagte nicht, sich umzusehen. Zwei dieser Leute in den merkwürdigen schwarzen Frackanzügen führten ihn langsam durch die Halle. Dunkel kam ihm zum Bewußtsein, daß der Mann zu seiner Rechten ein Paar Beinkleider trug, die ihm eine Handbreit zu kurz waren. Aber für Narth war die Sache nicht mehr komisch. Ein starkes Angstgefühl bedrückte ihn; die Vorahnung eines schrecklichen Ereignisses, das seine Phantasie sich noch nicht ausmalen konnte, quälte ihn so, daß die Lust zu lachen, die ihn zuerst befallen hatte, längst erstorben war, obwohl seine Augen die sonderlichsten Merkwürdigkeiten zu beiden Seiten wahrnehmen konnten.

Dann wurden seine Blicke durch den Altar mit dem von Diamanten funkelnden Rand angezogen. Die verhüllte Gestalt eines Mannes lag dort, mit einem großen weißen Tuch bedeckt. Wie betäubt schaute er hin und sah, daß ein großes rotes Herz an dem weißen Tuch befestigt war... Er gab sich die größte Mühe, seine Gedanken zu sammeln, als er mit weitaufgerissenen Augen das weiße Laken und das rote Herz anstarrte... An dem Rand der Decke war ein chinesischer Buchstabe in leuchtendroter Farbe aufgemalt.

»Es ist nur ein Symbol – nur eine Wachsfigur«, flüsterte ihm eine Stimme ins Ohr.

Also Spedwell stand doch hinter ihm. Diese Gewißheit gab ihm den Mut zurück.

»Sprich mir Wort für Wort nach«, hörte er Fing-Sus tiefe feierliche Stimme. Sie füllte den Raum. »Ich will den ›Freudigen Händen‹ treu dienen...«

Wie im Traum wiederholte Narth die Worte.

»Ich will das Herz aller ihrer Feinde durchbohren.«

Auch diese Worte sprach er nach. Plötzlich kam ihm der Gedanke: wo mochte Leggat sein? Er dachte ihn hier zu finden. Seine Blicke schweiften umher, aber er konnte den starken Mann mit dem jovialen Gesicht nicht entdecken.

»Durch dieses Zeichen«, Fing-Su sprach weiter, »gebe ich einen Beweis meiner Treue, meiner Wahrhaftigkeit und meiner Zugehörigkeit zu dem Bunde...«

Jemand schob ihm unvermutet einen harten Gegenstand in die Hand. Es war ein langer, gerader Dolch, scharf wie ein Rasiermesser.

»Halten Sie ihn über die Figur – direkt auf das Herz«, sagte ihm eine Stimme ins Ohr. Mechanisch gehorchte Stephen Narth. Er wiederholte, ohne daß ihm der Sinn der Worte klar wurde, den Eid, den der Mann auf dem Thron ihm vorsagte.

»So lasse alle Feinde des Kaisers sterben!« sprach Fing-Su.

»Stechen Sie ins Herz!« flüsterte Spedwells Stimme. Stephen stieß mit aller Kraft zu.

Unter dem Messer gab etwas nach, er fühlte ein Zittern. Dann färbte sich das weiße Tuch plötzlich rot. Mit einem Schrei packte er das Tuch am Kopfende und schlug es zurück...

»O mein Gott!« schrie er.

Er sah in das Gesicht eines Toten. Es war Ferdinand Leggat!

34

Er hatte Leggat getötet! Mit seinen eigenen Händen hatte er ihn umgebracht! Er, der nicht einmal einem Kaninchen das Leben nehmen konnte, hatte diesen Menschen erdolcht. Der rote Fleck auf dem weißen Tuch wurde größer und größer. Seine Hände färbten sich mit diesem schrecklichen Blut, und er wandte sich mit einem irren Schrei um und wollte mit dem Teufel kämpfen, der ihm diese Worte ins Ohr geflüstert hatte.

Auf Spedwells Zügen malte sich blasser Schrecken. Er streckte den Arm aus, um sich zu schützen, aber die blutigen Hände griffen nach seiner Kehle und warfen ihn zu Boden. Dann erhielt Narth einen Schlag, so daß er vornübersank, zuerst auf die Knie, dann fiel er auf den mit Fließen bedeckten Boden. In wildem Wahnsinn schrie er gellend auf. Die langen Reihen der gelben Männer saßen und beobachteten diesen Vorgang, ohne sich zu rühren. Ihre falschen Diamanten glitzerten in den Vorhemden, und ihre weißbehandschuhten Hände ruhten auf den Knien.

*

Eine Stunde später kam Major Spedwell in den großen, prachtvoll eingerichteten Raum, der für Fing-Su bei seinen häufigen Besuchen in der Fabrik reserviert war. Der Chinese sah von seinem Buch auf und streifte seine Zigarettenasche in eine silberne Schale.

»Nun, was macht unser ängstlicher Freund?« fragte er.

Spedwell schüttelte den Kopf. Er sah zehn Jahre älter aus. Noch konnte man den Abdruck der blutigen Hand auf seinem weißen Frackhemd sehen.

»Wahnsinnig!« sagte er kurz. »Ich glaube bestimmt, daß er den Verstand verloren hat.«

Fing-Su lehnte sich mit einer ungeduldigen Geste in seinen gepolsterten Stuhl zurück.

»Das war nicht beabsichtigt«, sagte er mit leichtem Verdruß. »Wer konnte sich auch denken, daß ein erwachsener Mann sich so aufführen würde? Dieser Kerl ist eben ein gemeiner Feigling und paßt nicht zu solchen Dingen.« Spedwell antwortete nicht. Vielleicht dachte er darüber nach, ob bald der Tag kommen würde, an dem er aus Gründen der Zweckmäßigkeit selbst betäubt auf dem Marmoraltar läge, und ein Novize den verhängnisvollen Dolch auf sein Herz richten würde.

»Die Idee war doch sicher glänzend und hätte besser enden sollen!« sagte Fing-Su. »Leggat war doch ein Feigling und Verräter, er verdiente seinen Tod. Möglicherweise wird unser Freund Narth später anders darüber denken, wenn er wieder zu sich kommt und sich bewußt wird, daß er sich kompromittiert hat.«

Spedwell behielt den anderen stets im Auge.

»Sie sagten mir vorher, daß der Yünnan-Mann, der in Lynnes Hände fiel, geopfert werden sollte. Ich war mit dem Plan durchaus nicht einverstanden, aber schließlich habe ich unvernünftigerweise zugestimmt. Mein Gott, als ich Leggats Gesicht sah –«

Er trocknete seine schweißbedeckte Stirn, und sein Atem ging schnell.

Fing-Su sagte nichts und wartete.

»Wie haben Sie denn Leggat in Ihre Gewalt bekommen?« fragte Spedwell endlich.

»Er kam von selbst – wir gaben ihm einen Trank – er hat nichts gemerkt«, sagte Fing-Su ungewiß. »Er hat uns verraten, das wissen Sie ja. Jetzt ist er tot, und es ist mit ihm vorbei. Was nun Narth betrifft – auch sein Leben ist in unserer Hand.«

Spedwell, der in einen Klubsessel gesunken war, schaute plötzlich auf.

»Dann würde er wirklich und für immer verrückt sein, wenn er das selbst glaubte«, sagte Spedwell. »Wie ich Ihnen schon früher sagte, Fing-Su, unser Leben ist in seiner Hand – nicht umgekehrt!«

Fing-Su entfernte sorgfältig die Reste seiner Zigarette aus der Ebenholzspitze, steckte eine andere hinein und zündete sie an, bevor er antwortete.

»Wo haben Sie Narth hingebracht?«

»In den Steinschuppen. Er wird nicht mehr schreien, ich habe ihm Morphium gegeben. Wir müssen ihn so schnell wie möglich außer

Landes schaffen. Die ›Umveli‹ verläßt den Hafen heute nacht, nehmen Sie ihn an Bord –«

»Zusammen mit dem Mädchen?«

Spedwell kniff die Augen zusammen.

»Was meinen Sie mit dem Mädchen?« fragte er. »Sie halten Joan Bray hier in London gefangen, bis Clifford Lynne Ihnen die Aktien gibt, die Sie brauchen.«

Der Chinese blies den Rauch gedankenvoll vor sich hin. Falten zeigten sich auf seiner niedrigen Stirn.

»Das war ursprünglich meine Absicht«, gab er zu. »Aber in den letzten paar Stunden hat sich viel ereignet... ich möchte meinen Plan ändern. Wir könnten sie zur chinesischen Küste und auf einem der Ströme oben ins Land bringen, ohne Aufsehen zu erregen.« Er blies die Rauchwolken zur Decke hinauf und sah zu, wie sie in Nichts zerrannen. »Sie ist wirklich schön«, sagte er.

Major Spedwell erhob sich und ging bedachtsam auf den Tisch zu. Er stand vor Fing-Su und legte seine Hände auf die Tischplatte.

»Sie wird in England bleiben, Fing-Su!« sagte er langsam und mit großem Nachdruck.

Für einen Augenblick trafen sich die Augen der beiden Männer. Der Chinese lächelte.

»Mein lieber Major Spedwell,« sagte er, »in einer solchen Organisation kann es nur einen Meister geben. Und dieser Meister, das möchte ich scharf betonen, bin ich. Wenn ich wünsche, daß sie in England bleibt, bleibt sie da. Und wenn es mein Wunsch ist, daß sie zur Küste Chinas mitkommt, kommt sie mit. Ist das klar?«

Spedwells Hand bewegte sich so schnell, daß Fing-Su nichts anderes als eine große rosa Fläche sah. Im Bruchteil einer Sekunde hatte Spedwell etwas in der Hand. Die schwarze Mündung zeigte auf Fing-Sus weiße Weste.

»Sie bleibt!« sagte Spedwell energisch. Jeder Muskel seines Gesichts war angespannt.

Einen Augenblick lang verzerrte sich das Gesicht des Chinesen. Seine Züge verrieten solche Furcht, wie es der Major früher nie gesehen hatte. Aber sofort hatte sich Fing-Su wieder in der Gewalt und zwang sich zu einem Lächeln.

»Wenn Sie wollen, mag sie auch hierbleiben! Durch Streit wird nichts gewonnen. Wo ist sie jetzt? In der Fabrik? Gehen Sie, und holen Sie sie hierher.«

Spedwell war über diesen unerwarteten Wunsch erstaunt.

»Ich dachte, Sie wollten sie nicht wissen lassen, daß Sie Ihre Hand im Spiele haben?« sagte er.

»Das macht mir jetzt nichts mehr aus«, sagte der andere. »Gehen Sie bitte, und bringen Sie das Mädchen her.«

Spedwell hatte die Tür eben erreicht, als er hörte, wie leise eine Schublade aufgezogen wurde. Mit blitzartiger Geschwindigkeit drehte er sich um. Ein Geschoß verletzte sein Gesicht und zersplitterte die Holzverkleidung der Tür. Als er seine Pistole hob, sah er, wie Fing-Su sich auf die Erde warf. Einen Augenblick zögerte er, dann drehte er sich um und floh in den großen Raum, der vor dem Privatbureau des »Kaisers« lag.

Es war ein Warenlager, das bis oben mit Stückgütern gefüllt war. Drei schmale Wege führten zu den großen Toren am Ende. Er hatte nur eine Möglichkeit zu entkommen. Am hinteren Ende des Lagers sah er das Schaltbrett, durch das die Lichtversorgung in diesem Flügel der Fabrik geregelt wurde. Der Schuß war gehört worden, das große Tor hinten wurde ausgerissen, und eine Schar Chinesen strömte in den Lagerraum. Er hob seine Pistole und feuerte zweimal rasch hintereinander nach dem Schaltbrett. Sofort ging das Licht aus, und Marmor- und Glassplitter flogen umher.

Schnell schwang er sich auf einen Ballen, eilte über die aufgestapelten Waren hinweg, indem er von Kiste zu Kiste sprang, bis er nahe an die offene Tür gekommen war. Einige unentschlossene Kulis standen in der Öffnung. Mit einem gewaltigen Satz war er mitten unter ihnen. Der Lauf seiner Pistole blitzte, und sie hatten sich von ihrem Erstaunen noch nicht erholt, als er schon über den dunklen Hof lief, das Dach des Schuppens erkletterte und so den Rand der Mauer erreichte. Es war derselbe Schuppen, den Clifford Lynne in jener Nacht sah, als er seinen unangemeldeten Besuch in Peckham machte. Bevor die Verfolger ihn einholen konnten, war er über die Mauer auf den schmutzigen Weg gesprungen und entfloh dem Kanalufer entlang.

35

»Hier ist noch eine Tür«, sagte Inspektor Willing plötzlich. Er untersuchte die Wand der inneren Kabine mit Hilfe seiner Taschenlampe und zeigte auf eine viereckige Öffnung, die offenbar von der anderen Seite aus geschlossen war.

»Das ist ganz nutzlos für uns«, sagte Clifford Lynne nach kurzer Besichtigung. »Wir müssen warten, bis jemand hereinkommt, um das Bett zu richten. Wenn meine Vermutung richtig ist, wird die ›Umveli‹ in ein oder zwei Stunden den Fluß hinunterfahren. Ich habe gerade kurz vorher noch festgestellt, daß alle Lichter auf dem anderen Schiff gelöscht sind. Sie werden jetzt wohl gerade dabei sein, die Buchstaben zu ändern.«

»Auf was warten sie denn noch?« murrte Joe. »Ich dachte immer, sie brauchten Hochwasser, um auszufahren, und die Flut ist doch jetzt auf ihrem höchsten Punkt. Bei diesem Regen ist es doch wahrhaftig dunkel genug, um selbst einen Dreadnought zu verstecken!«

In der Tür, hinter der sie gefangen saßen, war eine Anzahl von Luftlöchern angebracht. Das gab Lynne die Möglichkeit, den größeren Raum zu beobachten. Die Leute hatten die Wandlichter brennen lassen. Durch eine schmale Türöffnung, die ihm an der entgegengesetzten Wand des großen Raumes gegenüberlag, konnte er undeutlich ein gerade nicht sehr helles Licht sehen, das sich hin und her bewegte und schließlich auf dem Wellendeck verschwand. Von unten her kam das Geräusch einer Dynamomaschine, und während sie lauschten, hörten sie das durchdringende Tuten der Schiffssirene.

»Die Kessel haben nun genügend Dampf«, sagte Willing. »Es sieht ganz so aus, als ob Ihre Theorie richtig ist, Lynne, und wir allerhand erleben werden.«

Auch aus anderen Anzeichen konnten sie merken, daß eine rege Tätigkeit an Bord herrschte. Über ihren Köpfen hörten sie ein beständiges Fußgetrappel und das taktmäßige Singen der Matrosen, die ein Boot einholten und nach innen schwangen.

Um viertel vor drei hörten sie das Geräusch der Ankerwinde, und fast gleichzeitig vernahm Lynne eine wohlbekannte Stimme. Die Tür der äußeren Kabine wurde geöffnet, und Fing-Su stieg majestätisch in das Zimmer. Er war in einen langen, pelzgefütterten Mantel gehüllt.

»Hier ist Ihr Zimmer, mein Fräulein, hier werden Sie wohnen. Wenn Sie Lärm oder sonstige Unruhe verursachen, oder wenn Sie sogar schreien sollten, werde ich eine besser möblierte Kabine für Sie ausfindig machen!«

Es bedurfte aller Energie, daß Clifford Lynne den Schrei unterdrückte, der sich auf seine Lippen drängte. Hinter Fing-Su kam ein bleiches Mädchen in die Kabine. Sie war ohne Hut und vom Regen durchnäßt, aber sie hielt den Kopf hoch, und Entschlossenheit lag in ihren Augen. Er stöhnte im Innersten seiner Seele, als er Joan Bray erkannte.

36

Joan war aus einem unruhigen Schlaf emporgeschreckt. Harte Schläge fielen gegen die Tür, die bald darauf in Trümmer sank. Fing-Su stand im Hintergrund und gab seine Befehle. Er war verwundert und konnte sich nicht erklären, mit welcher Ruhe sie sich in ihr Schicksal ergab und sich in den draußen wartenden Wagen tragen ließ. Die Nacht war für einen solchen Transport günstig. Die Straßen lagen leer, und die beiden geschlossenen Wagen fuhren in höchster Geschwindigkeit nach Rotherhithe. Sie erregen nicht den geringsten Verdacht. Erst als sie auf der trostlos verlassenen Werft ausstieg, bemerkte sie, daß sie einen Leidensgefährten hatte, einen Mann, um dessen Kopf ein weißes Tuch geschlagen war. Jetzt erst hörte sie sein Stöhnen und Wimmern. Sie stieg eine gebrechliche Treppe zum Wasser hinunter und wurde von kräftigen Armen in das Boot gehoben. Auf die Fahrt vom Ufer bis zum Schiff konnte sie sich nicht mehr besinnen. Sie hatte nur noch eine ganz vage Vorstellung, daß jemand sie eine steile Leiter in die Höhe trug, dann wurde sie auf ein nasses und schlüpfriges Deck niedergesetzt. Sie nahm all ihre Kräfte zusammen und richtete sich in die Höhe. Jetzt entdeckte sie im Regen Fing-Su, der sie keinen Augenblick aus den Augen ließ. Dann brachte man sie durch eine Tür in eine spärlich möblierte Kabine. – –

Fing-Su ging zur Türe und rief einen Namen, der ihrer Meinung nach wie »Mammy« klang. Sogleich watschelte eine fette Chinesin herein. Sie wischte ihre Hände an einer schmutzigen Schürze ab.

»Das ist Ihr Schlafzimmer!« sagte Fing-Su, indem er sich an Joan wandte.

Er drückte die Klinke herunter, und die Tür öffnete sich handbreit.

»Höre zu, Amah!« Er sprach zu der Chinesin im Honan-Dialekt. »Du wirst bei diesem Mädchen bleiben und sie nicht außer acht lassen. Wenn sie schreit, hast du dafür zu sorgen, daß sie ruhig ist, und wenn du das nicht tust –« Er hob seinen Spazierstock drohend. Die alte Frau fuhr erschrocken zurück.

Das Schiff war jetzt in Fahrt. Das Heulen der Sirenen durchbrach die finstere Nacht. Joan stand am Tisch, hörte das Raffeln des Maschinentelegraphen und gleich darauf die dumpfen, regelmäßigen Töne der Schiffsschraube, die den ganzen Dampfer leicht erzittern ließen. Das alles war doch nur ein böser, gespenstischer Traum, es konnte nicht wahr sein. Und doch spielte sich alles in Wirklichkeit ab. Sie war an Bord eines Schiffes, das die Themse zum Meer hinabfuhr – sie zitterte.

Was würde das Ende dieser Reise bringen?

Dann rief sie sich die Worte des Majors ins Gedächtnis zurück und wußte, daß er Wort gehalten hatte. Der Umstand, daß die Chinesen die Tür einschlagen mußten, bewies deutlich, daß er an dieser Schurkerei keinen Anteil hatte. Wo mochte er selbst sein? dachte sie verwundert. Wie ein greller Blitz durchzuckte sie der Gedanke an den wimmernden Mann mit dem weiß verhüllten Kopf. Das war er sicher gewesen. Aber nur einen Augenblick dachte sie daran. Sie konnte sich nicht vorstellen, daß dieser Mann mit dem steinharten Gesicht um Gnade flehen würde.

»Sie hier wohnen, Missie«, sagte die dicke Amah, die durch Fing-Sus Drohung noch ganz aus der Fassung gebracht war. Sie sprach in gebrochenem Englisch. »Ich gehen machen Bett von Missie –«

Sie öffnete die Tür weiter und ging nach innen. Joan glaubte einen Augenblick ein sonderbares Fußscharren zu hören, aber sie achtete nicht darauf, bis sie plötzlich eine Stimme vernahm:

»Kannst du das Licht ausmachen?«

Beinahe wäre sie ohnmächtig geworden, denn sie erkannte Clifford Lynnes Stimme!

Es dauerte einige Zeit, bevor sie den Lichtschalter suchen konnte – dann fand sie ihn neben der Tür. Lange zitterten ihre Finger so, daß sie den Hebel nicht umdrehen konnte. In dem Augenblick, als das Licht ausgedreht wurde, kam jemand schnell an ihre Seite. Ein starker Arm umfaßte ihre Schultern, und ihre Spannung löste sich in einem krampfhaften Schluchzen, als sie ihren Kopf an seiner Brust barg. Ein langes, tiefes Schweigen folgte, das nur ihr leiser werdendes Weinen unterbrach. Dann sprach jemand ängstlich:

»Ich bin ihr einziger Verwandter –« Es war Joe Brays Stimme. »Es ist natürlich und passend für ein junges Paar –«

»Halt den Mund!« zischte Lynne. Der Humor, der in der außergewöhnlichen Situation lag, daß der alte Joe Clifford ablösen wollte, um das Mädchen zu trösten, kam in diesem Augenblick nicht zur Geltung.

Schritte näherten sich dem Fenster.

»Warum hast du das Licht ausgemacht?« hörte man Fing-Su fragen.

»Junge Frau zieht sich aus«, sagte Cliff, indem er im Honan-Dialekt die Stimme der dicken Chinesin genau nachahmte.

Er hörte die murrenden Worte Fing-Sus:

»Warum entkleidet sie sich nicht im Schlafzimmer?«

Aber scheinbar war er beruhigt und ging wieder fort.

Clifford konnte durch das Fenster sehen, daß das Schiff in der Mitte der Fahrrinne stromabwärts fuhr. Die Maschinen arbeiteten nur mit halber Kraft. Er war erstaunt, daß Fing-Su das Mädchen in einem so exponierten Teil des Schiffes untergebracht hatte. In Gravesend mußten doch sicher Beamte der Londoner Hafenpolizei hier vorbeikommen, ebenso der Lotse, der das Schiff in die See hinaussteuern sollte. In einer Stunde würde die Morgendämmerung einsetzen, und das steigerte doch die Gefahr der Entdeckung noch mehr. Draußen hörte er die Kulis eifrig arbeiten, und nach einiger Zeit verdunkelte sich die eine Fensterluke. Er konnte sehen, daß sie draußen vor der äußeren Wand der Kabine Warenballen auftürmten.

Ihre Lage begann gefährlich zu werden.

»Wir hätten Fing-Su sofort hier anhalten sollen, als er die Tür öffnete«, sagte Inspektor Willing. Aber Clifford schüttelte den Kopf.

»Das klingt sehr einfach, war aber nicht durchführbar – übrigens habe ich das bestimmte Gefühl, daß er es nicht wagen wird, die Kabine zu betreten, bevor das Schiff auf hoher See ist«, sagte er ernst. »Wir werden noch schlimme Erfahrungen machen. Gibt es denn keine Möglichkeit, die Tür zu öffnen?«

Willing drückte mit aller Gewalt dagegen, schüttelte dann aber den Kopf.

»Man könnte leicht die Luken eindrücken«, meinte er.

Trotz der ernsten Situation mußte Clifford lächeln.

»Aber selbst Sie könnten doch nicht durch eine so kleine Luke ins Freie kommen, Inspektor!« sagte er trocken.

»Wir könnten aber die Aufmerksamkeit der Hafenpolizei auf uns lenken.«

»Zwei unbewaffnete Beamte würden uns sehr wenig nützen. Bevor sie Hilfe herbeirufen könnten, wären wir längst tot – dabei immer noch vorausgesetzt, daß Fing-Su die Leute überhaupt erst von Bord kommen ließe. Früher oder später müssen sie doch die Tür öffnen, und in dem Augenblick, in dem Fing-Su diese Kabine betritt, wird es uns nicht mehr schlecht gehen – höchstens ihm!«

Der Morgen brach an, aber sie sahen wenig von dem hellen Tageslicht, denn Ballen auf Ballen türmte sich vor dem Deckhaus, bis die kleinen Luken vollständig verdunkelt waren. Dadurch wurde auch die Zufuhr von frischer Luft ganz abgeschnitten, die Atmosphäre wurde dumpf und das Atmen beschwerlich. Diese Folgen schien Fing-Su übersehen zu haben. Sie waren gezwungen, sich in den hinteren Raum zurückzuziehen, wo die Luft frisch war. Hier saßen sie nun Stunde um Stunde und lauschten. Die Schiffsmaschinen standen still, und die »Umveli« hielt fast eine Stunde lang mitten im Strom. Ihr Mut sank mehr und mehr, als sie wieder dumpfes Dröhnen hörten. Nach einiger Zeit begann das Schiff leicht zu rollen – sie waren auf offenem Meer.

Augenscheinlich waren die Ballen nur vor die Fenster und Türen der äußeren Kabine gelegt, um sie den Blicken zu entziehen. Clifford hatte ganz richtig vermutet. Denn kaum waren sie auf freier See, als das Tageslicht wieder hereinkam. Zu gleicher Zeit drang auch wieder frische Luft in die Kabine.

Das Frühstück mußte bald hereingebracht werden, und sie warteten gespannt, daß die Tür sich öffnen sollte. Die alte Amah hatte aufgehört zu weinen und zu lamentieren. In ihr Schicksal ergeben saß sie nun mürrisch in einer Ecke der engen Kabine. Trotzdem schien sie sich nicht mit ihrer Gefangenschaft aussöhnen zu können. Ihre Zähne schlugen zusammen. Sie hätten besser auf sie achtgegeben, wenn sie geahnt hätten, daß sie ihre Pläne durchkreuzen würde. Clifford Lynne erfuhr erst später, daß der Koch, der das Frühstück hereinbringen sollte, ihr Sohn war, und daß sie aus Angst um sein Leben einen gellenden Schrei ausstieß, als sie hörte, daß die Tür aufgeschlossen wurde. Bevor man sie zurückhalten konnte, war sie aus der hinteren Kabine hervorgekommen und schrie dauernd weiter. Der alte Joe Bray war hinter ihr her, faßte sie rund um die Taille und hielt ihr mit der Hand den Mund zu. Aber es war schon zu spät. Jemand sah durch eins der kleinen Fenster. Es war Fing-Su. Clifford konnte feststellen, daß er ihn erkannt hatte. Kurz entschlossen zog er seine Pistole und feuerte zweimal. Das Glas der Luke splitterte durch den Raum.

»Das ist nun leider geschehen«, brummte der Detektiv.

Sie hörten draußen einen schrillen Pfiff, und als Clifford einen kurzen Blick durch eine der Fensterluken warf, sah er, wie ein Schwarm bewaffneter Chinesenkulis vom Vorderdeck herkam. Einige schnallten sich erst noch ihre Revolvergürtel um. Er hatte gerade noch Zeit, vom Fenster zurückzutreten. Ein Schuß zersplitterte das zweite Fenster. Ein umherfliegender Glassplitter ritzte seine Backe. Gleich darauf ging auch das dritte Fenster in Trümmer, und drei Gewehrläufe erschienen in den leeren Öffnungen. Sie warfen sich auf den Fußboden und suchten Deckung dicht an der Außenwand des Deckhauses. Als die Schüsse krachten, hatte Clifford mit raschem Griff einen Gewehrlauf erfaßt und riß die Waffe nach innen. Mit seiner freien Hand griff er nach Joan und zog sie zu sich.

»Bleibe ruhig hier liegen!« sagte er. »Du bist hier ganz sicher –«

In diesem Augenblick wurde die Tür aufgerissen, und mit einem Schrei lief die alte Amah ins Freie. Alle waren erfreut darüber. Gleich darauf erschien ein dunkler Gegenstand an der Ecke des Eingangs. Clifford hatte schon seine Waffe entsichert, um zu feuern – da merkte er, daß es nur ein Besen mit einem Scheuertuch war.

»Nicht feuern, Cliff«, warnte Joe Bray. Er hatte in jeder Hand eine Pistole, aber bis jetzt hatte er noch keine Patrone vergeudet. »Sie wollen uns nur zu nutzlosem Schießen verleiten. Wir haben keine andere Munition als die paar Rahmen in unseren Revolvern.«

Clifford schüttelte den Kopf. Draußen hörte man Fing-Sus nervös-hastige Befehle, dazwischen tönte eine tiefe, ruhigere Kommandostimme. Clifford vermutete mit Recht, daß es der Kapitän des Schiffes sei. Wie er sich durch einen vorsichtigen Blick aus der Luke überzeugen konnte, war er ein Neger.

Plötzlich verschwanden die Gewehrläufe, und sie hörten, wie etwas auf dem Deckboden entlang gezogen wurde. Die Zugangstür wurde zugeschlagen und verkeilt.

»Gehen Sie alle in die hintere Kabine«, rief Willing. Clifford schob Joan vor sich her und erreichte den Raum in demselben Augenblick, als die Messingöffnung eines großen Wasserschlauches durch eines der zerbrochenen Fenster gelegt wurde.

Gleich darauf rauschte Wasser in den Raum. Clifford sah sich schnell um. Es konnte nicht schnell genug abfließen. Die Ventilatoren konnten solche Massen nicht hinauslassen. Ein zweiter Schlauch erschien, und das Wasser stand schon eine halbe Handbreit hoch. Es lief bereits über die erhöhte Bordschwelle der inneren Kabine. Jetzt wurden noch zwei weitere Schläuche in Tätigkeit gesetzt.

Clifford stellte schnell eine Berechnung an und grinste. Lange bevor das Wasser die Höhe der Fensteröffnung erreicht hatte, mußte sich etwas ereignen, das Fing-Su nicht bedacht hatte. Soviel hatte er noch von seiner Schulmathematik behalten, um zu wissen, daß sich durch diese Wassermassen der Schwerpunkt des Schiffes verlegen mußte.

Höher und höher stieg das Wasser, nur wenig lief durch die Ventilationsöffnungen und die Türspalten ab. Es war nur noch eine Frage kurzer Zeit, daß Fing-Su für sein eigenes Leben zu fürchten hatte.

»Lynne!« rief Fing-Su. »Übergeben Sie Ihre Waffen. Ich will Sie gut behandeln und werde Sie alle zur Küste bringen.«

Clifford Lynne antwortete nicht. Er hatte nur den Wunsch, einen Augenblick das Gesicht dieses Schurken zu sehen, nur für den Bruchteil einer Sekunde. Plötzlich legte sich die »Umveli« in einem Wellental nach rechts über. Das Wasser spritzte und gurgelte. Es stieg Joe Bray bis an den Hals, er stand an der Steuerbordseite. Lange hing das Schiff nach der Seite über und richtete sich nur allmählich wieder auf. Das Übergewicht von sechzig Tonnen Wasser in solcher Höhe machte sich fühlbar. Die blinde Wut Fing-Sus rächte sich an ihm selber.

Draußen hörte man erregtes Stimmengewirr. Die Schläuche wurden nach und nach alle zurückgezogen. Mit kräftigen Hammerschlägen wurden die Bolzen von der Türe weggeschlagen. Unter dem Gewicht des Wassers sprang die Tür krachend auf. Das Wasser ergoß sich in reißendem Strom über das Deck.

»Ich sah voraus, daß es so kommen würde«, sagte Lynne. »Die Kapitäne müssen stets genau auf so etwas achten.«

Es zeigte sich, daß er recht hatte, denn die Schläuche erschienen nicht wieder. Man hörte Fing-Sus Stimme.

»Lassen Sie Mr. Bray herauskommen – ich will mit ihm sprechen. Aber er muß ohne Waffen kommen!«

Nach einer kurzen Beratung gab Joe die Pistolen seinem Freund und ging auf das nasse Deck hinaus. Fing-Su stand hinter einem großen Ballen Manchesterware, einen Revolver in der Hand.

»Wollen Sie sofort Ihren Revolver hinlegen, Sie Chinesenhund!« knurrte er. »Hören Sie endlich auf, Theater zu spielen, Sie armer Tropf!«

Fing-Su ließ die Pistole in die Ledertasche gleiten, die er an seinem Gurt trug.

»Mr. Bray,« begann er, »Beschuldigungen und Zank haben im Moment keinen Zweck –«

»Wollen Sie wohl Ihre verflucht gebildete Sprache beiseite lassen, Sie verdammter Kuli«, rief der alte Mann. »Lassen Sie sofort das Schiff wenden, sonst werden Sie wahrscheinlich in Ihrer gelben Speckschwarte am Galgen zappeln müssen!«

Fing-Su lächelte.

»Unglücklicherweise ist das nicht möglich«, sagte er. »Wirklich und buchstäblich –«

»Immer noch spricht dieser Strauchdieb wie ein Universitätsdoktor«, brüllte Joe. Dann fing er an, chinesisch zu schimpfen, und diese Sprache ist so recht dazu geschaffen, um einem andern die schlimmsten Gemeinheiten an den Kopf zu werfen.

Fing-Su hörte dem Wortschwall zu, ohne sich dadurch im mindesten aus der Fassung bringen zu lassen. Als Joe endlich atemlos schwieg, sagte er:

»Wir vergeuden nur Zeit, Mr. Bray. Überreden Sie Ihre Freunde, die Waffen zu strecken – und es wird ihnen nichts Böses geschehen. Andernfalls werde ich sie aushungern. Ich habe durchaus nicht die Absicht, Joan etwas zuleide zu tun.«

»Für Sie ist sie immer noch Miß Bray«, wütete Joe. Sein Gesicht war rot vor Zorn. Chinesische Kulis kamen in großer Anzahl herbei und hörten Joe zu. Sie gruppierten sich um Fing-Su, und da sie die Sprache ja verstanden, hörten sie schaudernd die Schmeicheleien, die für ihren Herrn bestimmt waren. Denn Joe Bray suchte natürlich die delikatesten Komplimente für den Chinesen aus.

Fing-Su hatte einen Anzug, der der Seefahrt Rechnung trug: weißleinene Beinkleider, eine blaue Marineoffiziersjacke mit unzähligen goldenen Streifen um die Ärmelaufschläge und eine große Offiziersmütze, um die ein breites, goldenes Band lief.

»Sie sind ein verrückter, gewöhnlicher Mensch«, sagte er ruhig. »Aber ich habe es nicht nötig, Ihnen mit gleicher Münze zu erwidern. Gehen Sie zu Ihren Freunden und bringen Sie ihnen meine Botschaft.«

Eine Sekunde lang sah es so aus, als ob Joe noch eine persönliche Mitteilung ihm ins Gesicht schreiben wollte, aber Fing-Sus Revolver hielt ihn davon ab. Nachdem er seinem Herzen noch mit einigen kräftigen Worten Luft gemacht hatte, ging er verärgert zu seinen Gefährten zurück.

»Er hat ungefähr ein Dutzend bewaffneter Leute bei sich,« berichtete er, »und er hat die Absicht, uns auszuhungern, Cliff. Wenn ich daran denke, wie leicht ich diesen Burschen beruhigen konnte, als er noch ein Kind war –«

»Hat Fing-Su das Kommando über das Schiff?«

»Außer ihm ist auch noch ein Kapitän da«, sagte Joe. »Der ist herausgeputzt wie einer von der Dark-Town-Kapelle. Jeder Fetzen seiner Kleidung ist mit Goldlitzen verziert. Aber der hat nichts zu sagen, den großen Mund hat Fing-Su.«

»Mr. Bray, wer mag der Mann sein, der mit mir zusammen auf das Schiff gebracht wurde?« fragte Joan. Dadurch erfuhren sie, daß noch ein anderer Gefangener an Bord der »Umveli« sein mußte.

Clifford war auch der Meinung, daß es nicht Spedwell sein konnte – er hatte seinen eigenen Verdacht. Aber der war unbegründet, denn Ferdinand Leggat lag in einer tiefen Grube, die bei flackerndem Laternenlicht in dieser Nacht bis tief zu den Fundamenten der Fabrik ausgehoben worden war.

37

Während sie unten berieten, stieg Fing-Su zu seiner Kabine hinauf. Auf seinen Befehl brachte man einen bedauernswerten Menschen aus einem dunklen Loch, in dem er gesessen hatte. Stephen Narth war nur noch ein Wrack in seinem etwas ruinierten Frackanzug. Er hatte keinen Kragen mehr, sein Gesicht war schmutzig und unrasiert. Auch seine nächsten Freunde würden ihn so kaum erkannt haben. Die letzte grauenvolle Nacht hatte ihre Spuren hinterlassen. Er war wieder bei Verstand, aber der Chinese sah, daß er dicht vor dem Zusammenbruch stand.

»Warum haben Sie mich auf dieses Schiff gebracht?« fragte er mit hohler Stimme. »Das ist kein faires Spiel, Fing-Su! Wo ist dieses Schwein von Spedwell?«

Fing-Su hätte darauf viel antworten können.

Spedwell war entwischt, aber sein eigenes Interesse ließ ihn ja schweigen. Er hatte Spedwell mit seinem hochmütigen Lächeln immer gehaßt, der sich in seinem anmaßenden Ton immer als Herr aufspielte. Er hatte ihn viel mehr gehaßt als den Trinker Leggat. Spedwell war für ihn ein brauchbarer Lehrer, er hatte sich wichtige, grundlegende Kenntnisse durch ihn aneignen können. Fing-Su hatte eine leichte Auffassungsgabe, war von Natur reich begabt und konnte schnell lernen. Obgleich er während seiner Universitätsstudien nicht mit militärischen Dingen in Berührung gekommen war, hatte er doch von Spedwell in dem einen Jahr ihrer Bekanntschaft eine Menge profitiert.

»Ich habe nicht die leiseste Ahnung, wo er ist«, sagte er. »Und ich werde ihm den Tod Leggats niemals verzeihen.«

Narth starrte ihn an.

»Dann war es also sein Plan?«

»Vollkommen«, sagte Fing-Su mit Nachdruck. Er war ein aalglatter Lügner, der seine Behauptungen jedoch immer glaubwürdig vortragen konnte. Und Narth war in einer solchen geistigen Verfassung, daß er geneigt war, irgendeine Version der gestrigen Vorgänge zu glauben, die seine eigene Schuld verringerte.

Mit ein paar Sätzen tischte ihm Fing-Su eine Darstellung der gestrigen Aufnahmefeier auf, die den Mann mit dem schwachen Gewissen besänftigte. Dann erzählte ihm der Chinese die wichtigen Neuigkeiten.

»Hier? An Bord? Joan?« keuchte Narth. »Aber wie kam sie denn hierher, und was macht Lynne an Bord dieses Schiffes?«

»Das möchte ich ja gerade wissen«, sagte Fing-Su schnell. »Gehen Sie hinunter und sprechen Sie mit ihm. Zeigen Sie ihm, daß es vollständig sinnlos ist, Widerstand zu leisten. Versprechen Sie ihm mein Wort, daß ihnen nichts geschehen soll, daß sie an Bord gut verpflegt werden und alle Bequemlichkeiten haben, bis ich sie in Bordeaux an Land setze. Sie müssen sich natürlich verpflichten, mir keine weiteren Schwierigkeiten zu machen.«

Er erklärte ihm noch länger die einzelnen Punkte seines Auftrages, und fünf Minuten später konnte Clifford Lynne von seinem Beobachtungsposten aus eine zusammengesunkene Gestalt sehen, die zur Kabine kam. Dann erkannte er ihn. Jetzt war ihm klar, wer mit Joan an Bord gekommen war. Aber was mochte aus Leggat geworden sein?

Schweigend hörte er Stephens Vorschlag an. Dann schüttelte er den Kopf.

»Ich würde eher mit einem lebendigen Haifisch einen Vertrag machen«, sagte er. »Gehen Sie zu Fing-Su zurück und sagen Sie ihm, daß es ihm nicht gelingen wird, uns zu ertränken oder auszuhungern, und daß er an dem Tage, wo wir an Land gehen und ich frei werde, gefangengesetzt wird, um seine Verurteilung wegen Mordes zu erwarten.«

»Es hat doch keinen Zweck, mit ihm zu streiten!« jammerte Narth in weinerlichem Tone.

Seine Nerven ließen ihn im Stich. Er war ja niemals ein starker Mann gewesen, aber jetzt war er nur noch ein Schatten des Stephen Narth, den Clifford zuerst kennengelernt hatte.

»Ist Leggat an Bord?« fragte Clifford.

Narth schüttelte den gebeugten Kopf und flüsterte etwas, das nur sein scharfes Ohr vernehmen konnte.

»Tot?« sagte er ungläubig. »Hat Fing-Su ihn ums Leben gebracht?«

Aber bevor er die Frage ausgesprochen hatte, lief Stephen Narth wie ein Wahnsinniger aus der Kabine.

Ihre Lage war gefährlich. Die Küste entschwand den Blicken mehr und mehr, und wenn nicht ein Wunder geschah, gab es keine andere Möglichkeit als Hungertod oder Übergabe. Und was Übergabe für Joan Bray bedeutete, konnte Clifford Lynne sich vorstellen. Unmittelbar nachdem sich Narth entfernt hatte, wurde die Tür der Kabine von außen abgeschlossen und zugeriegelt. Auf Inspektor Willings Rat ließen sie die schweren eisernen Blendfenster, die die Luken bedeckten, herunter und schraubten sie fest. Nun war es allerdings nicht mehr möglich, das Vorderdeck zu überschauen, auch die frische Luft war abgesperrt. Aber es ließ sich in der Kabine aushalten, zumal die gelbe Amah sie nicht mehr störte.

Clifford konnte sich nicht genug über die Ruhe und Gelassenheit Joans in diesen Augenblicken höchster Gefahr wundern. Wie es schien, war sie die Zuversichtlichste von allen, und obgleich sie der Hunger schon zu quälen begann, hörte man keine Klage von ihr.

Die Aussicht, noch länger in diesem engen Raum ausharren zu müssen, war entsetzlich. Glücklicherweise hatten sie keinen Mangel an Trinkwasser, denn der Inhalt des Waschtisch-Reservoirs war zwar ein wenig abgestanden, aber man konnte davon trinken. Clifford versuchte die Tür des inneren kleinen Raumes aufzudrücken, aber sie gab nicht nach.

»Wahrscheinlich führt sie zu den Offizierskabinen«, sagte Willing.

Joe Bray schaute in Gedanken auf die Tür.

»Wir können nicht heraus, aber sie können herein«, sagte er. »Besser wäre es, wenn wir sie verbarrikadierten. Oder sie werden uns in den Rücken fallen, Cliff. Wenn ich an das arme Mädchen denke –« Er schluckte.

»Welches arme Mädchen?«

Clifford hatte Mabels Existenz im Augenblick ganz vergessen.

Sie überließen Joan das kleine Schlafzimmer und setzten sich um den Tisch in der großen Kabine. Sie hatten alles durchsucht, ob sich nicht irgendwo Proviant vorfinden möchte, aber sie hatten nicht einmal einen Schiffszwieback gefunden, obgleich Inspektor Willing vermutete, daß eine große, schwarze Truhe im Schlafzimmer Joans eiserne Rationen für den Notfall enthielte. Aber sie konnten den Kasten weder öffnen noch fortbewegen.

Schließlich entdeckte Joe in seiner Rocktasche eine Tafel Schokolade, die Hälfte davon gab er Joan.

»Gewöhnlich habe ich ein Dutzend Tafeln bei mir, weil ich gern Süßigkeiten esse. Was ich im Augenblick haben möchte, das wäre ein gekochtes Huhn mit Knödeln –«

»Um alles in der Welt, seien Sie ruhig«, knurrte Willing.

Sie versuchten es mit Unterhaltungsspielen, um die Zeit totzuschlagen, aber dieser Versuch, sich über die Gefahr hinwegzutäuschen, war ein böser Fehlschlag.

Es wurde sechs Uhr – es wurde sieben Uhr. Joan war eingeschlafen, als Clifford nach ihr sah. Er hatte die Tür zum Schlafzimmer geschlossen, damit die Unterhaltung der Männer sie nicht stören sollte. Plötzlich öffnete sich die Verbindungstür, und das Mädchen erschien mit schreckensbleichem Gesicht in der Öffnung.

»Was gibt es?« fragte Clifford und sprang zu ihr hin.

»Es klopft jemand an der Tür«, sagte sie ganz leise. Sie zeigte auf die hintere Türe in der Wand. Lynne hielt sich in der Nähe und lauschte.

Tap, tap, tap!

Wieder hörte man das leise Pochen. Dann vernahm er, wie ein Riegel zurückgeschoben wurde. Sprungbereit wartete er, die Pistole in der Hand.

»Seien Sie unbesorgt«, flüsterte eine Stimme. »Machen Sie keinen Lärm, sonst hört man Sie.«

Die Tür öffnete sich zuerst einen Zoll breit und dann langsam etwas weiter. Das Gesicht eines Schwarzen wurde sichtbar. Er trug die verschossene Mütze eines Schiffsoffiziers.

»Ich bin Haki, der Zahlmeister«, flüsterte er. Seine Hand reichte einen schmalen Canvassack herein. »Wenn Fing-Su davon erfährt, ist es mit mir zu Ende«, fügte er schnell hinzu. Unmittelbar darauf schloß sich die Türe wieder und der Riegel wurde vorgeschoben.

In diesem kurzen Augenblick sah Clifford, daß die Vermutung des Detektivs stimmte. Er hatte einen schmutzigen Korridor wahrgenommen, in dem Kabinentüren sichtbar waren. Auch hatte er einen Raum gesehen, der nach dem Gang zu offen stand. Er trug nun den Sack in die große Kabine und schüttete den Inhalt auf den Tisch. Ein Dutzend Brötchen, ziemlich frisch, ein großes Stück Käse und ein Stück Salzfleisch fielen auf die Platte. Clifford schöpfte Verdacht, brach ein Brötchen durch und hielt es dicht ans Licht.

»Wir müssen es riskieren«, sagte er. »Ich will zuerst davon essen, und wenn mir in einer halben Stunde nichts passiert ist, dann werden wir eine Mahlzeit halten, die besser schmecken soll wie ein Diner bei Ritz!«

Er schnitt eine Scheibe Fleisch ab, versuchte den Käse und das Brot. Er fühlte eine brutale Genugtuung, als er die hungrigen Blicke seiner Begleiter auf sich gerichtet sah. Die halbe Stunde ging vorüber, dann holte er Joan aus ihrer Kabine, und mit ihren Taschenmessern machten sie eine Mahlzeit für sie zurecht.

»Das eine steht jedenfalls fest – wir haben einen Freund an Bord. Welche Nationalität hatte der Mann wohl?« fragte Willing.

Clifford hatte in seiner Jugend zwei Jahre an der afrikanischen Küste zugebracht.

»Er ist ein Kru-Neger«, sagte er. »Sie sind keine schlechten Menschen, aber notorische Diebe.«

Sie hoben eine Portion des Essens für den nächsten Morgen auf, und auf Cliffords ernste Vorstellungen hin legte sich Joan wieder nieder und fiel in einen unruhigen Schlaf. Sie hörte das heimliche Klopfen an der Hintertüre nicht. Aber Clifford, der sich in die Nähe ihrer halbgeschlossenen Kabinentür gesetzt hatte, hörte das Zeichen. Leise ging er zur Tür und öffnete sie, ohne Joe zu wecken.

»Alle an Deck sind betrunken«, sagte der schwarze Offizier in einem selbstverständlichen Ton, als ob er den Normalzustand an

Bord schildere. »Der Kapitän fürchtet, daß man diese Tür entdeckt. Es ist möglich, daß sie später versuchen, einen Angriff auf Sie zu machen – Sie müssen sich jedenfalls darauf vorbereiten. Wenn sie nicht kommen sollten, dann will ich um vier Uhr hier sein, und Sie müssen sich dann fertiggemacht haben, das Schiff zu verlassen.«

»Warum?« fragte Clifford.

Der Mann sah den Gang entlang, bevor er antwortete. »Gewehrfeuer ist nicht so schlimm, aber wenn man fürchten muß, ermordet zu werden, so ist das schrecklich. Der Kapitän denkt ebenso wie ich.«

»Wer ist denn ermordet worden?«

Der Mann sprach nicht sogleich. Hastig schloß er die Tür und kam erst nach einer halben Stunde wieder.

»Ich hörte, wie der wachthabende Offizier herunterkam«, sagte er im selben Plauderton. »Die Chinesen tun das oft – verlassen die Brücke mitten im Kanal, das ist doch empörend! Es ist hohe Zeit, daß wir diesen Kahn verlassen. Der verrückte Mensch ist umgebracht worden. Er kam gestern abend mit der jungen Dame an Bord.«

»Narth?« flüsterte Clifford todeserschrocken.

Der Mann nickte.

»Sicher. Er hatte Streit mit Fing-Su und der Chinese schlug ihm mit einer Flasche den Schädel ein. Sie warfen ihn über Bord – gerade nachdem ich Ihnen das Essen gebracht hatte.«

Er sah sich wieder um, dann machte er Cliff eine sehr wichtige Mitteilung.

»Der Kapitän und zwei Mann der Besatzung werden ein Rettungsboot aussetzen – etwa um vier Uhr«, flüsterte er. »Sie müssen an einem Tau in das Boot hinunterklettern. Wird die junge Dame das auch können?«

»Ja, das wird sie«, sagte Clifford, und die Tür schloß sich.

Er konnte sich vorstellen, was vorging. Bisher hatte Fing-Su, seitdem ihn die Träume von Kaiserherrschaft verrückt gemacht hatten, immer die Unterstützung erfahrener Ratgeber. Leggat war klug auf seine Weise, und Spedwell war in Sachen, die sein besonderes Fach angingen, unübertrefflich. Beide waren vorsichtige Leute, vor deren Urteil der chinesische Millionär Respekt hakte. Aber jetzt hatte Fing-Su keinen anderen Herrn mehr als seine eigene Laune. Sein Urteil wurde nur noch von seiner verwirrten Phantasie geleitet.

Die Wartezeit dehnte sich ins Endlose. Sie saßen im Kreis in der kleinen Kabine und wagten nicht zu sprechen aus Furcht, das Signal zu überhören oder von dem Angriff überrascht zu werden, den der Zahlmeister vorausgesagt hatte. Die Zeiger der Uhr schienen so langsam vorwärts zu gehen, daß Cliff ein- oder zweimal dachte, seine Uhr wäre stehengeblieben.

Drei Uhr war vorbei, der Klang der Schiffsglocke kam schwach durch die geschlossenen Luken. Dann hörte man ein Klopfen an der Tür und sie drehte sich in ihren Angeln. Der Zahlmeister erschien wieder in der Türöffnung. Er trug schwere Wasserstiefel und hatte einen Revolvergürtel umgeschnallt. Er wartete und winkte ihnen, zu kommen. Clifford folgte und nahm Joan bei der Hand, Joe Bray und Willing bildeten die Nachhut. Joe hielt in jeder Hand eine Pistole und war wütend wie ein angeschossener Eber.

Sie mußten an der erleuchteten Küche vorbei, und ihr Führer legte den Finger an die Lippen. Joan konnte den breiten Rücken des chinesischen Koches sehen, der sich über einen dampfenden Kochtopf bückte. Aber sie kamen sicher vorbei zu dem hinteren Wellendeck.

Zwei eiserne Türen in der Schiffsseite waren geöffnet. Über den Rand des Decks spannte sich ein straffes Tau. Als Clifford hintersah, bemerkte er, daß das Seil an einem großen, gedeckten Boot befestigt war, in dem drei vermummte Männer saßen. Er wandte sich an Joan und flüsterte ihr ins Ohr:

»Laß dich an diesem Tau langsam hinunter.«

Der Zahlmeister legte eine dünne Leine um die Taille der jungen Dame, band sie fest und sagte mit leiser Stimme:

»Verlieren Sie keine Zeit ... ich hatte ein Radiotelegramm in der Nacht.« Er erklärte nicht weiter, was dies mit der Flucht zu tun hatte.

Während die beiden oben die Sicherheitsleine hielten, glitt Joan langsam an dem rauhen Tau hinab, das ihr die Finger wundscheuerte.

Das Boot an der Schiffsseite schien mit einer unglaublichen Geschwindigkeit zu rasen, obgleich es sich nicht schneller vorwärtsbewegte als der Dampfer. Einer der Männer reichte nach oben, faßte sie ohne viel Federlesens um die Taille und zog sie in das Boot. Joe Bray folgte und zeigte eine jugendliche Beweglichkeit, als er sich Hand über Hand in die Dunkelheit hinabließ. Der Zahlmeister war der letzte, der das Schiff verließ und mit größter Eile über den Bug des Bootes kletterte.

»Macht klar!« sagte eine grobe Stimme.

Der Zahlmeister suchte auf dem Boden des Bootes, fand eine Axt und kappte das Tau mit einem Hieb. Gleich darauf wurden sie in dem Kielwasser des Schiffes hin- und hergeworfen und von einer Seite auf die andere geworfen. Es fehlte nicht viel, daß das Boot umschlug, denn die eisernen Wände der »Umveli« streiften die Rudergabeln. Als das Boot vom Schiff abgekommen war, hörten sie einen Schrei. Ein Scheinwerfer leuchtete von der Brücke auf. Trotz des gurgelnden Wassers und des Geräusches der Schiffsschraube hörten sie deutlich einen Pfiff – die »Umveli« beschrieb einen großen Kreis.

»Sie haben uns bemerkt«, stieß Clifford zwischen den Zähnen hervor.

Der Zahlmeister grinste vor Furcht, starrte auf das wendende Schiff und brummte. Er wandte sich um, rannte zur Mitte des Bootes und half einem der schwarzen Matrosen, den Mast aufzurichten. Der Kapitän, eine groteske Gestalt in goldverbrämter Mütze und den bunten Rangabzeichen, zog verzweifelt das Segel hoch. Ein frischer Nordwestwind blies scharf. Im nächsten Augenblick legte sich das Boot auf die Seite und lag in voller Fahrt vor dem Winde. Aber wie konnten sie hoffen, einem Dampfer zu entrinnen, der fünfzehn Knoten die Stunde machte?

Die Sirenen des Schiffes heulten. Sie schauten zu dem Dampfer hinüber, der sie nun verfolgte. Von der Kommandobrücke leuchtete das Aufblitzen einer Signallampe, und der Kapitän erklärte laut die Bedeutung der Zeichen.

»Gelber Nigger!« das war alles, trotzdem der Kapitän der dunkelste Mann war, den Clifford jemals gesehen hatte.

Das Boot lavierte. Der Kapitän hatte scheinbar sehr guten Mut, mehr als alle anderen. Clifford ließ sich an der Seite Joans nieder, die in eine wasserdichte Decke eingehüllt auf dem Boden des Bootes lag.

»Keine Angst haben, Liebling«, sagte er.

Sie sah ihn mit einem wehmütigen Lächeln an, und diese Antwort genügte ihm.

Der Kapitän sprach ein rauhes Küstenenglisch, das drastisch und bilderreich war.

»Elefant nicht fangen Fliege«, sagte er. »Große Schiff es nicht fangen kleine Boot! Wenn Chines Kutter auf Wasser bringen, Kutter es nicht fangen Segelboot!«

»Trotzdem ist die Gefahr groß genug, Kapitän!«

Der Neger mit dem breiten Gesicht mußte es zugeben.

»Jetzt sie bringen den Tak-tak-Gewehr«, sagte er, »aber bald sehen anderen Schiff.«

Mit dieser Hoffnung mußten sie sich trösten. Noch waren sie im englischen Kanal, der Hauptwasserstraße Nordeuropas. Hier ist der Schiffsverkehr außergewöhnlich stark. Aber im Augenblick konnte man keine Rauchfahne oder irgendein Segel entdecken.

Clifford wandte sich an den Zahlmeister.

»Ob wir durchkommen oder nicht, in jedem Fall sind wir Ihnen zu großem Dank verpachtet, mein Freund.« Hakis Gesicht strahlte.

»Wir hätten früher von Bord gehen müssen, aber der Kapitän wollte noch nicht«, sagte er. »Schließlich hat er sich aber nach dem Radiotelegramm doch entschlossen!«

»Radiotelegramm?«

Der Zahlmeister zog einen schmutzigen Streifen Papier aus seiner Tasche hervor.

»Das habe ich letzte Nacht erhalten«, sagte er. Clifford hatte Mühe, die gekritzelten Worte zu entziffern.

Verlassen Sie das Schiff vor vier Uhr. Alle mitnehmen, die leben bleiben sollen. Wenn Miß Bray an Bord, mitnehmen. Admiralität sendet Zerstörer »Sunbright«, Sie einzuholen.   Soldat.

»Das ist der Major«, erklärte der Zahlmeister. »Wir nannten ihn Soldat. Aber es wäre ja möglich gewesen, daß die ›Sunbright‹ uns nicht bekommen hätte – aber wenn sie uns eingeholt hätte, dann wäre keiner am Leben geblieben, der Fing-Su hätte belasten können.«

Clifford war verwundert, was der Kapitän mit dem Tak-tak-Gewehr meinte, aber leider kam die Aufklärung nur zu schnell.

Tak-tak-tak-tak-tak-tak!

Sie hatten ein Maschinengewehr auf der oberen Reling in Stellung gebracht. Die Geschosse ließen das Wasser hoch aufspritzen. Die Schüsse lagen in einiger Entfernung vor dem Boot. Der Kapitän wandte mit starkem Ruck das Steuer und nahm einen anderen Kurs. Sie waren etwas weniger als fünfhundert Meter von dem Dampfer entfernt. Clifford begriff, daß es eine verhältnismäßig leichte Sache sei, das Boot mit Schüssen zu durchlöchern, wenn es erst einmal heller war. Fing-Su würde sie nicht entkommen lassen, da ja sein Leben davon abhing.

Tak-tak-tak-tak-tak-tak!

Diesmal lagen die Schüsse hoch, die Geschosse fegten durch die Canvassegel. Ein großer Holzsplitter flog vom Mast.

»Hinlegen!« rief der Zahlmeister mit schriller Stimme und gestikulierte wie wahnsinnig.

Schon das drittemal sah er nach seiner silbernen Uhr.

Die »Umveli« hatte wieder volle Fahrt aufgenommen. Als sie in die Höhe des Bootes kam, drehte sie auf dasselbe zu. Wieder änderte der Kapitän den Kurs und schwenkte in einem großen Bogen direkt in entgegengesetzte Richtung ein. Einzelne Schützen feuerten von Bord – die Treffer lagen unheimlich nahe. In das Klick-klack der aufschlagenden Gewehrkugeln mischte sich nun auch das Dröhnen einer schweren Waffe.

»Ein Siebenpfünder«, sagte Joe kurz. Er hatte noch nicht zu Ende gesprochen, als etwas gegen den Mast schlug.

Ein Krachen und Splittern! Der Mast mit dem Segel sank auf die Seite.

»Jetzt ist es zu Ende mit uns«, sagte der Zahlmeister. Er nahm mit großer Kaltblütigkeit seinen Revolver aus der Ledertasche und entsicherte.

Sie konnten sehen, wie von der »Umveli« Boote heruntergelassen wurden. Es waren drei, sie kamen nacheinander auf das Wasser. Die »Umveli« selbst fuhr nur noch ganz langsam, die Maschinen waren auf rückwärts gestellt. Aber der Kapitän ließ sich durch nichts aus der Fassung bringen. Mit Hilfe eines seiner Matrosen kappte er Mast und Segel und warf sie über Bord. Im Nu waren die Ruder in die Gabeln gelegt.

»Alle Mann an die Ruder!« rief er mit lauter Stimme.

Clifford folgte sofort der Aufforderung.

Aber das Boot war groß und viel weniger handlich als die leichten Kutter, die sie verfolgten.

»Es muß ein Wunder geschehen, um uns zu retten!« sagte Clifford – und das Wunder geschah.

Zwei Boote stießen bereits von dem Dampfer ab, das dritte füllte sich gerade mit Matrosen, als von dem unteren Deck eine hell aufleuchtende Stichflamme emporschlug und ein ohrenbetäubender, krachender Knall ertönte. Gleich darauf folgte eine zweite noch heftigere Explosion.

Sekundenlange Stille trat ein, dann hörte man wirre Kommandorufe und die schrillen Pfeifen der Offiziere. Die beiden Boote, die bereits abgestoßen hatten, kehrten um. Dichter schwarzer Rauch strömte über die Decks. Der Schornstein und der größte Teil des Schiffes wurden im lichten Morgen unsichtbar.

»Was mag an Bord explodiert sein?« fragte der Zahlmeister heiser. Aber der Kapitän rief:

»Rudert alle Mann!«

In scharfem Takt hoben und senkten sich die Ruder.

»Das Schiff sinkt«, rief Joe entsetzt. Und er sprach die Wahrheit.

Ein halber Zentner Dynamit hatte nicht nur ein unheimlich großes Loch durch die Decks geschlagen, sondern auch die großen Munitionsvorräte in Brand gesteckt, die der Dampfer als Fracht führte. Major Spedwell hakte das Uhrwerk des Zeitzünders so gestellt, daß die Sprengladung sechsundzwanzig Stunden nach Abfahrt des Schiffes explodieren mußte. Die »Umveli« hing stark nach der einen Seite über. Es sah aus, als ob sie todmüde umsinken wollte. Dichte Rauchmassen qualmten aus den Luken. Flammen züngelten aus dem Schiffsrumpf. Plötzlich ein wildes Durcheinanderrennen von Menschen nach den Booten.

In ihrer Verwirrung hatten die Geretteten zu rudern aufgehört und stützten sich auf die Riemen. Ihre Augen starrten auf das grausige Schauspiel.

Da rief der Zahlmeister warnend: »Wir tun besser, soweit wie möglich von dem Schiff fortzukommen!«

Kurze Zeit nachher hörte man noch eine dritte Explosion. Die »Umveli« brach in sich zusammen. Ihr zackig zerrissener Rumpf versank in einem wildaufschäumenden, ungeheuren Wasserwirbel.

Nur vier Boote waren auf der Wasserfläche noch zu sehen. Sie nahmen den Kurs auf sie.

»Rudern!« schrie der Kapitän. Wieder griffen sie in die Riemen.

Aber ihre Anstrengungen führten zum Erfolg. Als Clifford Lynne sich umsah, erblickte er steuerbords eine schwarze Rauchfahne am Horizont und konnte im Morgengrauen ein langes, graues Schiff erkennen.

Sie erreichten S.M. Zerstörer »Sunbright« fünfundzwanzig Minuten, ehe die Reste der Schiffsmannschaft an dem Fallreep anlegten. Sie waren vor Furcht und Entsetzen halb wahnsinnig, warfen ihre Gewehre ins Wasser und ergaben sich auf Gnade und Ungnade.

Fing-Su war nicht unter ihnen, und als Clifford einen der zitternden Offiziere fragte, erfuhr er das Geschick des Kaisers in einigen wenigen kurzen Worten.

»Fing-Su ... ich sah seinen Kopf ... und seinen Körper ... hier ein Stück und dort ein Stück ...«

38

Acht Monate später brachte Mr. Joe Bray seine junge Frau zu seinem Haus auf den Hügeln oberhalb von Siangtan. Im Heiratsregister stand »Joseph Henry Bray, Junggeselle, 51 Jahre.«

»Und ich möchte bemerken,« sagte Clifford etwas anzüglich, »daß Leute, die falsche Angaben im Heiratsregister machen, mit Zuchthaus bestraft werden.«

Joe Bray erklärte Mabel den Grund für die unversöhnliche Abneigung Cliffords vor der Abreise von Europa.

»Mein jugendliches Aussehen läßt ihn älter erscheinen«, wußte er zu berichten, und Mabel stimmte ihm vollkommen bei, denn sie hatte gerade an demselben Morgen in der Rue de la Paix wundervolle Kleider und Schmuck kaufen können, wie sie nur ein Millionär seiner geliebten Frau zu Füßen legen kann.

»Der Unterschied zwischen unserer Heirat und der seinen ist nur der, Mabel«, sagte er selbstzufrieden, »wir haben aus Liebe geheiratet und er – um mich so auszudrücken – nun ja –« Während er dies sagte, brachte ihm ein Kellner einen kräftigen Trank, den er behaglich durch einen Strohhalm schlürfte.

»Er hätte Joan niemals geheiratet, wenn du ihn nicht dazu angestiftet hättest«, sagte Mabel nicht gerade sehr liebenswürdig. »Ich hoffe, sie wird glücklich werden. Ich habe zwar meine starken Zweifel, aber ich hoffe doch.«

Mabel kam nach Siangtan und wurde von der europäischen Kolonie dieser schönen Stadt mit allem Pomp empfangen, wie es nur jemand wünschen konnte, der in so nahen Beziehungen zu der Yünnan-Gesellschaft stand. Und merkwürdig, sie liebte Siangtan, denn es war besser, in einer kleinen Stadt eine große Rolle zu spielen, als in Sunningdale eine Null zu sein.

Eines Tages erhielten sie einen Brief von Joan, aus dem deutlich hervorging, daß sie über alle Maßen glücklich war. Mabel las den Brief und rümpfte die Nase ein wenig.

»›Die Linie fortführen.‹ Was kann sie damit meinen?« fragte sie. Sie ahnte etwas.

Joe hustete und erklärte es ihr.

»Das war auch meine Idee«, sagte er bescheiden.

Ende.

Über tredition

Eigenes Buch veröffentlichen

tredition wurde 2006 in Hamburg gegründet und hat seither mehrere tausend Buchtitel veröffentlicht. Autoren veröffentlichen in wenigen leichten Schritten gedruckte Bücher, e-Books und audio-Books. tredition hat das Ziel, die beste und fairste Veröffentlichungsmöglichkeit für Autoren zu bieten.

tredition wurde mit der Erkenntnis gegründet, dass nur etwa jedes 200. bei Verlagen eingereichte Manuskript veröffentlicht wird. Dabei hat jedes Buch seinen Markt, also seine Leser. tredition sorgt dafür, dass für jedes Buch die Leserschaft auch erreicht wird.

Im einzigartigen Literatur-Netzwerk von tredition bieten zahlreiche Literatur-Partner (das sind Lektoren, Übersetzer, Hörbuchsprecher und Illustratoren) ihre Dienstleistung an, um Manuskripte zu verbessern oder die Vielfalt zu erhöhen. Autoren vereinbaren direkt mit den Literatur-Partnern die Konditionen ihrer Zusammenarbeit und partizipieren gemeinsam am Erfolg des Buches.

Das gesamte Verlagsprogramm von tredition ist bei allen stationären Buchhandlungen und Online-Buchhändlern wie z. B. Amazon erhältlich. e-Books stehen bei den führenden Online-Portalen (z. B. iBookstore von Apple oder Kindle von Amazon) zum Verkauf.

Einfach leicht ein Buch veröffentlichen: **www.tredition.de**

Eigene Buchreihe oder eigenen Verlag gründen

Seit 2009 bietet tredition sein Verlagskonzept auch als sogenanntes "White-Label" an. Das bedeutet, dass andere Unternehmen, Institutionen und Personen risikofrei und unkompliziert selbst zum Herausgeber von Büchern und Buchreihen unter eigener Marke werden können. tredition übernimmt dabei das komplette Herstellungs- und Distributionsrisiko.

Zahlreiche Zeitschriften-, Zeitungs- und Buchverlage, Universitäten, Forschungseinrichtungen u.v.m. nutzen diese Dienstleistung von tredition, um unter eigener Marke ohne Risiko Bücher zu verlegen.

Alle Informationen im Internet: **www.tredition.de/fuer-verlage**

tredition wurde mit mehreren Innovationspreisen ausgezeichnet, u. a. mit dem Webfuture Award und dem Innovationspreis der Buch Digitale.

tredition ist Mitglied im Börsenverein des Deutschen Buchhandels.

Dieses Werk elektronisch lesen

Dieses Werk ist Teil der Gutenberg-DE Edition DVD. Diese enthält das komplette Archiv des Projekt Gutenberg-DE. Die DVD ist im Internet erhältlich auf **http://gutenbergshop.abc.de**

Printed in Germany
by Amazon Distribution
GmbH, Leipzig